KB075036

톨스토이 단편선

세계교양전집 19

톨스토이 단편선

레프 니콜라예비치 톨스토이 지음
민지현 옮김

올리버

레프 니콜라예비치 톨스토이Lev Nikolayevich Tolstoy

• 차례 •

사람은
무엇으로 사는가

우리는 형제를 사랑함으로 사망에서 옮겨 생명으로 들어간 줄을 알거니와 사랑하지 아니하는 자는 사망에 머물러 있느니라

– 요한일서 3장 14절

누가 이 세상의 재물을 가지고 형제의 궁핍함을 보고도 도와 줄 마음을 닫으면 하나님의 사랑이 어찌 그 속에 거하겠느냐 자녀들아 우리가 말과 혀로만 사랑하지 말고 오직 행함과 진실함으로 하자

– 요한일서 3장 17~18절

사랑하는 자들아 우리가 서로 사랑하자 사랑은 하나님께 속한 것이니 사랑하는 자마다 하나님으로부터 나서 하나님을 알고 사랑하지 아니하는 자는 하나님을 알지 못하나니 이는 하나님은 사랑이심이라

– 요한일서 4장 7~8절

어느 때나 하나님을 본 사람이 없으되 만일 우리가 서로 사랑하면 하나님이 우리 안에 거하시고 그의 사랑이 우리 안에 온전히 이루어지느니라

– 요한일서 4장 12절

하나님이 우리를 사랑하시는 사랑을 우리가 알고 믿었노니 하나님은 사랑이시라 사랑 안에 거하는 자는 하나님 안에 거하고 하나님도 그의 안에 거하시느니라

– 요한일서 4장 16절

누구든지 하나님을 사랑하노라 하고 그 형제를 미워하면 이는 거짓말하는 자니 보는 바 그 형제를 사랑하지 아니하는 자는 보지 못하는 바 하나님을 사랑할 수 없느니라

– 요한일서 4장 20절

1

시몬이라는 이름을 가진 구두장이가 있었다. 그는 집도 땅도 없이 아내와 아이들을 데리고 농부의 오두막에 얹혀살며 구두 만드는 일로 겨우 먹고살았다. 품삯은 적고 빵값은 비쌌으므로 그가 버는 돈은 양식을 대는 데 모두 소비해야 했다. 겨울옷이라고는 양가죽으로 만든 외투 하나로 남편과 아내가 함께 입어야 했는데, 그마저도 너덜너덜해져서 벌써 두 해째 새 외투를 지을 양가죽을 사려고 벼르고 있었다. 시몬은 겨울이 되기 전에 돈을 조금 모을 수 있었다. 아내의 궤짝에 지폐로 3루블이 고이 보관되어 있었고, 마을에 사는 고객들에게 받을 돈이 5루블 20코페이카(러시아의 화폐 단위. 100코페이카는 1루블이다 – 역자)나 되었다.

어느 날 아침, 시몬은 양가죽을 사기 위해 마을에 갈 채비를 했다. 셔츠 위에 솜을 둔 아내의 무명 재킷을 덧입고 그 위에 외투를 걸쳤다. 그런 다음 3루블을 꺼내 주머니에 넣고 나뭇가지를 잘라 지팡이를 만든 다음 아침 식사를 마치고 집을 나섰다.

'외상값 5루블을 받고 내가 가진 3루블을 합하면 겨울 외투를 만들 양가죽을 살 수 있을 거야.'

마을에 도착한 시몬은 농부의 집을 찾아갔다. 하지만 농부는 집에 없었고, 농부의 아내가 자기는 돈이 없으니 다음 주에 남편이 오면 갚도록 하겠다고 했다. 시몬은 다른 농부의 집을 찾아갔다. 하지만 그 역시 돈이 없다면서 장화 수선비 20코페이카만 갚았다. 시몬은 할 수 없이 외상으로 양가죽을 사려고 했지만, 가죽 상인은 시몬을 믿어주지 않았다.

"돈을 가져와서 원하는 가죽을 골라가시오. 외상값 받기가 얼마나 어려운지 당신도 잘 알지 않소."

결국 구두장이 시몬이 손에 넣은 것은 장화 수선비 20코페이카와 또 다른 농부가 가죽 바닥을 덧대달라며 맡긴 펠트 장화가 전부였다.

낙담한 시몬은 보드카를 마시느라 20코페이카를 쓰고 양가죽은 사지 못한 채 집으로 향했다. 아침엔 쌀쌀했지만, 보드카를 마신 뒤라 양가죽 외투를 입지 않아도 몸이 후끈거렸다. 시몬은 한 손에 든 지팡이로 언 땅을 툭툭 찍고 다른 한 손에 들고 있는 펠트 장화를 흔들며 터덜터덜 걸었다. 그러면서 혼잣말로 중얼거렸다.

"양가죽 외투가 없어도 따듯하기만 한걸. 술 한 잔 마셨더니 그 기운이 혈관을 타고 돌아서 말이야. 양가죽 따윈 필요 없어. 걱정은 내려놓고 이대로 살면 되는 거야. 나는 그런 사람이야! 뭘 걱정하겠어? 양가죽이 없어도 살 수 있어. 그런 건 필요하지 않아. 아내는 걱정하겠지. 당연히 속상하고 분하지 않겠느냐 말이야. 하루 종일 일하고도 대가를 받지 못하다니. 하지만 이제는 사정 봐주지 않겠어! 빨리 돈을 갚지 않으면 껍데기를 벗겨버릴 테다. 내가 그렇게 못하는지 두고 보라고. 어떻게 그럴 수가 있어! 고작 20코페이카를 내놓다니! 그걸로 뭘 하라고 말이야. 술 한 잔 마시는 것밖에 뭘 더 할 수 있지? 너희들 사정이 어렵다고 했겠다! 그럴 수도 있지. 하지만 난 어떻고? 너희는 집도 있고 소도 있고 다 있잖아. 하지만 나는 이 몸뚱이 하나뿐인데! 너희는 옥수수 농사라도 지어서 먹을 수 있지만, 나는 알곡 한 알갱이도 돈을 주고 사야 한단 말이다. 빵을 사는 데만도 일주일에 3루블씩 써야 한다고. 이제 집에 가면 빵은 다 떨어졌을 거고, 나는 또 1루블 반을 내놓아야 해. 그러니 쓸데없는 소리 집어치우고 어서 외상값을 갚으란 말이야!"

그러는 동안 시몬은 길모퉁이에 있는 교회 앞에 이르렀다. 고개를 들어 보니 교회 뒤편에 뭔가 허연 물체가 보였다. 그게 뭔지 알아보려고 유심히 살폈지만 이미 해가 기우는 중이어서 잘 보이지 않았다.

'저런 허연 바위는 저기 없었는데, 소인가? 소 같지는 않은데…. 사람 머리 같기도 한데 너무 허옇잖아. 그리고 사람이 왜 저기 저렇게 있겠어?'

좀 더 가까이 다가간 시몬은 그 허연 물체가 사람이라는 걸 알고 깜짝 놀랐다. 살았는지 죽었는지 알 수 없었지만, 그 사람은 벌거벗은 채 미동도 없이 교회 벽에 기대어 앉아 있었다. 시몬은 겁에 질려 생각했다.

'누군가 이 사람을 죽이고 옷을 벗긴 다음 여기 버려두고 간 거야. 괜히 끼어들었다가 곤경에 처할 수도 있어.'

시몬은 가던 길을 가기로 마음먹고 일부러 그 사람이 보이지 않는 교회 앞쪽으로 걸어갔다. 그리고 어느 정도 멀어진 다음 뒤를 돌아보았다. 그 사람은 더 이상 벽에 기댄 채 앉아 있지 않고 움직이는 것 같았다. 시몬이 있는 쪽을 바라보는 것 같기도 했다. 시몬은 한층 더 무서워졌다.

'저 사람에게 돌아가봐야 할까? 아니면 가던 길을 계속 가야 하나? 다가갔다가 봉변을 당할 수도 있어. 어떤 사람인지 모르잖아? 멀쩡하게 사는 사람이라면 저기 저렇게 있을 리가 없어. 다가가면 달려들어 내 목을 조를지도 모르지. 그러면 꼼짝없이 당하는 거야. 그러지 않더라도 귀찮은 일이 생길 수 있어. 벌거벗은 사람을 내가 도와줄 방법이 없잖아. 나도 입고 있는 옷이 전부인데 이걸 벗어줄 수도 없고. 무사히 벗어나는 게 상책이야!'

구두장이 시몬은 교회로부터 멀어지기 위해 서둘러 걸음을 옮겼다. 그러다가 문득 가슴이 뜨끔해지면서 걸음을 멈췄다.

'시몬, 너 지금 뭐 하는 거야?'

시몬은 스스로 이렇게 물었다.

'저 사람은 벌거벗은 채 저기서 죽을 수도 있어. 그런데도 너는 지레 겁을 먹고 도망가고 있어. 강도를 두려워할 정도로 가진 게 많은가? 이봐, 시몬, 부끄러운 줄 알아야지!'

결국 구두장이 시몬은 발길을 돌려 사내에게로 갔다.

2

가까이 다가가 살펴보니 그는 젊고 건강한 사내였다. 몸에 멍자국 같은 것도 없었으며, 다만 추위에 꽁꽁 언 채 겁을 먹고 있을 뿐이었다. 사내는 벽에 기대앉은 채 시몬을 쳐다보지도 않았다. 눈을 뜰 기운도 없을 정도로 지친 것 같았다. 시몬이 다가가자, 그는 잠에서 깨듯 눈을 뜨고 고개를 돌려 시몬을 보았다. 그 눈빛을 보자마자 시몬은 마음이 열렸다.

시몬은 펠트 장화를 땅바닥에 던지고 허리끈을 풀어 그 위에 올려놓고 외투를 벗었다.

"이야기는 나중에 하고, 어서 이 외투를 걸치시오!"

시몬은 이렇게 말하면서 사내의 팔꿈치를 잡고 그가 일어설 수 있도록 부축했다. 그의 몸은 깨끗하고 건강했다. 손발도 단정했으며 얼굴도 말끔하고 선량해 보였다. 시몬이 어깨에 외투를 걸쳐주었지만, 사내는 소매에 팔을 끼울 기운도 없어 보였다. 시몬은 사내의 팔을 잡아 소매에 끼워 주고 외투 자락을 잡아당겨 여민 다음 허리끈을 묶어주었다.

그런 다음 모자를 벗어 사내에게 씌워주려다 보니 자기 머리가 썰렁해지는 걸 느꼈다.

'나는 머리가 빠져서 대머리잖아. 그런데 이 청년은 곱슬머리를 길게 기르고 있어.'

시몬은 모자를 다시 쓰면서 생각했다.

'신발을 벗어주는 게 낫겠어.'

시몬은 사내를 앉게 하고 펠트 장화를 신겨주며 말했다.

"자, 됐네. 이제 좀 움직여서 몸을 덥혀 보라고. 다른 문제는 나중에 생각하기로 하고. 걸을 수 있겠나?"

사내는 일어서서 다정한 눈길로 시몬을 바라보았다. 하지만 말은 한마디도 하지 않았다.

"왜 아무 말도 하지 않나?"

시몬이 물었다.

"밖에 있기에는 날이 너무 추워. 집에 가야지. 자, 여기 내 지팡이를 들게. 힘들면 거기 의지하면 돼. 자, 어서 가세!"

사내는 걷기 시작했다. 뒤처지지 않고 제법 잘 걸었다.

시몬이 걸으면서 물었다.

"자네는 어디 사는가?"

"이 근처에 살지 않습니다."

"그런 것 같았네. 이 동네 사람들은 내가 잘 알거든. 그런데 어쩌다 그 교회에 오게 되었나?"

"그건 말씀드릴 수 없습니다."

"누가 자네에게 몹쓸 짓이라도 한 건가?"

"아무도 제게 몹쓸 짓을 하지 않았습니다. 하나님께 벌을 받은 거지요."

"물론 모든 걸 관장하는 분은 하나님이시지. 하지만 먹을 것과 잘 곳은 찾아야 할 것 아닌가. 어디로 갈 생각인데?"

"어디로 가든 달라질 건 없습니다."

시몬은 의아한 생각이 들었다. 불량배 같지도 않고 말씨도 점잖은데 자기 얘기는 전혀 하지 않는 게 좀 이상했다. 그래도 무슨 사정이 있을 거라 생각한 시몬은 청년에게 말했다.

"그렇다면 우리 집으로 가세. 몸은 녹일 수 있을 테니."

그리하여 시몬은 집으로 향했고 사내는 시몬과 함께 걸었다. 바람이 점점 거세져 셔츠 안으로 찬바람이 들었다. 술기운이 가시고 본격적으로 추위를 체감하기 시작했다. 시몬은 코를 훌쩍이며 아내의 무명 재킷을 잔뜩 여몄다.

'이게 무슨 꼴이람. 양가죽은 어쩌고! 양가죽을 사려고 나섰다가 입었던 외투까지 벗어주고 벌거벗은 사내를 데리고 집으로 가게 생겼네. 마트료나가 반기지 않을 텐데!'

아내를 생각하면 마음이 무거웠지만, 교회 뒤에서 그를 바라보던 사내의 눈빛을 생각하면 그를 데려가는 것이 다행스러워 마음이 놓였다.

3

시몬의 아내는 그날 일찌감치 하루의 일을 끝냈다. 장작을 패고 물도 길어다 놓았으며, 아이들과 저녁 식사도 마쳤다. 그리고 앉아서 생각을 정리하는 중이었다. 빵을 언제 만들면 좋을까? 지금, 아니면 내일? 아직 큰 덩어리가 남아 있었다.

'시몬이 시내에서 간단하게라도 저녁을 먹었다면 집에 와서 많이 먹지 않을 테니까 남은 빵으로 내일까지 먹을 수 있을 거야.'

마트료나는 남은 빵조각을 손에 들고 몇 번이나 무게를 가늠하며 생각했다.

'오늘은 빵을 만들지 말자. 밀가루가 빵 한 개 분량밖에 남아 있지 않지만, 잘하면 그걸로 금요일까지 버틸 수 있을 거야.'

마트료나는 빵을 넣어두고 테이블에 앉아 시몬의 해진 셔츠를 깁기 시작했다. 바느질하면서 겨울 외투 만들 양가죽을 사 올 남편을 떠올렸다. 양가죽을 잘 샀을지 걱정이 되었다.

'상인들에게 속지나 않았어야 할 텐데…. 시몬은 착하기만 하고 너무 단순해. 절대 남 속일 사람은 못 되면서 자기는 어린아이에게도 속아 넘어갈 만큼 순진하니 말이야. 8루블이면 큰돈이지. 그 돈이면 좋은 외투를 살 수도 있을 텐데. 무두질한 가죽은 아니라도 제대로 된 겨울 외투는 살 수 있을 거야. 지난겨울에는 따듯한 외투가 없어서 얼마나 힘들었던지. 강가에 내려가는 건 물론이고 외출하기도 힘들었잖아. 오늘도 그이가 외출하느라 있는 대로 껴입고 가서 나는 입을 게 없었어. 그나저나 아침에 일찍 출발한 건 아니지만, 그래도 돌아올 때가 됐는데…. 엉뚱한 곳에 돈을 다 써버리지나 않았으면 좋겠네.'

마트료나의 생각이 여기까지 미쳤을 때 발소리가 들리고 누군가 들어왔다. 마트료나는 바느질감에 바늘을 꽂아두고 복도로 나갔다. 두 남자가 서 있었다. 한 사람은 시몬이었고, 그의 곁에 또 한 남자가 서 있었는데 그는 모자도 쓰지 않은 채 펠트 장화를 신고 있었다.

남편에게서는 술 냄새가 풍겼다.

'그러면 그렇지, 역시 술을 마셨어.'

마트료나는 생각했다. 게다가 외투도 없이 재킷 바람이었으며, 빈손이었다. 그러면서 뭔가 잘못을 저지른 사람처럼 어쩔 줄 몰라 하며 말없이 서 있는 것이었다. 마트료나는 실망감으로 가슴이 내려앉는 것 같았다.

'술 마시느라 돈을 전부 날려버린 거야. 아무 도움도 안 될 사람에게 홍청망청 인심 쓰고는 결국 집까지 데려온 거지.'

마트료나는 두 사람이 들어올 수 있도록 한쪽으로 비켜섰다가 뒤따라 들어왔다. 그제야 남편의 외투를 입고 있는 낯선 남자가 젊은 청년이라는 걸 알았다. 그는 외투 안에 셔츠를 입고 있지 않았을 뿐 아니라 모자도 없었다. 청년은 움직이지도 않고 시선을 내리깐 채 그대로 서 있었다.

'나쁜 짓을 한 게 틀림없어. 겁을 먹고 있잖아.'

마트료나는 미간을 찌푸린 채 오븐 옆에 서서 두 사람을 지켜보았다. 시몬은 아무 일도 없다는 듯 모자를 벗고 의자에 앉았다.

"마트료나, 저녁 식사가 준비됐으면 어서 먹게 해주지 그래."

마트료나는 혼잣말로 뭐라고 중얼거리며 꼼짝도 하지 않고 그대로 서 있었다. 그리고 두 사람을 번갈아 쳐다보며 고개를 저었다. 시몬은 아내가 화가 나서 그런다는 걸 알았지만, 아무것도 모르는 척 청년의 손을 잡고 말했다.

"어서 앉게, 저녁 먹어야지."

청년은 의자에 앉았다.

"아직 식사 준비가 안 된 건가?"

시몬이 물었다. 마침내 화가 머리끝까지 끓어오른 마트료나가 입을 열었다.

"식사 준비를 하긴 했지만, 당신들 먹으라고 한 건 아니에요. 보아하니 술 먹느라 돈을 모두 써버린 것 같군요. 외투 만들 양가죽을 산다고 나갔다가 입고 간 외투까지 벗어주고 헐벗은 떠돌이를 집까지 데리고 왔잖아요. 당신들 같은 주정뱅이에게 줄 음식은 없어요."

"그만해, 마트료나. 그렇게 함부로 말하지 말라고! 먼저 이 사람의 사정부터 들어보고…."

"그렇다면 말해 봐요. 돈은 어떻게 했죠?"

시몬은 재킷 주머니를 뒤져서 3루블의 지폐를 꺼내 펼쳤다.

“돈은 여기 있소. 트리포노프가 돈을 갚지 않았어. 하지만 곧 갚겠다고 약속은 했어.”

마트료나는 여전히 화가 가라앉지 않았다. 양가죽도 못 샀으면서 하나밖에 없는 외투를 벌거벗은 사람에게 입혀 주고 그를 집으로 데려오지 않았는가. 마트료나는 식탁에 올려놓은 지폐를 낚아채서 궤짝에 넣었다.

“저녁 식사는 줄 수 없어요. 벌거벗은 술주정뱅이까지 먹일 수는 없다고요.”

“이것 봐, 마트료나, 말 좀 조심하지 그래. 먼저 이 사람 사정을 들어봐야지!”

“술주정뱅이의 말을 들어보자고 하다니 그거 아주 현명한 생각이군요. 당신하고 결혼하기 싫었던 내 예감이 맞는 거였어요. 엄마가 나에게 준 리넨도 당신이 술값으로 날렸잖아요. 그리고 이번엔 외투를 사러 갔다가 술을 마셔 없애버렸고 말이죠!”

시몬은 술값으로 쓴 돈은 20코페이카뿐이라는 사실을 아내에게 말하고 싶었다. 그리고 어떻게 이 사람을 만나게 되었는지도…. 하지만 마트료나는 시몬이 말할 기회를 주지 않았다. 쉬지 않고 점점 더 빠른 속도로 10년 전 일까지 끄집어내며 불만을 터트렸다.

그렇게 화를 퍼붓던 마트료나는 급기야 시몬에게 달려들어 소매를 잡아당기며 외쳤다.

“내 재킷 내놔. 나에게 마지막 남은 그 옷마저 가져가게 할 순 없어. 여기 벗어놓으란 말이야, 이 지저분한 개 같은 인간아. 악마에게나 끌려가버려.”

시몬이 재킷을 벗어 뒤집힌 소매를 바로 잡으려는 순간 마트료나가 재킷을 잡아당기는 바람에 재봉선이 뜯어지고 말았다. 마트료나는 재킷을 낚아채서 대충 걸치고 문 쪽으로 갔다. 그리고 문을 열고 나가려다가 잠시 멈춰 섰다. 바깥바람을 쐬며 화를 가라앉히려다가 문득 시몬이 데려온 낯선 남자가 어떤 사람인지 궁금해졌기 때문이었다.

4

마트료나는 문가에 선 채 말했다.

"선하고 올바르게 사는 사람이라면 벌거벗고 그곳에 있었을 리가 없잖아요. 왜 셔츠도 못 입고 있느냐 말이죠. 그리고 아무 문제가 없다면 당신도 어디서 저 사람을 만났는지 말해 줄 수 있잖아요."

"나도 그걸 말해 주려던 참이었소."

시몬이 말했다.

"교회 앞을 지나는데 이 사람이 벌거벗은 채로 꽁꽁 얼어 있는 것을 보았소. 그럴 수 있는 날씨가 아닌데 말이요! 하나님이 나를 보내신 거지. 그러지 않았으면 벌써 얼어 죽었을 테니까. 그러니 내가 달리 어떻게 할 수 있었겠소? 이 사람에게 무슨 사정이 있는지 모르지 않소? 그래서 내 외투를 입혀 주고 데려온 거요. 그러니 화내지 말아요, 마트료나. 죄짓는 일이야. 우리 모두 언젠가는 죽는다는 걸 잊지 맙시다."

마트료나는 험한 말이 입 밖으로 나오려는 것을 잠시 멈추고 낯선 청년을 바라보았다. 그는 의자 끝에 걸터앉은 채 두 손을 무릎 위에 모으고 고개를 떨어뜨린 채 눈을 감고 굳은 듯 앉아 있었다. 이맛살을 찌푸린 모습이 고통을 참고 있는 것 같았다. 마트료나는 아무 말도 할 수 없었다. 시몬이 말했다.

"마트료나, 당신 마음에는 하나님의 사랑이 없는 거요?"

이 말을 들으며 낯선 청년을 바라보는 순간, 마트료나는 화가 가라앉고 마음이 풀어지는 걸 느꼈다. 그녀는 주방으로 가서 오븐을 열고 저녁거리를 꺼냈다. 컵을 꺼내 크바스(호밀과 보리를 발효시켜 만든 러시아의 맥주로 알코올 함량이 낮다-역자)를 따른 다음, 남은 빵을 내놓고 나이프와 스푼을 차려놓으며 말했다.

"시장하면 좀 먹든지요."

시몬이 청년을 식탁으로 끌었다.

"앉게나, 젊은이."

시몬은 빵을 잘게 잘라 수프에 적신 다음 먹기 시작했다. 마트료나는 식탁 모퉁이에 앉아 손으로 머리를 받치고 청년을 바라보았다. 갑자기 마트료나의 마음에 청년을 향한 연민이 차오르면서 점차 호감으로 변해갔다. 문득 청년이 고개를 들었다. 그는 더 이상 이맛살을 찌푸리고 있지 않았으며, 눈을 들어 마트료나를 향해 미소를 지어 보였다.

두 사람이 저녁 식사를 마치자, 마트료나는 식탁을 치우고 앉아 청년에게 궁금한 것들을 물어보기 시작했다.

"어디서 왔어요?"

"저는 이 동네에 살지 않습니다."

"어쩌다 길바닥에 나앉게 되었어요?"

"그건 말씀드리기가 곤란합니다."

"강도를 당했나요?"

"하나님께 벌을 받은 거지요."

"그래서 벌거벗고 거기 있었다고요?"

"그렇습니다. 벌거벗은 채 꽁꽁 얼어 있었지요. 시몬이 저를 발견하고 가엾게 여겨 외투를 벗어주고 집까지 데려와 준 겁니다. 부인 역시 저를 가엾게 여겨 먹을 것과 마실 것을 주셨으니, 하나님께서 은총을 내리실 것입니다."

마트료나는 창가로 가서 조금 전에 바느질한 시몬의 낡은 셔츠를 집어 청년에게 주었다. 그리고 바지도 하나 내주었다.

"셔츠가 없는 것 같으니 이걸 입어요. 그리고 다락이든 난롯가든 편하게 눕도록 해요."

청년은 외투를 벗고 셔츠를 입은 다음 다락으로 올라가 누웠다. 마트료나도 촛불을 끄고 외투를 챙겨 남편 곁으로 갔다. 외투 자락을 덮고 누웠지만 잠이 오지 않았다. 낯선 청년에 관한 생각을 떨쳐버릴 수 없었다. 그에게 마지막 남은 빵조각을 주었으므로 내일 먹을 양식이 없다는 생각과 그에게 내준 셔츠와 바지를 떠올리니 울고 싶은 심정이었다. 하지만 그의 미소를 떠올리니 마음이 편안하고 기뻤다. 한참을 그렇게 누워 있으려니 시몬도 잠을 이루지 못하고 있다는 걸 알 수 있었다. 시몬이 외투 자락을 끌어갔다.

"시몬!"

"응?"

"아까 당신과 저 청년이 먹은 빵이 남은 음식의 전부였어요. 반축해 놓은 것도 없고. 내일 식사를 어떻게 준비해야 할지 모르겠네요. 이웃집 마르다에게 가서 음식을 빌어 와야겠어요."

"살아 있는 입인데 먹을 게 없겠소."

한동안 잠자코 있던 마트료나가 말했다.

"저 청년은 좋은 사람 같은데 왜 자기 얘기를 하지 않으려고 하죠?"

"그럴만한 이유가 있겠지."

"시몬!"

"왜 그러오?"

"우리는 남에게 베풀며 사는데 왜 우리에게 베풀어 주는 사람은 없을까요?"

"이제 그만 얘기하고 잡시다."

시몬은 뭐라고 대답해야 할지 알 수 없었으므로 이렇게 말하고 돌아누워 잠을 청했다.

5

다음 날 아침 시몬이 일어나 보니 아이들은 아직 잠들어 있고 아내는 이웃집에 빵을 얻으러 가고 없었다. 청년은 낡은 셔츠와 바지를 입고 의자에 앉아 있었는데 표정이 어제저녁보다 한결 밝았다.

시몬이 말했다.

"이보게, 뱃속에는 빵을 채워줘야 하고 몸에는 옷을 입혀줘야 하네. 먹고살려면 일을 해야지. 자네는 어떤 일을 할 수 있나?"

"할 줄 아는 게 없습니다."

시몬은 기가 막혔지만 내색하지 않고 말했다.

"배우려고만 하면 무슨 일이든 배울 수 있다네."

"모두가 일을 한다면 저도 일을 해야지요."

"이름이 뭔가?"

"미하일입니다."

"좋아, 미하일. 자네 얘기를 하고 싶지 않다면 그건 자네 일이니 상관하지 않겠네. 하지만 자기 몫의 밥벌이는 해야 해. 내가 시키는 대로 하겠다면 자네가 먹고 지낼 수 있게 해주겠네."

"하나님께서 복을 내리실 겁니다! 무엇이든 배우겠어요. 뭘 하면 되는지 알려주십시오."

시몬은 실을 가져와 엄지손가락에 감고 꼬기 시작했다.

"아주 쉽다네. 잘 보게!"

미하일은 시몬이 하는 걸 보더니 자기도 엄지손가락에 실을 감고 따라 해보았다. 그러고는 곧 요령을 터득하고 실을 꼬았다.

다음에는 실에 왁스를 칠하는 방법을 가르쳐 주었다. 미하일은 곧 그것도 잘할 수 있게 되었다. 시몬이 빳빳해진 실을 꿰어 바느질하는 방법을 보여 주자, 이번에도 미하일은 단번에 습득했다.

미하일은 무엇을 가르쳐 주든 바로 이해하고 습득하는 사람이었다. 사흘이 지나자, 미하일은 마치 평생 구두 짓는 일을 해온 사람처럼 작업할 수 있게 되었다. 그는 식사도 하는 둥 마는 둥 하면서 쉬지 않고 일했다. 그리고 일이 끝나면 말없이 앉아서 하늘을 올려다보곤 했다. 외출도 하지 않았으며, 과묵해서 필요한 말 외에는 좀처럼 웃거나 농담하는 일도 없었다. 처음 시몬의 집에 오던 날 마트료나가 저녁을 먹여 주었을 때 말고는 미소 짓는 모습도 볼 수 없었다.

6

하루하루 시간이 흘러 일주일이 지나고 일 년이 지났다. 그동안 미하일은 시몬과 함께 일하고 먹고 자며 지냈다. 이제는 그의 솜씨가 사람들 사이에 알려져, 다들 시몬의 구둣방 직공 미하일보다 깔끔하고 튼튼하게 구두 짓는 사람은 없을 거라고 말하게 되었다. 주변 마을에서도 모두가 시몬의 구둣방을 찾게 되자 수입이 점점 불어나기 시작했다.

어느 겨울날, 시몬과 미하일이 구둣방에 앉아 작업을 하고 있는데 말 세 마리가 끄는 마차가 방울 소리를 울리며 오더니 시몬의 오두막 앞에 멈췄다. 창밖으로 내다보니 말끔하게 차려입은 하인이 조수석에서 뛰어내려 마차 문을 열었다. 그러자 모피 외투를 입은 신사가 내려 시몬의 오두막으로 걸어왔다. 마트료나는 얼른 일어나 현관문을 활짝 열었다. 신사는 몸을 굽혀 오두막으로 들어왔다. 그리고 다시 허리를 펴니 머리가 거의 천장에 닿을 것 같았다. 몸체도 건장해서 방 한쪽을 거의 채우는 듯했다.

시몬은 일어나 인사를 건네고 신사를 바라보았다. 그처럼 건장한 사람은 본 적이 없었다. 시몬 자신도 호리호리한 편이었고, 미하일도 마른 편이었으며, 마트료나는 뼈만 남았다고 해도 과언이 아닐 정도로 야위었다. 그런데 그 신사는 마치 다른 나라에서 온 사람처럼 얼굴이 붉고 건장했으며 목도 황소처럼 굵어서 전체적으로 무쇠처럼 단단해 보였다. 신사는 심호흡을 한 번 하더니 모피 외투를 벗고 의자에 앉았다.

"누가 구두 장인이요?"

"접니다, 나리."

시몬이 앞으로 나서며 말했다. 그러자 신사가 하인에게 큰 소리로 말했다.

"페지카, 가죽을 가져와라!"

하인이 달려가더니 꾸러미 하나를 들고 왔다. 신사는 그것을 테이블 위에 올려놓고 말했다.

"풀어 봐."

하인이 꾸러미를 풀자, 신사가 가죽을 가리키며 말했다.

"이봐요, 구두 장인. 이 가죽이 보이오?"

"네, 나리."

"이게 어떤 가죽인지 아시오?"

시몬은 손끝으로 가죽을 만져보고 나서 말했다.

"아주 좋은 가죽인 것 같습니다."

"좋은 가죽이요! 당신 같은 사람은 이렇게 좋은 가죽을 본 적이 없을 거요. 독일산인데 20루블이나 되니까."

시몬이 기죽은 얼굴로 말했다.

"제가 이런 좋은 가죽을 어디서 구경했겠습니까?"

"그렇겠지! 이걸로 내 장화를 만들어 줄 수 있겠소?"

"네, 물론입니다, 나리."

그러자 신사는 언성을 높이며 다그치듯 말했다.

"만들 수 있단 말이지? 좋소. 하지만 누구를 위한 장화인지, 그리고 이게 어떤 가죽인지 잊지 마시오. 일 년 내내 신어도 모양이 흐트러지거나 실밥이 풀리지 않아야 할 거요. 그렇게 할 수 있으면 가죽을 가져가 재단하시오. 자신 없으면 지금 그렇다고 말하시오. 내가 경고하는데, 당신이 만든 장화가 일 년 안에 실밥이 풀어지거나 모양이 흐트러지면 나는 당신을 감옥에 처넣을 것이요. 그 대신 일 년이 지나도 실밥이 뜯어지거나 뒤틀어지지 않는다면 노고의 대가로 10루블을 주겠소."

그 말을 들으니, 시몬은 선뜻 대답하기가 두려워졌다. 그래서 미하일을 힐끗거리며 팔꿈치로 그를 슬쩍 치고 속삭였다.

"이 일을 맡는 게 좋을까?"

미하일이 고개를 끄덕였다.

"네, 맡으세요."

시몬은 미하일의 말대로 일감을 받고 일 년을 신어도 뒤틀어지거나 뜯어지지 않는 장화를 만들겠다고 약속했다. 신사는 하인을 불러 왼발에 신고 있는 장화를 벗기게 하고 발을 뻗으며 시몬에게 말했다.

"치수를 재시오."

시몬은 종이를 17인치 길이로 잘라 바느질로 눈금을 표시하고 잘 편 다음, 무릎을 꿇고 앉았다. 그러고는 신사의 양말을 더럽히지 않도록 앞치마에 손을 잘 닦고 나서 치수를 재기 시작했다. 발바닥을 먼저 재고, 발등의 둘레, 종아리 굵기를 재려고 하는데 종이 자가 충분히 길지 않아서 잴 수가 없었다. 신사의 종아리가 나무 기둥만큼이나 굵었기 때문이다.

"다리 부분이 너무 꽉 끼지 않게 하시오."

시몬은 종이를 잘라서 줄자 하나를 더 만들었다. 신사는 양말 안에서 발가락을 꼼지락거리며 오두막을 둘러보았다. 그러던 중에 미하일이 눈에 띄었다.

"거기 있는 청년은 누구요?"

"제 밑에서 일하는 직공입니다. 저 친구가 장화를 꿰매게 될 것입니다."

"명심하게나. 일 년을 신어도 뜯어지거나 모양이 뒤틀어져서는 안 된다는 걸 말이야."

신사가 미하일에게 말했다. 시몬도 미하일 쪽으로 시선을 돌렸다. 하지만 미하일은 신사를 보지 않고 그 너머 방의 모퉁이를 보고 있었다. 마치 거기 누군가 서 있는 것처럼 한동안 구석을 응시하던 미하일이 미소를 지었다. 그 순간 시몬은 그의 얼굴이 더욱 환하게 밝아지는 것을 보았다.

"멍청한 친구 같으니. 뭘 보고 웃는 건가?"

신사가 쩌렁쩌렁한 음성으로 말했다.

"약속한 날짜까지 장화를 완성할 수 있겠는지나 신중하게 생각해 보지 않고 말이야."

"날짜에 맞춰 만들어 드리겠습니다."

미하일이 말했다.

"틀림없어야 하네."

신사는 말을 마치고 장화를 신고 일어나 외투를 입은 뒤 앞자락을 단단히 여미고 문 쪽으로 갔다. 그런데 머리 숙이는 걸 깜박해서 문틀에 세게 부딪히고 말았다. 신사는 욕설을 내뱉고는 밖으로 나가 머리를 문지르며 마차를 타고 떠났다. 신사가 가고 나자,

시몬이 말했다.

"대단한 사람이로군! 망치로 때려도 끄떡없겠어. 문틀이 부서질 뻔했는데 정작 자기는 아무렇지도 않으니 말이지."

마트료나가 말을 받았다.

"그렇게 부유하게 살았는데 건장하게 자라지 못할 이유가 뭐겠어요? 저런 사람에게는 죽음도 선불리 다가오지 못할 거예요."

7

시몬이 미하일에게 말했다.

"일단 일을 받았으니, 문제가 생기지 않도록 조심하세. 값비싼 고급 가죽인 데다 그 신사 성격도 보통이 아닌 것 같아. 실수가 있어선 안 돼. 자, 이리 오게. 자네가 나보다 눈썰미도 정확하고 손도 날렵하니 가죽을 재단하게. 그러면 내가 앞날개를 꿰매겠네."

미하일은 시몬이 시키는 대로 테이블 위에 가죽을 펼쳐 두 겹을 접은 다음 재단을 시작했다. 그런데 미하일이 일하는 모습을 지켜보던 마트료나는 깜짝 놀랐다. 그동안 시몬이 장화 만드는 과정을 많이 보아서 잘 알고 있는데, 미하일이 장화 재단하는 방식을 따르지 않고 가죽을 둥글게 자르고 있었기 때문이다. 마트료나는 뭐라고 말하고 싶었지만, 다시 한번 생각해 보았다.

'내가 잘 모르는 걸 거야. 그 신사의 장화는 좀 다르게 재단해야 하는지도 모르지. 미하일이 더 잘 알고 있을 테니 참견하지 말자.'

가죽을 다 자른 미하일은 실로 꿰매기 시작했는데, 장화를 만들 때처럼 두 겹을 겹치지 않고 부드러운 슬리퍼를 만들 때처럼 한 겹만 사용하는 것이었다. 마트료나는 이번에도 의아한 생각이 들었지만, 한마디도 하지 않았다. 미하일은 정오가 되도록 꼼짝도 하지 않고 구두 작업에 열중했다. 저녁 식사 때가 되어서야 자리에서 일어난 시몬은 방 안을 둘러보다가 미하일이 만들어 놓은 슬리퍼를 보았다.

'이런 세상에! 일 년이나 함께 일하면서 한 번도 실수한 적이 없던 미하일이 어떻게 이런 말도 안 되는 실수를 한 거지? 신사가 주문한 건 대다리를 대고 발등을 통으로 덮는 긴 장화였는데, 이렇게 밑창이 한 겹으로 된 얇은 슬리퍼를 만들어 놓았으니, 신사가 신발을 찾으러 오면 뭐라고 설명한단 말인가? 이건 다시 구할 수도 없는 고급 가죽인데 말이야!'

시몬이 미하일에게 말했다.

"자네 무슨 짓을 한 건가? 나를 망칠 셈이야! 그 신사가 장화를 주문한 걸 잘 알면서 뭘 만들어 놓은 거지?"

그때 초인종이 울리고 누군가 가게 문을 두드렸다. 시몬과 미하일이 창문 밖을 내다보니 어떤 남자가 말에서 내려 말을 붙들어 매고 있었다. 시몬이 문을 열자, 아까 신사와 함께 왔던 하인이 들어왔다.

"안녕하세요."

"안녕하시오. 무슨 일로 다시 오셨소?"

시몬이 물었다.

"마님께서 보내셔서 왔습니다."

"장화 주문에 무슨 문제가 있소?"

"아, 그게 말입니다, 나리께서는 이제 장화가 필요 없게 되었습니다. 돌아가셨거든요."

"그게 정말이오?"

"이곳을 떠난 뒤 집에 당도하기도 전에 마차 안에서 돌아가셨답니다. 마차가 집에 도착하고 나리께서 내리시는 걸 부축해 드리려고 하인이 나와서 문을 열었는데 마치 포댓자루처럼 의자에서 굴러떨어지시지 뭡니까. 숨은 이미 끊어진 상태였고 몸도 굳어져서 마차 밖으로 끌어내는 데도 애를 먹었답니다. 마님께서 저를 보내시면서, 나리께서 맡기신 가죽으로 입관할 때 신겨드릴 슬리퍼를 급히 만들어 달라고 전하라 하셨습니다. 그러면서 저더러 다 만들 때까지 기다렸다가 가지고 오라고 하셨어요."

미하일은 남은 가죽을 정리해서 하나로 말고, 그가 만든 슬리퍼를 앞치마에 닦은 뒤 가죽과 함께 하인에게 주었다. 하인은 그것을 받고 말했다.

"안녕히 계세요, 선생님들. 좋은 하루 보내시기를!"

8

세월이 흘러 어느덧 미하일이 시몬과 함께 지낸 지 6년째가 되었다. 미하일의 일상은 여전히 한결같았다. 외출하는 법도 없었고 필요할 때가 아니면 입을 열지 않았다. 6년이라는 세월이 지나는 동안 그가 미소를 지은 건 딱 두 번뿐이었는데, 한 번은 처음 만난 날 마트료나가 음식을 주었을 때, 또 한 번은 신사가 오두막에 찾아왔을 때였다. 시몬은 미하일과 함께 일하는 게 더없이 만족스러웠다. 이제 더는 그가 어디서 왔는지 묻지 않았으며, 어느 날 그가 훌쩍 떠나지 않을까 걱정하게 되었다.

온 식구가 집에 모여 있는 날이었다. 마트료나는 무쇠 냄비를 오븐에 넣는 중이었고 아이들은 창가에 놓인 의자에서 밖을 내다보며 놀고 있었다. 시몬은 창가에서 구두를 꿰매고 미하일도 구두 한쪽을 들고 굽을 박고 있었다.

사내아이가 미하일에게 달려와 어깨에 기대더니 창밖을 보며 말했다.

"저길 좀 봐요, 미하일 아저씨! 어떤 부인이 여자아이들을 데리고 이리로 오는 것 같아요. 여자아이 중 한 명은 절름발이예요."

아이의 말을 들은 미하일은 일감을 내려놓고 창밖으로 눈을 돌려 거리를 살폈다. 시몬은 깜짝 놀랐다. 미하일은 지금까지 한 번도 거리 풍경에 관심을 보인 적이 없었기 때문이다. 그랬던 그가 창가에 이마를 바짝 대고 뭔가를 응시하고 있었다. 시몬도 밖을 내다보았다. 잘 차려입은 여자가 오두막으로 다가오고 있었는데, 모피 외투에 털목도리를 두른 여자아이 둘이 그녀의 손을 잡고 이끌듯이 앞서 걷고 있었다. 두 여자아이는 구분하기 힘들 정도로 똑같이 생겼는데 그중 한 아이가 왼쪽 다리를 절고 있었다.

여자는 현관으로 올라오더니 출입문 손잡이를 돌려 문을 열었다. 그런 다음 두 아이를 먼저 들여보내고 따라 들어왔다.

"안녕하세요, 여러분!"

"들어오십시오. 뭘 도와드릴까요?"

시몬이 말을 건넸다.

여자가 테이블 옆에 앉자 두 여자아이가 그녀 옆에 바짝 붙어 섰다. 오두막 안에 있는 시몬의 식구들이 낯설어서인 것 같았다.

"이 아이들이 봄에 신을 수 있는 가죽 구두를 주문하려고 합니다."

"그러십시오. 그렇게 작은 구두를 지어 본 적은 없습니다만 해드릴 수 있습니다. 대다리를 대서 만들어 드릴 수도 있고, 리넨으로 안을 대서 접어 신게 해드릴 수도 있습니다. 우리 집 직공 미하일이 아주 뛰어난 구두 장인이거든요."

시몬은 이렇게 말하며 미하일을 힐끗 돌아보았다. 미하일은 일감을 내려놓은 채 두 여자아이를 뚫어지게 바라보고 있었다. 시몬은 또다시 놀랐다. 여자아이들이 예쁘기는 했다. 새카만 눈동자에 통통하고 발그레한 볼을 가지고 있었을 뿐 아니라 고급스러운 목도리와 모피 외투를 입고 있었다. 그래도 미하일이 그렇게까지 눈을 떼지 못하는 건 이해할 수 없었다. 마치 전에 알던 사람을 만난 듯한 표정이었다. 시몬은 약간 의아한 채로 여자 손님과 가격 등에 관해 이야기를 나눴다. 그다음엔 치수를 재야 했다. 여자는 다리가 불편한 아이를 무릎 위에 앉히고 말했다.

"이 아이는 치수를 두 발 따로 재셔야 해요. 불편한 발에 신을 구두 하나와 성한 다리에 신을 구두 세 개를 만들어 주세요. 두 아이의 발 크기는 같습니다. 쌍둥이거든요."

시몬은 치수를 재고 나서 다리가 불편한 아이에 관해 물었다.

"이렇게 예쁜 아이가 어쩌다 다리를 절게 되었나요? 태어날 때부터 그랬나요?"

"아니요. 자기 엄마의 몸에 짓눌려서 그렇게 되었답니다."

그러자 마트료나가 끼어들었다. 그렇다면 여자는 아이들과 어떤 관계이며, 아이 엄마는 어디 있는지 궁금해졌기 때문이다.

"당신이 저 아이들 엄마가 아니란 말인가요?"

"네, 저는 엄마가 아니에요. 사실 저 아이들과는 아무 관계도 없답니다. 전혀 모르는 아이들인데 제가 입양했답니다."

"당신 아이도 아닌데 그렇게 지극히 예뻐하신다고요?"

"어떻게 사랑스럽지 않겠어요? 두 아이 모두 제가 젖을 먹여 키웠는데요. 제가 낳은 아이도 하나 있었습니다. 하나님께서 데려가셨지만요. 그런데 제가 이 아이들을 사랑하는 만큼 그 아이를 사랑해 주지 못했어요."

"그렇다면 이 아이들의 엄마는 누군가요?"

9

여자는 지난 이야기를 숨김없이 풀어놓기 시작했다.

"이 아이들의 부모는 6년 전에 죽었답니다. 일주일 사이에 부모를 차례로 잃었어요. 화요일에 애들 아버지의 장례를 치르고 금요일에 애들 엄마마저 저세상으로 갔거든요. 이 아이들은 아버지가 죽은 지 사흘째 되던 날에 태어났고, 어머니는 아이들이 태어나고 하루도 살지 못했지요. 당시에 남편과 저는 같은 동네에서 농사를 지으며 살았는데, 이 아이들의 집과는 마당이 나란히 붙어 있었어요. 아이들의 아버지는 나무꾼이었는데 참 외로운 사람이었어요. 어느 날 숲에서 나무를 베다가 나무 하나가 그를 덮치는 바람에 그 밑에 깔려서 죽었답니다. 내장이 터져 나와서 집으로 옮겨지는 중에 숨을 거뒀어요. 그리고 그 주에 이 아이들이 태어난 거죠. 애들 엄마는 가난했고, 곁에서 돌봐줄 사람이 아무도 없었어요. 그래서 가엾게도 혼자서 쌍둥이를 낳고 죽음을 맞았던 거예요. 다음 날 아침에 제가 그녀의 집에 가서 문을 열었을 때는 이미 차갑게 식은 채 굳어 있었죠. 그런데 숨이 넘어갈 때 이 아이에게로 몸이 기울면서 아이의 다리가 제 엄마의 몸 밑에 깔리게 된 거예요. 마을 사람들이 와서 그녀를 씻기고 가지런히 눕힌 다음 관을 만들어 장사를 지내주었답니다. 모두 좋은 사람들이었지요. 하지만 아이들을 맡아줄 사람이 없었어요. 그러니 어쩌겠어요? 당시에 아기 엄마는 저뿐이었어요. 첫 아이를 낳은 지 8주가 되어 젖을 먹이고 있을 때였죠. 그래서 제가 임시로 아이들을 맡기로 했답니다. 마을 사람들이 머리를 맞대고 궁리를 한 끝에 제게 말했어요. '마리아, 지금으로서는 당신이 아이들을 맡는 게 좋을 것 같아요. 앞으로 어떻게 할지는 차차 의논하기로 합시다.' 사실 처음에는 성한 아이만 젖을 먹이고, 다리가 불편한 아이는 먹이지도 않았어요. 도무지 살 수 있을 것 같지 않았거든요. 그러다가 정신을 차리고 마음을 고쳐먹었어요. 아무 죄도 없는 가여운 아이를 왜 고통받게 하느냐는 생각이 든 거죠. 가엾게 여기고 젖을 먹이기 시작했어요. 그렇게 제가 낳은 사내아이와 이 아이들 둘을 모두 제가 젖을 먹여 키웠어요. 저는 젊고 건강한 데다 영양상태도 좋았거든요. 게다가 하나님의 은혜로 젖도 잘 나와서 셋을 먹이고도 남을 정도였어요. 한 아이는 기다리게 하고 양쪽에 하나씩 두 아이를 동시에 먹일 때도 있었죠. 그러다가 둘 중 하나가 배부르게 먹은 듯싶으면 나머지 한 아이를 먹이고요. 그런데 하나님의 뜻이었는지 이 아이들은 잘 자랐는데 제가 낳은 아이는 두 살도 되기 전에 떠나보내야 했답니다. 그 후로 살림살이는 넉넉해졌는데 아이는 더 이상 생기지 않더군요. 남편은 요즘 곡물상의 방앗간에서 일을 하는데 급여가 좋아서 꽤 여유롭게 살 수 있답니다. 하지만 아기를 낳지 못했으니 이 아이들이 없었다면 얼마나 외로웠겠어요! 그러니 이 아이들을 사랑하지 않을 수가 없지요. 제 삶의 기쁨인 걸요!"

여자는 다리가 불편한 아이를 한 손으로 꼭 안더니 다른 손으로 볼에 흐르는 눈물을 닦았다. 그러자 마트료나가 한숨을 내쉬며 말했다.

"옛말이 틀리지 않네요. '부모 없이는 살 수 있어도 하나님 없이는 못 산다'고 하잖아요."

그렇게 이야기를 나누고 있는데 갑자기 여름 번개가 내리친 것처럼 미하일이 앉아 있는 쪽에서 빛이 비치면서 오두막 전체가 환해졌다. 모두가 미하일이 앉아 있는 방향으로 고개를 돌렸다. 미하일은 두 손을 무릎에 모은 자세로 미소를 지으며 위를 올려다보고 있었다.

10

여자가 아이들을 데리고 떠난 후, 미하일이 의자에서 일어나더니 하던 일을 내려놓고 앞치마를 벗었다. 그리고 시몬과 마트료나에게 머리 숙여 정중히 인사를 하고 말했다.

"안녕히 계십시오. 하나님께서 이제 저를 용서해 주셨습니다. 그동안 함께 지내면서 제가 잘못한 일이 있다면 두 분께서도 용서해 주시기를 바랍니다."

그제야 시몬과 마트료나는 빛이 미하일에게서 나오고 있음을 알았다. 시몬도 일어나 미하일에게 머리 숙여 인사를 하고 말했다.

"이제 알겠군. 자네는 평범한 사람이 아니야. 자네를 붙잡아 둘 수 없으며 사정을 알려고 해서도 안 된다는 걸 알겠어. 하지만 한 가지는 말해주게. 내가 자네를 교회 뒤에서 처음 만나 집에 데려올 때까지 자네는 줄곧 침울했었네. 그러다가 마트료나가 음식을 주자, 미소를 지으며 얼굴이 환해졌지. 그때 왜 미소를 지은 거였나? 그리고 신사가 가죽 장화를 주문하러 왔을 때, 또 한 번 웃으며 얼굴이 더 환해졌지. 그리고 오늘, 여자가 아이들을 데리고 왔을 때, 세 번째 미소를 지으며 햇살처럼 환한 미소를 지었어. 자네 얼굴은 어찌 그렇게 환하게 빛나는 것이며, 왜 세 번 미소를 지었는지 내게 말해 줄 수 있겠나?"

그러자 미하일이 대답했다.

"지금 제 얼굴에서 빛이 나는 것은, 그동안 하나님께서 내리신 벌을 받고 있었는데 이제 용서해 주셨기 때문입니다. 그리고 세 번 미소 지은 것은, 하나님께서 저를 세상에 보내면서 깨달으라고 하신 세 개의 진리를 깨우쳤기 때문입니다. 첫 번째 진리는 부인께서 저를 가엾게 여겼을 때 깨달았고, 두 번째 진리는 그 부자 신사가 장화를 주문했을 때 깨달았습니다. 그리고 오늘 여자 손님이 어린 소녀들을 데리고 왔을 때 세 번째 진리를 깨닫고 미소 지은 것입니다."

시몬이 물었다.

"그런데 하나님께서는 무엇 때문에 자네를 벌하신 건가? 그리고 하나님께서 깨달으라고 하신 세 가지 진리는 뭐였나? 그 진리를 내게도 좀 알려주게."

미하일이 대답했다.

"제가 벌을 받은 이유는 하나님의 말씀에 순종하지 않았기 때문이었습니다. 저는 하늘나라의 천사였는데 하나님께서 어느 여인의 영혼을 데려오라고 저를 보내셨지요. 세상에 내려와 혼자 몸져누워 있는 그 여자를 찾아갔을 때 그녀는 막 쌍둥이 여자아기 둘을 출산한 후였습니다. 아기들이 엄마 곁에 누워 꼼지락거리는데, 아기 엄마는 아기들을 안아서 젖을 먹일 만한 기운도 없더군요. 그녀는 저를 보더니 하나님께서 자기 영혼을 부르러 보내신 걸 알고 울면서 애원했습니다. '하나님의 천사시군요! 저의 남편은 며칠 전에 쓰러지는 나무에 깔려 죽었습니다. 저에게는 가족도 친척도 없어서 제가 죽으면 고아가 될 제 아기들을 돌봐줄 사람이 아무도 없습니다. 제발 제 영혼을 거둬가지 마십시오! 죽기 전에 이 아이들이 혼자 설 수 있도록 먹이고 돌볼 수 있게 해주십시오. 부모 없이는 아이들이 살 수 없지 않습니까?' 그녀의 말을 듣고 저는 한 아기를 그녀의 가슴 위에 올려주고 또 한 아기는 팔에 안겨준 다음 하늘나라로 돌아왔습니다. 그리고 하나님 앞에 나아가 말씀드렸죠. '아기 엄마의 영혼을 데려올 수 없었습니다. 그녀의 남편은 나무에 깔려 죽었고 그녀는 쌍둥이 아기 둘을 낳았는데, 제발 자기 영혼을 거둬가지 말라고 사정했습니다. 아기들이 자기 발로 설 수 있도록 먹이고 돌보게 해 달라고 애원했습니다. 그러면서 아이들은 부모 없이 자랄 수 없다고 했습니다. 그래서 그녀의 영혼을 데려오지 못했습니다.' 하나님께서 말씀하셨습니다. '가서 그 아기 엄마의 영혼을 데려오너라. 그리고 세 가지 진리를 배워라. 사람 안에 무엇이 있는가? 사람에게 주어지지 않은 것이 무엇인가? 사람은 무엇으로 사는가? 이 세 가지를 깨달으면 다시 하늘나라로 돌아올 수 있을 것이다.' 그렇게 해서 저는 다시 세상에 내려와 아기 엄마의 영혼을 거뒀습니다. 그러자 아기들이 그녀의 품에서 떨어져 나왔고, 그녀의 몸이 침대에서 구르면서 한 아기의 발을 짓누른 것입니다. 저는 그녀의 영혼을 하나님께 데려가려고 마을 위로 날아올랐습니다. 하지만 바람이 저를 가로막았고 저의 날개는 떨어져 나갔습니다. 그렇게 그녀의 영혼은 홀로 떠올라 하나님께로 가고, 저는 아래로 떨어져 길가에 쓰러져 있었던 것입니다."

11

시몬과 마트료나는 자기들이 그동안 누구와 함께 지냈는지, 누구에게 옷과 음식을 나누어 주었는지 깨닫게 되었다. 그러자 경이감과 함께 기쁨이 가득 차올랐다. 천사 미하일이 말했다.

"저는 헐벗은 채 들판에 홀로 있었습니다. 인간이 되기 전까지 저는 인간에게 무엇이 필요한지 몰랐으며, 추위와 배고픔이 뭔지도 몰랐습니다. 저는 굶주리고 꽁꽁 언 채로 어찌할 바를 몰랐습니다. 그러다가 하나님의 집인 교회가 보였고, 혹시 안식처를 찾을 수 있을까 해서 그리로 갔습니다. 하지만 문이 잠겨 있어서 들어갈 수 없었지요. 저는 바람이라도 막아보려고 교회 뒤에 앉아 있었습니다. 날은 저물고, 배고픔과 추위로 고통스러웠습니다. 그러던 중에 한 사람이 길을 따라 걸어오는 게 보였습니다. 손에 장화 한 켤레를 든 채 뭐라고 중얼거리며 걸어오고 있었습니다. 제가 인간이 된 후 처음 만나는 인간의 얼굴이었지요. 그 얼굴이 너무 무서워서 저는 고개를 돌렸습니다. 그러자 그의 말소리가 들려왔어요. 추운 날씨에 뭘 입어야 할지, 아내와 아이들을 어떻게 먹여 살려야 할지 걱정하고 있었습니다. 그때 저는 생각했습니다. '지금 나는 추위와 배고픔으로 죽어가고 있는데, 저 사람은 자기와 자기 아내가 입을 옷과 가족이 먹을 양식 걱정만 생각하는구나. 저 사람은 나를 도와줄 수 없을 거야.' 그 사람은 저를 보더니 더 무서운 표정으로 인상을 찌푸리며 교회 앞으로 해서 지나가 버렸습니다. 저는 절망했지요. 그런데 잠시 후 그가 돌아오는 발소리가 들렸습니다. 고개를 들어 바라보니 그의 얼굴이 몰라보게 달라져 있는 거예요. 조금 전까지 죽음의 그림자가 서려 있던 그의 얼굴에 생기가 돌았습니다. 그 사람 안에 하나님이 계신다는 걸 알 수 있었습니다. 그는 제게 다가와 외투를 벗어주고 저를 자신의 집까지 데려갔지요. 집 안으로 들어가니 한 여인이 맞아주었습니다. 그러더니 남자보다 더 무서운 얼굴로 잔소리를 퍼붓기 시작하더군요. 그녀의 입에서 죽음의 기운이 뿜어져 나왔습니다. 그녀 주변에 서려 있는 죽음의 악취 때문에 저는 숨을 쉴 수조차 없었어요. 그녀는 저를 추운 바깥으로 다시 쫓아내려 했고, 저는 만약 그렇게 되면 그녀가 죽을 것임을 알고 있었습니다. 그 순간 그녀의 남편이 그녀에게 하나님 이야기를 꺼냈고, 그녀는 곧 마음을 바꿨습니다. 그리고 제게 음식을 가져다주며 저를 바라보았죠. 저도 눈을 들어 그녀를 보았습니다. 그녀 안에 더 이상 죽음의 그림자가 어른거리지 않는다는 걸 알 수 있었죠. 그녀는 금세 생기를 찾았고, 저는 그 속에서 하나님을 보았습니다. 그 순간 하나님께서 제게 주신 첫 번째 가르침이 떠올랐습니다. '사람 안에 무엇이 있는가?' 저는 사람 안에 사랑이 있음을 깨달았습니다. 하나님께서 제게 약속하신 것을 이미 보여 주기 시작하셨다는 걸 알고 기뻤습니다. 그래서 첫 번째 미소를 지은 것이지요. 그렇지만 아직 다 배운 것은 아니었지요. 사람에게 주어지지 않은 것이 무엇인지, 그리고 사람이 무엇으로 사는지는 아직 깨닫지 못했으니까요.

그렇게 해서 저는 이곳에서 지내게 되었고, 일 년쯤 되었을 때 한 신사가 와서 장화를 주문했습니다. 일 년 후에도 모양이 뒤틀어지거나 이음새가 터지지 않는 신발을 만들어 달라고 했지요. 그런데 그를 보고 있으려니 그의 어깨 너머로 저의 동료인 죽음의 천사가 보이는 것이었습니다. 그 천사는 제 눈에만 보였는데, 저는 그날 해가 지기 전에 그가 신사의 영혼을 데려갈 것이라는 걸 알았습니다. 그때 생각했죠. '저 신사는 해가 지기 전에 자기가 죽을 것을 모르고 일 년을 준비하는구나.' 그리고 '사람에게 주어지지 않은 것이 무엇인가?'라고 하신 하나님의 두 번째 말씀을 떠올렸습니다. 사람 안에 무엇이 있는지는 이미 알았고, 이제 사람에게 주어지지 않은 것이 무엇인지도 알게 되었지요. 그것은 자기에게 무엇이 필요한지를 아는 지혜였습니다. 그래서 두 번째로 미소를 지었던 것입니다. 동료 천사를 본 것도 기뻤고 하나님께서 두 번째 진리를 깨닫게 해주신 것도 기뻤습니다. 그래도 아직 배워야 할 하나의 진리가 남아 있었습니다. '사람은 무엇으로 사는가?' 저는 하나님께서 마지막 깨달음을 얻게 해주실 때를 기다리며 지냈습니다. 그리고 6년째 접어드는 해에 한 여자가 쌍둥이 여자아이들을 데리고 구둣방에 찾아왔습니다. 저는 그 아이들을 알아보았고, 그동안 어떻게 살아왔는지 듣게 되었습니다. 그리고 생각했죠. '저 아이들의 엄마가 내게 간청하는 소리를 듣고 나는 정말 아이들이 부모 없이는 살 수 없다고 믿었어. 그런데 아무 상관도 없는 사람이 이 아이들을 먹이고 보살피며 길러주었구나.' 자기가 낳지도 않은 아이들을 사랑하고 그들을 위해 눈물까지 흘리는 그 여자를 보면서 그녀 안에 살아 계신 하나님을 보았습니다. 그리고 사람이 무엇으로 사는지 깨달았습니다. 그 순간 저는 하나님께서 세 번째 진리를 깨우쳐 주시고, 동시에 저를 용서하셨다는 것을 알았습니다. 그래서 세 번째 미소를 지은 것이지요."

12

그때 천사의 옷이 벗겨지고 빛이 그의 몸을 감쌌다. 두 사람은 눈이 부셔서 똑바로 바라볼 수가 없었다. 천사의 음성은 점점 커져서 마치 그에게서 나오는 것이 아니라 하늘에서 울리는 것 같았다. 천사가 말했다.

"저는 사람이 스스로 염려하고 보살펴서 사는 것이 아니라 사랑으로 산다는 것을 깨우쳤습니다. 아기의 어머니는 아이들이 살아가는 데 필요한 것이 무엇인지 알지 못했고, 그 신사는 저녁이 되었을 때 자기에게 필요한 것이 장화인지, 시신에 신겨질 슬리퍼인지 알지 못했습니다. 제가 인간이 되어 살아남을 수 있었던 것은 스스로 돌봐서가 아니라 지나가는 사람이 사랑을 베풀어 주고, 그와 그의 아내가 저를 가엾게 여겨 주었기 때문입니다. 고아가 된 아기들은 엄마의 보살핌 때문이 아니라 그들을 가엾게 여기고 보살펴 준 이웃 여자의 사랑으로 살 수 있었습니다. 모든 사람은 자신의 복지를 궁리함으로써 사는 것이 아니라 그 마음 안에 있는 사랑으로 사는 것입니다. 하나님께서 인간에게 생명을 주시고 살게 하셨다는 건 알고 있었습니다. 그런데 이제 그보다 더 많은 것을 깨달았습니다. 하나님께서는 인간이 따로 흩어져 사는 것을 원하지 않으십니다. 그래서 각자에게 필요한 것이 무엇인지를 보여주지 않으시는 것입니다. 인간이 하나 되어 함께 살아가기를 원하셨기 때문에 한 사람 한 사람에게 모두를 위해 필요한 것이 무엇인지를 보여주십니다. 사람들은 스스로 자신을 보살피고 살 궁리를 해야만 살 수 있다고 생각하지만, 사실은 사랑으로 사는 것이라는 걸 이제 깨달았습니다. 사랑하는 사람은 하나님 안에 있으며, 하나님께서도 그의 안에 계십니다. 하나님은 사랑이시기 때문입니다."

천사는 이렇게 말하고 하나님을 찬송하는 노래를 불렀다. 그 소리가 울려 퍼지자, 오두막이 떨리기 시작했다. 지붕이 열리고, 땅에서 하늘까지 불기둥이 솟았다. 시몬과 마트료나와 아이들은 바닥에 엎드렸다. 천사는 어깨에서 날개가 돋더니 하늘로 올라갔다.

시몬이 정신을 차렸을 때, 오두막은 예전 그대로였고 오두막 안에 그의 가족 말고는 아무도 없었다.

사랑이 있는 곳에
하나님이 있다

어느 마을에 마틴 아브디치라는 구두장이가 살았다. 그가 사는 지하의 작은 방에는 거리를 향해 창문이 하나 나 있었는데 그 창으로 내다보면 지나가는 사람들의 발밖에 보이지 않았다. 하지만 마틴은 신발만 보고도 그가 누구인지 알 수 있었다. 그곳에서 오래 살았고 아는 사람도 많았기 때문에 한 번이라도 마틴의 손을 거치지 않은 신발이 거의 없을 정도였기 때문이다. 그러다 보니 종종 창밖으로 자기 손을 거쳐 간 신발이 지나가는 걸 볼 수 있었다. 그중에는 밑창을 다시 대거나 해진 곳에 가죽을 덧대서 기워준 것도 있었고, 박음질이 뜯어져 다시 꿰매준 것도 있었으며, 아예 갑피를 새로 갈아준 것도 있었다. 마틴은 솜씨도 좋은데다 좋은 재료를 사용하면서도 수선비를 많이 받지 않았고 믿을 수 있는 사람이었기 때문에 늘 일감이 많았다. 마틴은 손님이 원하는 시간까지 일을 마칠 수만 있으면 주문을 마다하지 않았다. 하지만 그럴 수 없을 것 같으면 처음부터 솔직하게 말하고 거절할망정 헛

된 약속은 하지 않았다. 그래서 마틴은 동네에서 유명했고, 일감이 부족했던 적이 없었다.

마틴은 늘 착하고 반듯하게 사는 사람이었다. 그런데 나이가 들면서 점차 영혼에 대해 생각하는 시간이 많아지고 하나님께 의탁하려는 마음이 깊어졌다. 그는 자기 가게를 열기 전에 다른 사람의 구둣방에서 일을 했는데 그즈음 아내가 세 살짜리 아들을 남겨두고 세상을 떠났다. 그전에 낳았던 아이들도 모두 태어난 지 얼마 안 돼서 죽었다. 아내가 죽고 나서 마틴은 막내아들 카피톤을 시골에 사는 누이에게 보낼까 생각했지만, 어린아이가 낯선 집에서 자라는 게 어려울 것이라 여겨져 데리고 살기로 했다.

마틴은 일하던 구둣방에서 독립하여 아이와 함께 셋방을 얻어 살기 시작했다. 하지만 막내아들 역시 그의 곁에 오래 머물지 않았다. 카피톤이 자라서 아버지의 일을 돕기 시작하고 마틴이 아들과 함께 사는 기쁨을 맛보기 시작할 즈음 카피톤은 병에 걸렸고, 고열에 시달리며 일주일쯤 앓다가 죽었다. 아들을 묻고 깊은 절망에 빠진 마틴은 신에게 원망을 퍼부었다. 비통함을 이기지 못한 마틴은 자기 곁에 하나 남은 사랑하는 아들을 데려가고 자기 혼자 세상에 남게 한 것에 대해 하나님을 원망하면서 자기도 데려가 달라고 애원했다. 그러고는 더 이상 교회에 나가지 않았다.

어느 날 그 마을에 살던 한 노인이 8년간의 순례 여행을 마치고 트로이차 수도원에서 돌아오는 길에 마틴의 집에 들렀다. 마틴은 그에게 마음을 열고 슬픔을 털어놓았다.

"저는 더 이상 살고 싶지도 않습니다. 그저 빨리 죽게 해달라고 하나님께 빌고 있어요. 더 이상 삶에 희망이 없습니다."

노인이 대답했다.

"마틴, 자네는 그런 말을 할 권리가 없다네. 하나님의 뜻을 우리가 판단할 수 없기 때문이지. 우리의 생각이 아닌 하나님의 뜻이 모든 걸 결정하는 거야. 아들이 죽고 자네가 사는 것이 하나님의 뜻이었다면 그럴만한 이유가 있을 것이네. 자네가 지금 절망하는 것은 자기 행복을 위해 살고자 했기 때문이지."

"그렇지 않으면 무엇을 위해 살아야 합니까?"

마틴이 물었다.

"하나님을 위해 살아야지. 그분께서 자네에게 생명을 주셨으니 그분을 위해 살아야 하네. 하나님을 위해 사는 법을 배우면 더 이상 슬프지 않을 것이며 만사가 편안해질 것이네."

잠시 말이 없던 마틴이 물었다.

"하나님을 위해 사는 건 어떻게 사는 것입니까?"

노인이 대답했다.

"하나님을 위해 사는 법은 그리스도께서 보여주셨네. 글을 읽을 줄 아는가? 그렇다면 복음서를 사서 읽어보게. 하나님께서 자네가 어떻게 살기를 원하시는지 복음서에 나와 있다네. 복음서를 읽으면 다 알게 될 거야."

노인의 말은 마틴의 가슴에 깊은 울림을 주었고 마틴은 그날 당장 큰 활자로 된 복음서를 사서 읽기 시작했다.

처음에는 휴일에만 읽을 생각이었는데, 한 번 읽기 시작하자 마음이 한결 홀가분해지는 것을 느끼고 매일 읽게 되었다. 때때로 너무 깊이 빠져들어서 등잔에 기름이 떨어지고 나서야 책에서 눈을 뗄 정도였다. 그렇게 매일 복음서를 읽어가면서 마틴은 점차 하나님께서 자신에게 원하시는 것이 무엇인지, 하나님을 위해 살려면 어떻게 해야 하는지 이해하게 되었다. 그러면서 점점 마음이 가벼워졌다. 전에는 침대에 누워서도 어린 카피톤을 생각하며 침울했는데 이제는 "주님께 영광을, 주님께 영광을! 오 주님, 당신의 뜻대로 이루어지게 하소서!"라는 말만 되뇌게 되었다.

그때부터 마틴의 삶은 완전히 바뀌었다. 예전에는 휴일이 되면 술집에 가서 차를 마시기도 하고, 보드카도 한두 잔쯤은 마다하지 않았다. 친구들과 술을 마시고, 취하지는 않았지만 기분 좋게 흥분한 상태로 술집에서 나와 쓸데없는 말을 떠벌리기도 하고 지나가는 사람에게 소리를 지르며 시비를 걸기도 했다. 하지만 이제 마틴에게서 그런 행동은 전혀 볼 수 없었다. 마틴의 삶은 한결 평화로웠고 기쁨에 가득했다. 아침이면 작업대에 앉아 일을 시작했고, 하루의 작업이 끝나면 벽에 걸린 등장을 내려서 테이블 위에 올려놓고 책장에서 복음서를 꺼내 읽었다. 복음서를 읽을수록 그 내용이 점점 더 명확하게 다가왔고 그의 마음도 그만큼 더 맑아지고 충만해졌다.

어느 날 마틴이 늦게까지 앉아서 복음서에 몰입하고 있을 때였다. 누가복음 6장에 다음과 같은 구절이 적혀 있었다.

> 너의 이 뺨을 치는 자에게 저 뺨도 돌려대며 네 겉옷을 빼앗는 자에게 속옷도 거절하지 말라 네게 구하는 자에게 주며 네 것을 가져가는 자에게 다시 달라 하지 말며 남에게 대접을 받고자 하는 대로 너희도 남을 대접하라 (누가복음 6장 29~31절)

그리스도께서는 또 이렇게 말씀하셨다.

너희는 나를 불러 주여 주여 하면서도 어찌하여 내가 말하는 것을 행하지 아니하느냐 내게 나아와 내 말을 듣고 행하는 자마다 누구와 같은 것을 너희에게 보이리라 집을 짓되 깊이 파고 주추를 반석 위에 놓은 사람과 같으니 큰 물이 나서 탁류가 그 집에 부딪치되 잘 지었기 때문에 능히 요동하지 못하게 하였거니와 듣고 행하지 아니하는 자는 주추 없이 흙 위에 집 지은 사람과 같으니 탁류가 부딪치매 집이 곧 무너져 파괴됨이 심하니라 하시니라 (누가복음 6장 46~49절)

이 구절들을 읽는 마틴의 마음에 기쁨이 차올랐다. 안경을 벗어 책 위에 올려놓고 테이블에 팔을 걸친 채 방금 읽은 구절을 되새겨 보았다. 말씀의 내용에 비추어 삶을 반추하면서 자신에게 물었다.

'내 집은 반석 위에 서 있을까, 아니면 모래 위에 서 있을까? 반석 위에 서 있다면 잘된 일이야. 여기 혼자 앉아 있는 동안은 모든 게 쉬워 보이겠지. 그리고 하나님께서 명하신 일을 모두 따르며 살고 있다고 자만할 거야. 하지만 스스로 경계하는 마음을 내려놓는 순간 죄를 지을 수 있어. 그러니 열심히 노력하자. 그것이 내게 큰 기쁨을 주니까. 오, 주님, 도와주소서!'

여기까지 생각하고 잠자리에 들려고 했지만, 책을 손에서 놓고 싶지 않았다. 마틴은 계속해서 7장을 읽어나갔다. 백부장과 과부의 아들에 관한 내용, 그리고 요한의 제자들에게 그리스도께서 대답하신 내용이 적혀 있는 부분이었다. 부자 바리새인이 그리스도를 자기 집에 초대하는 부분에 이르자 죄를 지은 여자가 그리스도의 발에 향유를 붓고 눈물로 발을 씻겨드리는 이야기가 나왔다. 마틴은 그리스도께서 어떻게 여인의 죄를 사해주셨는지를 읽었다. 그리고 7장 44절에 이르렀다.

> 그 여자를 돌아보시며 시몬에게 이르시되 이 여자를 보느냐 내가 네 집에 들어올 때 너는 내게 발 씻을 물도 주지 아니하였으되 이 여자는 눈물로 내 발을 적시고 그 머리털로 닦았으며 너는 내게 입맞추지 아니하였으되 그는 내가 들어올 때로부터 내 발에 입맞추기를 그치지 아니하였으며 너는 내 머리에 감람유도 붓지 아니하였으되 그는 향유를 내 발에 부었느니라 (누가복음 7장 44~46절)

마틴은 이 구절을 읽으며 생각했다.

'시몬은 그리스도의 발을 물로 씻겨 드리지도 않았고 입맞추지도 않았고 그리스도의 머리에 향유를 붓지도 않았어.'

마틴은 또다시 안경을 벗어 책 위에 올려놓고 생각에 잠겼다.

'그 바리새인이 바로 나 같은 사람이었어. 자기만 생각한 거야. 차 한 잔 마실 생각, 어떻게 하면 따듯하고 편안하게 지낼까 하는 생각만 했지, 자기가 초대한 손님을 배려하지 않았어. 자기 안위만 생각하고 손님을 보살피지 않았던 거지. 그런데 손님은 누구지? 바로 그리스도셨어! 그분이 내게 오신다면 나도 그렇게 행동할까?'

마틴은 두 팔 위에 머리를 얹고 생각하다가 자기도 모르게 잠이 들었다.

"마틴!"

누군가 귀에 대고 속삭이듯 그를 부르는 소리가 들렸다. 마틴은 깜짝 놀라 잠에서 깼다.

"누구시오?"

고개를 돌려 문 쪽을 살폈지만 아무도 보이지 않았다. 마틴은 다시 한번 누구냐고 물었다. 그러자 아주 선명한 음성이 들렸다.

"마틴, 마틴! 내일 거리를 내다보아라. 내가 갈 것이다."

마틴은 정신을 차리고 의자에서 벌떡 일어나 눈을 비볐다. 하지만 꿈인지 생신지 분간할 수 없었다. 그는 등불을 끄고 잠자리에 들었다.

다음 날 아침에는 날이 밝기도 전에 일어나 기도드린 다음 난로에 불을 지펴 양배추 수프와 메밀 죽을 끓였다. 그리고 주전자를 불에 올려놓은 뒤 앞치마를 두르고 창가 작업대에 앉았다. 작업을 하면서 지난밤의 일에 대해 곰곰이 생각해 보았다. 누군가의 음성을 들은 게 꿈인 듯싶다가도 실제로 들은 것 같은 느낌이 들어 갈피를 잡을 수 없었다.

'그런 일이 간혹 있기도 하니까.'

마틴은 이렇게 생각하기로 했다.

그날 마틴은 창가에 앉아서 작업하는 시간보다 거리를 내다보는 시간이 더 많았다. 낯선 신발이 지나갈 때마다 마틴은 몸을 굽히고 거리를 올려다보았다. 신발 주인의 얼굴을 보기 위해서였다. 건물 수위가 새 펠트 장화를 신고 지나갔고, 물장수가 지나갔다. 그리고 이어서 니콜라스 황제 때의 늙은 군인이 삽을 들고 창가로 다가왔다. 마틴은 가죽을 덧댄 그의 낡은 펠트 장화만 보고도 그를 알아보았다. 그의 이름은 스테파니치인데 이웃 상인이 그의 사정을 딱하게 여겨 수위 일을 맡기고 자기 집에 머물게 해 주었다. 스테파니치는 마틴의 창 앞에 쌓인 눈부터 쓸어내기 시작했다. 마틴은 그를 힐끗 보고 나서 다시 작업을 시작했다.

"나이를 먹으면서 정신이 이상해진 모양이군."

마틴은 자기가 헛것을 들었다는 생각에 허탈하게 웃으며 중얼거렸다.

"스테파니치가 눈 치우러 오는 걸 보고 그리스도께서 나를 찾아오시는 줄 알다니, 노망난 늙은이가 따로 없구나!"

하지만 열두 땀쯤 꿰매고 나서는 또다시 창밖을 내다보지 않을 수 없었다. 스테파니치가 삽을 벽에 기대놓고 쉬고 있었다. 잠시 몸을 덥히는 것 같기도 했다. 늙고 쇠약한 체구에 눈을 치울 기운이 있을 것 같아 보이지 않았다.

"들어오게 해서 차나 한잔 대접할까? 마침 주전자에 물을 끓이는 중이니 말이야."

마틴은 송곳을 제자리에 꽂고 일어나 주전자를 테이블에 가져다 놓고 차를 준비했다. 창문을 톡톡 두드리자 스테파니치가 돌아보고 다가왔다. 마틴은 그에게 들어오라고 손짓한 다음 현관으로 가서 문을 열었다.

"추울 텐데 들어와서 몸 좀 녹이셔요."

"고맙소, 복 받으실 거요! 너무 추워서 뼈가 시릴 지경이라오."

스테파니치는 이렇게 말하며 들어와 자기 몸에 쌓인 눈을 털어낸 다음 바닥을 더럽히지 않으려고 신발 바닥을 닦았다. 그러느라 기우뚱거리다가 넘어질 뻔했다.

"안 닦으셔도 됩니다. 제가 나중에 마룻바닥을 닦으면 되니까요. 어차피 매일 하는 일인 걸요. 어서 앉아 차 한 잔 드세요."

마틴은 컵 두 개에 차를 따라 하나는 스테파니치 앞에 내밀고, 자기 것은 접시에 받쳐 후후 불며 마시기 시작했다.

스테파니치는 잔을 비운 다음 엎어놓고 남은 설탕 조각을 그 위에 올려놓았다. 그런 다음 마틴에게 감사의 인사를 전했다. 하지만 조금 더 마시고 싶은 기색이 역력했기에 마틴이 말했다.

"한 잔 더 드시죠."

마틴은 잔 두 개에 다시 차를 따랐다. 두 번째 잔을 마시면서 마틴은 계속 창밖을 내다보았다.

"누구 기다리는 사람이라도 있소?"

스테파니치가 물었다.

"기다리는 사람이 있느냐고요? 글쎄요. 막상 말씀드리려니 부끄럽군요. 딱히 기다리는 사람이 있는 건 아닙니다. 그런데 간밤에 들은 목소리가 머리에서 떠나질 않는군요. 그것이 현시였는지 아니면 상상이었는지도 모르겠고요. 어젯밤 예수 그리스도의 복음서를 읽고 있을 때였어요. 그분이 세상에서 행하신 일들과 고난에 관한 내용이었죠. 어르신도 들어보셨으리라 생각합니다만."

"들어봤지. 하지만 난 무식해서 글을 읽을 줄 모른다오."

"세상에 남기신 그리스도의 행적에 대해 읽고 있었는데 그리스도를 자기 집으로 초대한 바리새인이 그분을 제대로 대접하지 못하는 이야기가 나오더라고요. 그 부분을 읽으면서 그 바리새인이 그리스도께서 응당 받으셔야 할 합당한 대접을 하지 않았다는 생각이 들었습니다. 만약 그런 일이 제게 일어났다면 그분을 대접하기 위해 제가 하지 않을 일이 뭐가 있겠어요! 그런데 그 바리새인은 그리스도를 전혀 대접하지 않았던 거지요. 그런 생각을 하면서 졸기 시작했어요. 그때 누군가 제 이름을 부르는 소리가 들렸습니다. 저는 벌떡 일어났지요. 그러자 그 음성이 제 귓전에 속삭였어요. '나를 기다려라. 내일 내가 네게 갈 것이다'라고요. 그것도 두 번이나 말입니다. 솔직하게 말씀드리자면 그 소리가 제 뇌리에 너무나 또렷이 박혀버려서 계속 기다리게 되네요. 주님을요!"

스테파니치는 말없이 고개를 젓더니 찻잔을 비운 뒤 옆으로 뉘여 놓았다. 하지만 마틴은 잔을 다시 세우고 차를 따랐다.

"한 잔 더 드세요! 그런데 생각해 보니, 그리스도께서는 이 세상에 계시는 동안 아무도 무시하거나 비하하지 않으셨더라고요. 늘 평범한 사람들과 생활하셨지요. 보통 사람들과 어울리고 제자들도 저희 같은 사람들, 즉 노동자나 죄인 중에서 선택하셨어요. 그리고 이렇게 말씀하셨어요. '자기를 높이려는 자는 낮아질 것이고 겸손한 자는 높이 올려질 것이다.' 또 이런 말씀도 하셨어요. '너희가 나를 주님이라 부르니, 나는 너희의 발을 씻겨 주겠다.' '누구든 첫째가 되려는 자는 모든 이의 종이 될 것이다. 가난하고 겸손하며 온유하고 자비로운 자에게 복이 있을 것이기 때문이다.'"

스테파니치는 차 마시는 것도 잊은 채 마틴의 이야기를 듣고 있었다. 그는 원래도 눈물이 많았던 터라 마틴의 이야기에 귀를 기울이는 동안 눈물이 볼을 타고 흘러내렸다.

"좀 더 마시지 그러세요."

마틴이 권했으나 스테파니치는 가슴에 성호를 긋고 감사의 말을 한 다음 찻잔을 밀어놓고 일어났다.

"고맙네, 마틴 아브디치. 자네는 음식과 위로로 내 몸과 영혼을 모두 충족시켜 주었어."

"별말씀을요. 언제든 또 오십시오. 저는 누가 제집에 찾아오는 게 좋습니다."

마틴이 말했다.

스테파니치가 나가고 마틴은 주전자에 남은 차를 따라 마셨다. 그런 다음 찻잔을 정리하고 작업대에 앉아 장화의 뒤쪽 솔기를 꿰매기 시작했다. 그러면서도 그리스도의 행적과 말씀을 생각하며 그분을 기다리는 마음으로 계속 창밖을 내다보았다. 그러려니 머릿속이 온통 그리스도의 말씀으로 가득 찼다.

군인 둘이 지나갔다. 한 사람은 군화를 신고 있었고, 또 한 사람은 사제 장화를 신고 있었다. 그다음에는 반짝이는 가죽 덧신을 신은 이웃집 사람이 지나가고, 빵 바구니를 든 빵장수가 지나갔다. 그러고 나서 농가에서 만든 엉성한 신발에 털로 짠 긴 양말을 신은 여자가 다가와 마틴의 창문 옆에 와서 섰다. 마틴이 창을 통해 올려다보니 처음 보는 여자였다. 허름한 옷차림에 아기를 안고 있었다. 그녀는 바람을 등지고 벽에 바짝 붙어 선 채 두 팔로 아기를 감싸고 있었다. 여름옷을 입고 있었는데 그마저도 낡고 허름했다. 창을 통해 아기 울음소리가 들렸고 여자는 아기를 달래려고 했지만 소용없는 듯했다. 마틴은 일어나 밖으로 나갔다. 그리고 계단을 올라가 그녀를 불렀다.

"이보시오, 이보시오!"

그녀가 마틴의 음성을 듣고 고개를 돌렸다.

"이런 추운 날씨에 왜 아기를 데리고 밖에 계시오? 안으로 들어

와요. 따듯한 실내에서 편안히 안아주시오. 어서 이쪽으로 와요!"

그녀는 앞치마를 두른 늙은 남자가 안경 너머로 자기를 부르자 좀 놀라는 것 같았지만 따라 들어왔다. 계단을 내려와 안으로 들어오자 마틴은 그녀를 침대로 안내했다.

"자, 난로 가까이 앉으시오. 몸을 녹이면서 아기에게 젖을 먹여요."

"젖이 나오지 않습니다. 아침부터 아무것도 못 먹어서요."

여자는 이렇게 말하면서도 아기에게 젖을 물렸다.

마틴은 고개를 저으며 그릇과 빵을 꺼냈다. 그리고 오븐을 열어 양배추 수프를 그릇에 덜었다. 메밀 죽 냄비도 꺼냈지만, 죽이 아직 완성되지 않아서 식탁에 냅킨을 깔고 수프와 빵만 내놓았다.

"앉아서 좀 드시오. 그동안 내가 아기를 볼 테니. 나도 아이를 길러보아서 다룰 줄 안다오."

마틴이 아기를 침대에 눕히고 그 옆에 앉아 있는 동안 여자는 가슴에 성호를 긋고 빵과 수프를 먹었다. 마틴은 열심히 혀를 차며 아기를 얼러보았으나 치아가 없다 보니 소리가 제대로 나지 않아서 그런지 아기는 울음을 그치지 않았다. 마틴은 손가락을 아기 얼굴 앞에 갖다 대고 아기의 입을 향해 돌진하는 듯하다가 얼른 뒤로 빼는 동작을 반복해 보았다. 손에 온통 구두 수선용 왁스가 묻어 있었기 때문에 아기의 입에 닿지 않도록 조심했다. 아기는 마틴의 행동을 지켜보느라 점점 조용해지더니 나중에는 웃기 시작했다. 그 모습을 보니 마틴은 기분이 좋아졌다.

여자는 식사하는 동안 마틴에게 자기가 누구인지, 어디서 어떻게 살아왔는지 이런저런 이야기를 들려주었다.

"제 남편은 군인이에요. 남편은 8개월 전에 멀리 전출되었는데, 그 후로 아무 소식이 없답니다. 아기가 태어나기 전에는 요리사로 일했지만 아기가 태어나자 주인이 아기 딸린 요리사를 원하지 않았어요. 그리고 지금까지 석 달째 있을 곳을 찾지 못해 곤란을 겪고 있습니다. 식료품을 사기 위해 가진 것을 모두 팔아야 했지요. 유모 자리라도 가려고 하는데 받아주는 데가 없습니다. 제가 너무 굶주려 보이고 말랐다네요. 조금 전에 이웃 여자가 일하는 가겟집 주인아주머니를 만났는데, 저를 받아주겠다고 했답니다. 드디어 살길이 생긴 것 같아요. 하지만 다음 주에나 오라네요. 아주머니의 가게가 너무 멀리 있어서 거기까지 가는 데 지치기도 했고, 가여운 제 아가도 긴 시간 젖을 먹지 못했어요. 다행히 주인아주머니가 저희를 불쌍히 여겨서 무료로 재워주셨는데, 그렇지 않았으면 어떻게 했을지 정말 앞이 캄캄했답니다."

"좀 더 따듯한 옷은 없습니까?"

마틴이 한숨을 쉬며 물었다.

"따듯한 옷이 어떻게 남아 있겠어요? 마지막 남은 숄도 어제 6펜스 받고 전당포에 맡겼는데요."

여자가 침대로 와서 아기를 안자 마틴도 일어났다. 그리고 벽에 걸린 옷들을 둘러보다가 낡은 망토 하나를 들고 왔다.

"이걸 두르시오. 오래되어 낡기는 했지만, 아기를 따듯하게 감쌀 수 있을 거요."

여자는 망토와 마틴을 번갈아 바라보고는 그것을 받아들며 눈물을 흘렸다. 마틴은 돌아서서 침대 밑을 더듬어 작은 트렁크를 꺼내더니 그 안을 뒤적이다가 여자 앞에 마주 앉았다. 여자가 말했다.

"하나님의 축복이 내리시길 빕니다. 주님이 저를 당신의 창가로 보내신 것 같군요. 그러지 않았으면 제 아이는 얼어 죽었을 거예요. 집을 나설 때는 날씨가 푸근했는데 점점 추워졌거든요. 주님이 당신에게 창밖을 내다보라 하시고 저를 가엾게 여기도록 하신 거예요!"

마틴이 미소를 지으며 말했다.

"당신 말이 맞소. 그분이 나를 움직이신 거요. 내가 그때 창밖을 내다본 건 우연이 아니었거든."

그러고 나서 마틴은 여자에게 지난밤에 꿈결인 듯 주님의 음성을 들었고 그분이 오늘 오겠다고 하신 이야기를 들려주었다.

"혹시 누가 아나요? 그분께 불가능한 일은 없으니까요."

여자는 이렇게 말하고 일어나서 어깨에 망토를 걸치고 아기와 자기 몸을 감쌌다. 그런 다음 마틴에게 다시 한번 감사 인사를 했다.

"이걸 가져가시오."

마틴은 이렇게 말하며 여자가 전당포에서 숄을 되찾을 수 있도록 6펜스를 주었다. 여자가 가슴에 성호를 긋자 마틴도 따라서 성호를 긋고 나서 그녀를 배웅했다.

여자가 가고 마틴은 양배추 수프를 먹은 다음 설거지를 마치고 다시 작업대에 앉았다. 작업을 하면서도 창밖을 내다보는 일은 잊지 않았다. 창가에 그림자가 비칠 때마다 고개를 들어 확인했다. 지나가는 사람 중에는 낯익은 사람도 있고 낯선 사람도 있었지만, 특별히 눈에 띄는 사람은 없었다.

잠시 후 사과 파는 노파가 오더니 마틴의 창문 앞에 멈췄다. 가지고 있는 바구니는 제법 컸지만 사과가 많이 남아 있는 것 같지는 않았다. 가지고 나온 걸 거의 다 팔아가는 모양이었다. 등에는 집으로 가져가려는지 나무 조각이 가득 담긴 자루를 메고 있었다. 공사장 같은 데서 주운 것 같았다. 나무 조각이 자꾸 찌르는지 노파는 자루를 한쪽 어깨에서 다른 쪽 어깨로 바꿔 메기 위해 사과 바구니를 말뚝 위에 올려놓았다. 그러고는 자루를 바닥에 탁탁 치면서 나뭇조각들을 정리했다. 그러는 사이에 낡고 해진 모자를 쓴 소년이 달려오더니 바구니에서 사과 한 알을 낚아채 도망가려고 했다. 하지만 노파는 재빨리 눈치 채고 돌아서서 소년의 소매를 잡았다. 소년은 빠져나가려고 발버둥 쳤지만, 노파는 두 손으로 소년을 꽉 붙잡은 채 모자를 벗기더니 머리카락을 움켜쥐었다. 소년은 비명을 질렀고 노파는 호된 꾸지람을 퍼부었다. 마틴은 송곳을 제자리에 꽂는 둥 마는 둥 하고 급히 밖으로 나갔다. 허겁지겁 계단을 올라가느라 안경까지 떨어뜨리면서 거리로 나갔다. 노파는 여전히 소년의 머리칼을 잡아당기며 야단을 치고 있었다. 경찰서에 데려가겠다고 겁을 주자 소년이 몸부림을 치며 저항했다.

"난 안 가져갔다고요. 왜 때리는 거예요? 날 놓아줘요!"

마틴은 두 사람을 떼어놓고 소년의 손을 잡으며 말했다.

"할머니, 이 아이를 보내주세요. 그리스도의 이름으로 이 아이를 용서해 주십시오."

"대가를 치르게 하고 나서 보내줘야 일 년은 기억하지! 이 못된 녀석을 경찰에 데려가야 해!"

마틴은 노파에게 사정하기 시작했다.

"보내주세요, 할머니. 다시는 안 그럴 겁니다. 제발 그리스도의 이름으로 이 아이를 보내주세요!"

노파가 소년을 놓아주자 소년은 바로 달아나려고 했다. 하지만 마틴은 소년을 붙잡고 말했다.

"할머니께 용서를 구하거라! 그리고 다시는 그러지 말아라. 네가 사과 가져가는 걸 내가 봤다."

소년은 울음을 터트렸다. 그리고 노파에게 잘못을 빌었다.

"그래야지. 자, 이 사과를 가져가거라."

마틴은 바구니에서 사과를 꺼내 소년에게 주며 말했다.

"사과값은 제가 드리겠습니다, 할머니."

"그러면 저런 못된 녀석들 버릇만 더 나빠질 거요. 매를 때려야 일주일이라도 기억하지."

노파가 말했다.

"아니요, 할머니. 그건 우리 생각입니다. 하나님의 뜻은 아니지요. 이 아이가 사과 한 알을 훔쳤다고 매를 맞아야 한다면 우리가 지은 죄에 대해서는 어떤 벌을 받아야 할까요?"

노파는 아무 말도 하지 못했다.

마틴은 주인으로부터 빚을 탕감받았지만 자신에게 빚진 사람에게는 멱살을 잡고 다그쳤던 하인의 이야기를 들려주었다. 노파가 마틴의 이야기를 듣는 동안 소년도 그 자리에 서서 함께 들었다.

"하나님께서는 우리에게 용서하라고 하셨습니다. 그러지 않으면 우리도 용서받지 못할 겁니다. 그러니 모든 이를 용서해야 합니다. 철없는 아이들은 말할 것도 없고요."

노파는 고개를 저으며 한숨을 쉬었다.

"그렇기는 하지. 그러나 녀석들이 점점 더 버릇이 없어진단 말이오."

"그렇다면 우리 나이 든 사람들이 더 좋은 본을 보여야겠지요."

마틴이 대답했다.

"내 말이 그 말이오."

노파가 말했다.

"나는 아이를 일곱이나 낳았는데 지금 내 곁에는 딸 하나만 남았소."

이렇게 노파는 어디서 어떻게 살아왔는지, 손주들이 몇이나 있는지 자신의 이야기를 풀어놓기 시작했다.

"이제 늙어서 기운이 남아 있지도 않지만, 그래도 손주들을 위해 열심히 일을 한다오. 아주 착한 녀석들이지. 저녁에 집에 돌아가면 맞아주는 건 손주들밖에 없어. 특히 어린 애니는 이 할미 곁을 잠시도 떠나지 않는다오. '할머니다! 우리 사랑하는 할머니, 할머니가 제일 좋아'라면서 말이오."

노파는 어린 손주 생각만으로도 마음이 누그러지는 것 같았다.

"물론 이 녀석도 아직 철이 없어 그런 거겠지. 가여운 것."

노파가 소년을 의식하며 말했다. 그녀가 자루를 메려고 하자 소년이 얼른 앞으로 나서며 말했다.

"제가 들어다 드릴게요, 할머니. 저도 그쪽으로 가거든요."

노파는 고개를 끄덕이며 소년의 등에 자루를 얹었다. 그러고는 마틴에게 사과값 받는 것도 잊어버리고 소년과 함께 길을 나섰다.

마틴은 무슨 말인가를 주거니 받거니 하면서 걸어가는 두 사람을 한참 서서 바라보았다.

두 사람의 모습이 시야에서 사라지고 나서야 마틴은 집 안으로 들어왔다. 계단에 떨어진 안경이 깨지지 않은 것을 확인한 마틴은 다시 일을 하려고 작업대에 앉아 송곳을 집어 들었다. 하지만 어느새 날이 어두워져 가죽에 뚫린 구멍으로 풀 먹인 실을 집어넣기가 힘들었다. 잠시 후 점등원이 거리의 가로등에 불을 붙이러 다니는 모습이 눈에 띄었다.

"등잔을 켤 때가 됐군."

마틴은 이렇게 생각하고 등잔의 심지를 다듬고 불을 켜서 걸어놓은 뒤 다시 작업대에 앉았다. 장화 한 짝을 끝내고 이리저리 돌려보며 제대로 됐는지 확인했다. 잘 된 것 같았다. 마틴은 도구들을 정리하고 가죽 조각들을 쓸어 담았다. 풀 먹인 실과 송곳을 치우고 등잔을 내려 테이블 위에 올려놓은 다음 책장에서 복음서를 꺼냈다. 그리고 어제 모로코가죽을 끼워둔 페이지를 펼치려는데 다른 데가 펼쳐졌다. 그 순간 어젯밤 꿈이 되살아나면서 발소리가 들려왔다. 누군가 등 뒤에서 움직이는 것 같았다. 고개를 돌려보니 방 한쪽의 어둑한 구석에 사람들이 모여 있는 것 같았다. 하지만 누가 누군지 알아볼 순 없었다. 그때 귓전에 속삭이는 소리가 들렸다.

"마틴, 마틴, 나를 모르겠느냐?"

"누구시오?"

마틴이 낮게 중얼거렸다.

"이 사람이 바로 나다."

그 음성이 다시 속삭였다. 그러자 구석에서 스테파니치가 미소를 지으며 나타났다가 구름이 흩어지듯 사라졌다.

"이 사람이 바로 나다."

또다시 속삭임이 들리고, 어둠 속에서 아기 안은 여자가 나타났다. 여자가 미소를 짓는 동안 아기도 웃었다. 그러고는 역시 사라졌다.

"이 사람이 바로 나다."

이번에도 속삭임과 함께 노파와 사과를 든 소년이 미소를 머금고 앞으로 나왔다가 사라졌다.

영혼이 기쁨으로 충만해진 마틴은 가슴에 성호를 그었다. 그런 다음 안경을 쓰고 복음서의 펼쳐진 부분을 읽기 시작했다. 맨 윗줄에 다음과 같이 적혀 있었다.

> 내가 주릴 때에 너희가 먹을 것을 주었고 목마를 때에 마시게 하였고 나그네 되었을 때에 영접하였고 (마태복음 25장 35절)

그리고 제일 아랫줄에는 이렇게 적혀 있었다.

> 너희가 여기 내 형제 중에 지극히 작은 자 하나에게 한 것이 곧 내게 한 것이니라 하시고 (마태복음 25장 40절)

그제야 마틴은 자신의 꿈이 현실에서 이루어졌음을 알았다. 그날 그리스도께서는 자신에게 오셨으며 자신이 그분을 따듯이 맞이했다는 것을.

두 노인

여자가 이르되 주여 내가 보니 선지자로소이다 우리 조상들은 이 산에서 예배하였는데 당신들의 말은 예배할 곳이 예루살렘에 있다 하더이다 예수께서 이르시되 여자여 내 말을 믿으라 이 산에서도 말고 예루살렘에서도 말고 너희가 아버지께 예배할 때가 이르리라 너희는 알지 못하는 것을 예배하고 우리는 아는 것을 예배하노니 이는 구원이 유대인에게서 남이라 아버지께 참되게 예배하는 자들은 영과 진리로 예배할 때가 오나니 곧 이 때라 아버지께서는 자기에게 이렇게 예배하는 자들을 찾으시느니라

– 요한복음 4장 19~23절

1

예루살렘으로 순례 여행을 떠나기로 한 두 노인이 있었다. 한 사람은 예핌 타라시치 셰벨레프라는 부유한 농부였고, 또 한 사람은 엘리샤 보드로프였는데 사는 형편이 그다지 좋지 못했다.

예핌은 진중하고 성실한 사람이었다. 술도 마시지 않았고 담

배나 코담배도 즐기지 않았으며 험한 말 한 번 입에 담은 적이 없었다. 그는 마을의 촌장직을 두 번이나 지냈는데, 두 번 모두 유종의 미를 거두었다. 대가족을 거느리고 있었는데, 두 아들과 결혼한 손자까지 모두 그의 집에서 함께 살았다. 예핌은 자세가 꼿꼿하고 건강했으며, 길게 기른 턱수염은 육십이 넘어서야 희끗희끗 나이 든 티를 내기 시작했다.

엘리샤는 부유하지도 가난하지도 않았다. 전에는 목수 일을 했지만, 나이 들어서는 집에서 양봉을 하며 지냈다. 아들 하나는 집을 떠나 일자리를 찾아다니는 중이었고, 다른 아들은 집에 있었다. 엘리샤는 온화하고 명랑한 사람이었다. 가끔 술을 마시거나 코담배를 즐겼으며 노래 부르기를 좋아했지만, 평온한 성품이어서 가족은 물론 이웃들과도 화목하게 잘 지냈다. 거뭇한 피부에 키가 작은 엘리샤는 곱슬곱슬한 턱수염을 가지고 있었으며 자기 수호성인 엘리샤처럼 대머리였다.

두 노인은 오래전부터 예루살렘으로 순례 여행을 가기로 맹세하고 계획을 세워두었는데 예핌이 좀처럼 시간을 내지 못했다. 그는 늘 해야 할 일이 많았고 한 가지 일이 끝나면 곧 또 다른 일을 시작했다. 손자의 결혼식을 치르고 나면 막내아들이 군대에서 제대하는 걸 봐야 했고, 그러고 나면 새집을 지어야 했다.

어느 축일 날, 두 노인이 집 앞에서 만났다. 목재 더미 위에 걸터앉아 이야기를 나누다가 엘리샤가 말했다.

"우리는 언제쯤 약속을 지킬 수 있게 되려나?"

그러자 예핌이 얼굴을 찌푸렸다.

"좀 기다려 보세. 올해는 아주 힘든 한 해였어. 집을 짓기 시작할 때는 100루블 정도면 되려니 했는데 벌써 300루블 가까이 들어갔는데도 완성이 되지 않았다네. 여름까지는 미뤄야 할 것 같아. 주님께서 허락하신다면 여름엔 꼭 떠나기로 하세."

"내 생각에는 미루지 말고 그냥 떠나는 게 좋을 것 같아."

엘리샤가 말했다.

"순례 여행을 떠나기에는 봄이 가장 좋지 않은가."

"좋을 때이기는 하지. 그러나 집 짓는 일은 어떡하고? 어떻게 일을 팽개쳐 두고 간단 말인가?"

"일을 맡길 사람이 없는 것처럼 말하는군! 자네 아들이 맡아주면 될 게 아닌가."

"어떻게 그런단 말인가! 큰아들 녀석을 믿을 수가 없어. 가끔 술을 너무 많이 마시거든."

"이보게, 어차피 우리가 죽고 나면 저희가 다 알아서 할 일이야. 자네 아들도 지금부터 경험을 쌓아야지."

"그건 그래. 하지만 누구나 일단 시작한 일은 자기 눈으로 마무리되는 걸 보고 싶어 하게 마련 아닌가."

"에이, 이 친구야, 해야 할 일을 다 끝내는 날은 절대로 오지 않아. 우리집 여자들도 부활절을 맞아 청소도 하고 빨래도 하느라 법석을 떨었다네. 하지만 여기도 일, 저기도 일이다 보니 결국 다 끝낼 수 없었다네. 그러자 현명한 큰 며느리가 말하더군. '우리가 준비를 마칠 때까지 기다려 주지 않고 축일이 다가오는 게 감사한 일이에요. 아무리 열심히 준비해도 어차피 다 끝내지 못할 테니까요.'"

예핌이 진지하게 생각하는 듯하더니 말했다.

"이번에 집 짓느라 돈을 너무 많이 썼어. 빈손으로 여행을 떠날 수는 없지 않은가. 한 사람 앞에 100루블은 있어야 할 테니 적은 돈이 아니지."

엘리샤가 웃음을 터트렸다.

"이런, 이런, 이 친구 좀 보게나! 나보다 열 배는 부자인 자네가 돈타령을 한단 말인가. 언제 출발할 건지만 말하게. 그러면 지금 내가 가진 게 없더라도 그때까지는 마련할 수 있을 테니."

예핌이 미소를 지으며 말했다.

"자네가 그렇게 부자인 줄은 몰랐네! 어떻게? 어디서 돈을 구할 건데?"

"집에 있는 돈을 긁어모으고, 그걸로 부족하면 벌통을 열 개 정도 이웃에 팔면 될 거야. 오래전부터 사고 싶어 했거든."

"올해 양봉이 잘되면 자넨 후회할 거야."

"후회라니! 아니, 절대 그러지 않을 걸세! 나는 내가 지은 죄 말고는 후회해 본 적이 없다네. 영혼보다 소중한 건 없으니까."

"그렇기는 하지. 그래도 집안일을 소홀히 하는 건 옳지 않아."

"영혼을 소홀히 여기는 건 어떻고? 그게 더 나쁘지. 순례 여행을 가기로 맹세하지 않았나. 그러니 떠나세! 지금 바로 떠나자고!"

2

엘리샤는 친구를 설득하는 데 성공했다. 밤새 깊이 생각해 본 예핌은 다음 날 아침 엘리샤에게 갔다.

"자네 말이 맞아. 가세. 살고 죽는 건 하나님 손에 달렸어. 그러니 살아 있고 기운 있을 때 가야지."

일주일 후 두 노인은 떠날 채비를 마쳤다. 예핌은 충분한 돈이 있었으므로 그중에 100루블을 챙기고, 아내에게도 200루블을 주었다.

엘리샤도 채비를 마쳤다. 이웃에게 벌통 열 개를 팔고, 여름이 되기 전에 그 벌통들에 애벌레가 생기면 그것들까지 모두 넘겨주기로 했다. 그 값으로 70루블을 받았다. 그리고 나머지는 가족들이 가진 것을 긁어모아 100루블을 마련했다. 그의 아내는 자기 장례식을 치르게 하려고 모아둔 돈을 내놓았고, 며느리도 가진 것을 모두 시아버지에게 주었다.

예핌은 큰아들에게 집안일을 빠짐없이 세세하게 일러두었다. 풀은 언제 얼만큼 베어야 하는지, 거름은 어디로 운반해야 하는지, 오두막 공사는 어떻게 마무리하고 지붕을 올려야 하는지 등등 매사를 꼼꼼히 살펴서 필요하다고 여겨지는 일들을 지시했다. 하지만 엘리샤는 이웃에게 판 벌통에서 나온 애벌레들을 따로 잘 모았다가 이웃에게 전해주라고만 일렀다. 집안일에 대해서는 아예 입도 떼지 않았다.

"상황에 따라 무엇을 어떻게 해야 할지 알게 될 것이다. 너희가 주인이니 어떻게 하는 게 너희를 위해 최선인지 알지 알겠느냐"라고만 했다.

그렇게 해서 두 노인은 준비를 마쳤다. 식구들은 그들을 위해 케이크를 굽고 가방을 만들어 주었다. 리넨을 잘라 종아리에 감을 각반도 만들어 주었다. 새로 지은 가죽 신발을 신고, 나무껍질로 만든 신발은 여분으로 챙겼다. 식구들은 마을 어귀까지 나와 두 노인을 배웅했다. 그들은 이렇게 순례 여행을 떠났다.

엘리샤는 기분 좋게 떠났고 마을을 벗어나자마자 집안일에 대해서는 모두 잊어버렸다. 그에게 중요한 건 어떻게 하면 함께 가는 친구를 기쁘게 해 줄 수 있을까, 어떻게 하면 무례한 언사를 피할 수 있을까, 어떻게 하면 평화롭고 사랑이 충만한 마음으로 여행을 마치고 무사히 집으로 돌아갈 수 있을까 하는 것들이었다. 길을 걸으면서도 엘리샤는 혼자 조용히 기도문을 읊조리거나 머릿속에 떠오르는 성인의 삶을 되새겼다. 길에서 사람을 만나거나 밤을 지낼 곳에 들어가서도 가능하면 태도를 온순하게 하고 경건한 말을 입에 담으려고 노력했다. 엘리샤는 그렇게 즐거운 마음으로 순례 여정을 이어갔다. 다만 한 가지 이루지 못하는 것은 코담배를 끊는 일이었다. 코담배 상자는 집에 두고 왔지만, 그것에 대한 갈망을 떨쳐버릴 수 없었다. 그러다가 길에서 만난 어떤 사람에게 약간의 코담배를 얻은 후로는 이따금 혼자 뒤로 처져서 (친구가 담배 유혹을 느끼지 않게 하려고) 그것을 피우곤 했다.

예핌도 활기차게 걸었다. 그 역시 그릇된 행동이나 섣부른 말은 하지 않았다. 하지만 마음이 가볍지 않았다. 집안일로 걱정이 가득했기 때문이다. 혹시 아들에게 지시해야 할 일을 빼먹지는 않았는지, 아들이 그 일들을 제대로 잘 해낼 것인지 걱정이었다. 길을 가다가 감자를 심어 놓은 밭을 지나거나 거름 나르는 모습을 보면 아들이 시킨 대로 잘하고 있을지 궁금해지면서 불안해지기 시작하는 것이었다. 당장에라도 발길을 돌려 집으로 돌아가서 아들에게 다시 일러주거나 아니면 직접 해치우고 싶은 심정이었다.

3

두 노인은 다섯 주일을 걸어서 소러시아(우크라이나의 옛 이름-역자)에 도착했다. 집에서 만들어 온 수피화가 다 닳아서 새 신을 사야 했다. 집을 떠난 후로 줄곧 자비로 숙식을 해결해야 했는데 소러시아에 도착하니 사람들이 경쟁이라도 하듯 서로 먼저 초대하려고 나섰다. 밥값도 받지 않았으며 가다가 먹으라고 빵이나 케이크를 보따리 안에 넣어주기까지 했다.

두 노인은 이렇게 경비 한 푼 안 들이고 500마일 정도를 여행했다. 도시 하나를 더 지나니 이번에는 흉년이 든 지역에 이르렀다. 농부들은 여전히 잠자리를 제공해 주었으나, 음식까지 공짜로 나눠주지는 않았다. 때로는 아예 빵을 구할 수 없는 날도 있었다. 돈을 내고 사겠다고 해도 비축해 둔 빵이 없었기 때문이었다. 마을 사람들 말로는 지난해에 수확이 거의 없었다고 했다. 원래 부자였던 사람들은 가진 것을 팔아 먹고살 수 있었고, 그저 그런 형편이었던 사람은 겨우 궁핍함을 면할 수 있었지만, 가난해서 가진 게 없는 사람들은 어쩔 수 없이 떠돌아다니며 동냥하든가 집에 들어앉아 굶고 있다고 했다. 겨울에는 겨와 명아주로 연명했다고 했다.

어느 날 두 노인은 작은 마을에서 잠시 쉬어가게 되었다. 그곳에서 빵 15파운드를 사고 밤을 지낸 다음, 해 뜨기 전에 길을 나섰다. 햇볕이 뜨거워지기 전에 많이 걸어가 두려는 생각이었다. 8마일쯤 걸어가니 개울이 나왔다. 개울가에 앉은 두 노인은 대접에 물을 떠서 빵을 적셔가며 먹었다. 그런 다음 각반을 새로 두르고 잠시 쉬었다. 엘리샤가 코담배 상자를 꺼내자, 예핌이 고개를 저었다.

"그 몹쓸 것은 왜 끊지를 못하는가?"

엘리샤가 손을 내저으며 대답했다.

"이 몹쓸 버릇이 내 의지보다 강하다네."

잠시 후 두 노인은 일어나 다시 걷기 시작했다. 8마일쯤 가니 큰 마을이 나왔다. 볕은 점점 뜨거워지고 엘리샤는 너무 지쳐서 잠시 쉬면서 목을 축이고 싶었지만, 예핌은 멈추길 원하지 않았다. 게다가 예핌은 걸음도 빨랐으므로 엘리샤는 그와 보조를 맞추기가 무척 힘들었다.

"물 한 잔 마시고 싶은데…."

엘리샤가 말했다.

"그렇게 하게나. 나는 목마르지 않아."

엘리샤가 걸음을 멈추고 말했다.

"자네 먼저 가게. 나는 저기 보이는 오두막에 가서 물 한 잔 얻어 마시고 곧 뒤따라가겠네."

"그러지."

예핌은 혼자서 큰길을 따라 계속 걸었고 엘리샤는 오던 길을 되돌아 오두막으로 갔다.

진흙으로 지은 작은 오두막은 아래쪽엔 어두운색, 위쪽엔 흰색을 칠해놓았는데 여기저기 진흙 조각이 떨어져 나간 흔적이 있었다. 흙을 다시 바른 지 오래된 것 같았고, 지붕도 한쪽은 밀짚이 떨어져 나가고 없었다. 마당을 거쳐 드나들게 되어 있었으므로 엘리샤는 마당으로 들어섰다. 그러자 오두막을 둘러싼 토담 옆에 수

척하고 수염도 기르지 않은 사내가 누워 있었다. 소러시아 남자들의 풍습대로 셔츠 밑자락을 바지 안에 집어넣은 차림이었다. 누울 때는 그늘이었을 테지만, 그새 해가 높아져 사내 위로 땡볕이 쏟아지고 있었다. 그는 잠을 자는 것도 아니면서 미동도 하지 않고 누워 있었다. 엘리샤는 사내에게 물 한 잔 마시게 해 달라고 청했다. 하지만 사내는 대답하지 않았다.

'몸이 아프거나, 아니면 몰인정한 사람인 모양이군.'

이렇게 생각하며 다시 대문으로 향하려는데 오두막 안에서 어린아이 우는 소리가 들렸다. 엘리샤는 손잡이처럼 생긴 고리를 잡고 문을 두드렸다.

"계시오?"

엘리샤가 큰소리로 외쳤지만 아무 대답도 없었다. 엘리샤는 다시 한번 문을 두드렸다.

"여보시오, 아무도 없소?"

여전히 아무런 기척이 없었다.

"여보시오!"

아무 소리도 들리지 않았다.

엘리샤가 막 돌아서려는데 문 안에서 신음 소리가 들리는 것 같았다.

'혹시 이 집 사람들에게 뭔가 안 좋은 일이 생긴 건 아닐까? 한번 들여다보는 게 좋을 것 같아.'

엘리샤는 이렇게 생각하고 안으로 들어갔다.

4

문고리를 돌려보니 잠겨 있지는 않았다. 엘리샤는 문을 열고 좁은 복도를 따라 들어갔다. 거실문이 열려 있었다. 문 왼쪽으로 벽돌 난로가 있고 정면에 보이는 벽에는 성상을 올려놓는 받침대가 있었다. 받침대 앞에는 탁자가 있고, 그 옆에 놓인 의자에 한 노파가 앉아 있었다. 맨머리를 드러낸 노파는 홑겹의 셔츠 하나만 입은 채 탁자 위에 머리를 대고 엎드려 있었다. 그녀 옆에는 밀랍처럼 창백하고 바짝 마른 사내아이가 보였다. 배만 유독 볼록하게 튀어나온 아이는 뭔가를 달라고 조르는 듯 노파의 소매를 잡아당기며 울고 있었다. 엘리샤는 안으로 들어갔다. 악취가 진동하는 방안을 둘러보는데 난로 뒤편에 한 여자가 누워 있었다. 눈을 감은 채 납작하게 누워서 가래 끓는 소리를 내고 있던 여자가 다리를 오므렸다가 폈다가 하면서 몸을 이리저리 뒤척이기 시작했다. 악취는 그녀에게서 나고 있었다. 혼자서는 아무것도 못 하는 상태인데 돌봐줄 사람이 없는 게 분명했다. 노파가 고개를 들어 낯선 사람이 들어와 있는 것을 보았다.

"뭘 원하시오? 왜 오셨소? 여긴 아무것도 없어요."

노파는 소러시아 사투리를 썼지만, 엘리샤는 그녀의 말을 이해할 수 있었다.

"물 한 잔 얻어 마시러 들어왔습니다."

엘리샤가 말했다.

"물을 떠줄 사람도 없고 가져갈 것도 없으니 그냥 가던 길이나 가시오."

엘리샤가 노파에게 물었다.

"저 여자분을 돌봐줄 사람이 아무도 없습니까?"

"아무도 없어요. 내 아들은 밖에서 죽어가고, 우리는 이 안에서 죽어가는 거요."

낯선 사람을 보고 울음을 그쳤던 어린아이는 노파가 말하기 시작하자, 다시 노파의 소매를 잡아당기며 울기 시작했다.

"빵, 할머니! 빵."

엘리샤가 노파에게 뭔가 물으려는 순간 밖에 있던 사내가 비틀거리며 안으로 들어왔다. 벽을 붙잡고 복도를 지나오기는 했는데, 거실에 들어오려는 순간 문지방 한쪽에 쓰러지고 말았다. 사내는 다시 일어나려고도 하지 않고 더듬거리며 말했다. 한미디 하고는 헐떡이며 숨을 고르고 다시 또 한마디 하는 식이었다.

"질병과 기근이 우리의 삶을 휩쓸었어요. 저 아이도 굶어 죽어가고 있습니다."

사내는 어린아이를 가리키며 이렇게 말하고 흐느껴 울기 시작했다.

엘리샤는 등에 메고 있던 배낭을 벗어서 바닥에 내려놓았다. 그런 다음 배낭을 의자에 올리고 끈을 풀었다. 그리고 빵을 꺼내 칼로 잘라 사내에게 주었다. 사내는 빵을 받지 않고 울고 있는 사내아이와 난로 뒤에 웅크리고 있는 여자아이를 가리켰다.

"저 애들에게 주십시오."

엘리샤는 사내아이를 향해 빵을 내밀었다. 아이는 빵 냄새를 맡더니 조그만 두 손을 뻗어 빵조각을 받았다. 그리고 코가 빵 속에 파묻히도록 깊이 한 입 베어먹었다. 여자아이도 난로 뒤에서 나와 빵을 뚫어지게 바라보았다. 엘리샤는 그 아이에게도 빵을 한 쪽 주었다. 그런 다음 다시 한쪽을 잘라 노파에게 주자 그녀도 곧장 먹기 시작했다.

"물을 좀 가져올 수 있으면 좋으련만."

노파가 말했다.

"저 애들 입이 바싹 말랐어요. 오늘인가 어제인가 잘 기억나지는 않는데, 아무튼 내가 물을 뜨러 가다가 넘어졌답니다. 누가 가져가지 않았다면 양동이가 아직도 거기 있을 거예요."

엘리샤는 노파에게 우물의 위치를 물어 물을 뜨러 갔다. 양동이는 아직 그곳에 있었다. 엘리샤는 양동이에 물을 떠다가 모두에게 조금씩 마시게 했다. 아이들과 노파는 물과 함께 빵을 조금씩 더 먹었는데 사내는 먹지 않으려고 했다.

"저는 먹을 수가 없을 것 같은데요."

그가 말했다.

그러는 동안 여자는 의식이 없는 듯 누워서 이리저리 뒤척이기만 했다. 엘리샤는 얼른 마을에 있는 가게로 가서 수수와 소금, 밀가루와 기름을 사 왔다. 도끼를 찾아서 장작을 패고 불을 지폈다. 여자아이가 와서 도와주었다. 그런 다음 수프를 끓여 허기진 사람들을 먹게 했다.

5

사내와 노파도 수프를 조금씩 먹었다. 어린아이들은 그릇 바닥까지 핥아먹고 나서 몸을 웅크린 채 서로 부둥켜안고 잠이 들었다.

사내와 노파는 엘리샤에게 그들이 어쩌다 그런 지경에 이르게 되었는지 이야기를 풀어놓았다.

"전에도 가난하기는 했습니다. 그런데 흉년이 들자, 우리가 거둬들인 결로는 가을까지 겨우 버티기도 힘들었지요. 겨울이 시작될 즈음에는 더 이상 먹을 게 없었답니다. 이웃 사람들은 물론이고 손을 벌릴 수 있는 사람들이라면 누구에게든 찾아가 얻어먹었지요. 처음에는 모두 도와주다가 나중엔 거절하기 시작하더군요. 저희도 염치가 없어서 더 이상 구걸할 수도 없었어요. 사방에서 돈을 빌리고 밀가루와 빵을 외상으로 가져다 먹었으니까요."

"일거리를 구해보려고 했지만 쉽지 않았습니다. 먹고살기 위해 일자리 찾는 사람들이 사방에 넘쳐났으니까요. 하루 잠깐 일하고 나면 다음 이틀은 또다시 일거리를 찾아 헤매야 했습니다. 어머니와 딸아이는 더 멀리까지 가서 구걸해야 했습니다. 그래도 좀처럼 먹을 걸 구하기가 어려웠지요. 빵이 얼마나 귀해졌는지 모릅니다. 저희는 어떻게든 먹을 수 있는 것들을 찾아가며 다음 추수 때까지 버틸 수 있기만을 바랐지요. 봄이 다가올 무렵부터 사람들은 더 이상 먹을 걸 나눠주지 않았어요. 게다가 그즈음 전염병이 우리를 덮쳤습니다. 상황은 점점 더 나빠졌어요. 하루 어떻게 먹고 나면 다음 이틀은 굶는 식이었습니다. 결국 풀을 뜯어다 먹기 시작했는데, 그 때문인지 아니면 다른 원인이 있었는지 아내가 병이 났습니다. 거동도 할 수 없는 정도가 되었지요. 저도 기력이 완전히 소진되다 보니 회복할 방도를 찾을 수 없었습니다."

"한동안 나 혼자 어떻게든 해 보려고 애썼지요."

노파가 말했다.

"하지만 워낙 먹는 게 없다 보니 금세 쇠약해졌답니다. 손녀딸도 몸이 약해지면서 점점 소심해졌어요. 이웃집에 심부름을 보내려고 해도 집 밖으로는 아예 나가려고 하지 않고 저렇게 방구석에 앉아만 있답니다. 그저께는 이웃 사람이 와서 들여다봤는데, 우리가 병든 채 굶고 있는 걸 보고도 그냥 돌아갔답니다. 그녀도 남편이 집을 떠난 데다 어린 자식들 먹일 양식도 없는데 어쩌겠어요. 그래서 이렇게 누워서 죽기를 기다리고 있답니다."

이런 사정을 들은 엘리샤는 그날 친구를 뒤따라가는 것을 포기하기로 했다. 그리고 다음 날 아침 눈을 뜨자마자, 마치 자기 집인 양 집안일부터 시작했다. 노파의 도움으로 빵 반죽을 만들고 불을 지폈다. 그런 다음 소녀와 함께 이웃집에 가서 필요한 물품을 빌려왔다. 오두막에 있는 살림살이는 주방용품이고 식기고 옷이고 빵을 사기 위해 모두 내다 팔아서 아무것도 남아 있지 않았기 때문이었다. 엘리샤는 필요한 집기들을 다시 구해다 놓고, 더러는 직접 만들기도 하고 사기도 했다. 그렇게 하루, 또 하루를 지내고 사흘째가 되었다. 사내아이는 기운을 차렸는지 엘리샤가 의자에 앉기만 하면 기어와 무릎 위로 올라왔으며, 여자아이도 안색이 한결 밝아져서는 엘리샤를 "할아버지, 할아버지"라고 부르며 졸졸 따라다니다가 뭐든지 도우려고 했다.

노파도 점차 회복되어 이웃집에 마실도 다닐 수 있게 되었고, 주인 남자도 상태가 호전되어 벽을 짚고 살살 돌아다닐 수 있게 되었다. 그의 아내만이 여전히 꼼짝하지 못했지만, 그래도 사흘째 되는 날에는 의식이 돌아와 먹을 것을 찾았다.

"사실 이렇게 오래 머물 생각은 아니었소. 나는 이제 가던 길을 가야 할 것 같소."

6

나흘째 되는 날은 여름 단식이 끝나는 축제일이었다. 엘리샤는 생각했다.

'하루 더 머물면서 이 사람들과 함께 단식을 끝내는 게 좋겠어. 나가서 먹을 걸 사다가 이들과 잔치를 열자. 그리고 내일 저녁에 길을 떠나면 되겠지.'

엘리샤는 마을에 가서 우유와 밀가루, 기름을 사나가 노파를 도와 음식을 만들었다. 축제일이 되자 엘리샤는 교회에 다녀와서 오두막 식구들과 함께 음식을 먹었다. 그날 농부의 아내는 처음으로 몸을 일으켜 조금이나마 움직였다. 농부는 모처럼 면도하고 노파가 빨아놓은 깨끗한 셔츠를 입었다. 그리고 경작지와 목초지를 저당 잡은 마을의 부자 농부를 찾아갔다. 추수 때까지 목초지와 밭을 사용할 수 있게 해달라고 사정하러 간 것이다. 하지만 저녁 무렵 상심한 얼굴로 돌아온 농부는 눈물을 흘리며 울기 시작했다. 부자 농부가 매몰차게 거절하면서 돈을 가져오라고 했다는 것이다.

엘리샤는 깊은 생각에 잠겼다.

'이 사람들은 이제 어떻게 살아야 하나? 다른 사람들이 풀 베러 갈 때도 이들은 목초지를 저당 잡혔으니 할 게 없을 게 아닌가. 귀리가 영글면 추수가 시작될 텐데, 풍년이 들어도 이들과는 아무

상관이 없어. 3에이커나 되는 경작지가 부자 농부에게 저당 잡혀 있으니까. 내가 가고 나면 이들은 처음 내가 왔을 때의 상태로 되돌아가고 말 거야.'

엘리샤는 두 갈래의 마음 사이에서 고민하다가, 그날 저녁 떠나려던 계획을 접고 다음 날 떠나기로 했다. 엘리샤는 마당으로 나가 기도를 드리고 누웠다. 하지만 잠이 오지 않았다. 이미 시간과 돈을 너무 많이 썼으므로 이제는 가야 할 것 같으면서도 막상 오두막 식구들을 생각하면 가여운 마음이 앞섰다.

'끝이 없을 것 같아. 처음엔 그저 물을 떠다 주고 빵 한 쪽씩 먹게 해주려던 거였는데 지금 어떻게 되었냔 말이야. 저당 잡힌 목초지와 밭을 찾아 줘야 하는 상황이 되고 말았어. 그 문제를 해결하고 나면 소를 사 줘야 하겠지. 그다음엔 곡식 단을 옮길 말을 사줘야 하고. 이봐, 엘리샤, 정말 제대로 걸려들었구나! 무분별하게 뛰어들다 보니 이제 빠져나갈 방향을 잃어버린 것 같아!'

엘리샤는 벌떡 일어나 베개 삼아 베고 있던 외투를 펼치고, 주머니에서 코담배를 꺼내 한 번 들이마셨다. 머릿속을 정리해야 할 것 같았다.

하지만 소용없었다! 생각에 생각이 꼬리를 물고 일어날 뿐 결론이 나지 않았다. 당연히 가야 하는데, 연민이 그의 발목을 잡았다. 어찌해야 할지 모른 채 외투를 다시 접어 베고 누웠다. 그렇게 한참을 누워 있으려니 어느새 닭이 한 번 울었다. 그제야 졸음이 밀려오기 시작했다. 그때 갑자기 누군가 그를 일으켜 세우는 느낌이 들었다. 엘리샤는 여행을 떠나는 차림으로 등짐을 진 채 지팡이를 들고 있었다. 대문이 겨우 빠져나올 수 있을 만큼 열려 있었다. 막 대문을 나서려는데 등짐이 한쪽 울타리에 걸렸다. 그것을 풀려는 순간, 이번에는 다리에 두른 각반이 반대편 울타리에 걸려 풀어졌다. 등짐을 잡아당기면서 보니 울타리에 걸린 게 아니라 어린 손녀딸이 울면서 붙잡고 있는 거였다.

"빵, 할아버지, 빵!"

발치를 내려다보니 사내아이가 각반을 잡고 있었다. 농부와 그의 어머니는 창문으로 그를 내다보고 있었다.

퍼뜩 잠이 깬 엘리샤는 큰 소리로 중얼거렸다.

"내일 농부의 경작지를 찾아 주고 말도 사줘야겠어. 추수까지 먹을 밀가루도 사고, 어린아이들을 위해 젖소도 사주어야 해. 그러지 않고는 하나님을 찾아 바다 건너까지 간다고 해도, 내 안의 하나님을 잃어버릴 거야."

거기까지 생각하고 엘리샤는 잠이 들었다. 그리고 아침에 일어나자마자 부자 농부를 찾아가 경작지와 목초지를 되찾았다. 그러고는 낫을 하나 사서 (그것도 팔아먹고 없었으므로) 오두막으로 돌아왔다. 농부를 풀 베러 보낸 엘리샤는 다시 마을로 갔다. 주막에 말과 수레가 매물로 나왔다는 소문을 들었기 때문이다. 엘리샤는 주막집 주인과 흥정을 벌여 말과 수레를 산 다음 밀가루 한 포대를 사서 수레에 싣고 젖소를 보러 가기로 했다. 그런데 가는 길에 동네 아낙네 둘이 나누는 대화를 우연히 듣게 되었다. 여자들은 소러시아 방언을 쓰고 있었지만 알아들을 수 있었다.

"처음에는 그 집 사람들도 모르는 사람이었대요. 그냥 평범한 나그네인 줄만 알았다는 거죠. 물 한 잔 얻어 마시려고 들어왔는데 계속 머물게 되었던 거죠. 그 사람이 오두막 식구들을 위해 사

준 물건들을 생각해 봐요! 오늘 아침에는 주막에서 말과 수레도 사다 주었다잖아요! 요즘에 그런 사람이 흔치 않아요. 한 번 가서 얼굴이라도 봐야겠어요."

자기를 칭찬하는 소리를 들은 엘리샤는 젖소를 사러 가지 않고 주막으로 돌아왔다. 곧장 말값을 치르고 말에 마구를 채워 타고 오두막으로 돌아온 것이다. 오두막 식구들은 말을 보고 몹시 놀랐다. 자기들을 위해 사 왔을 거라고 생각은 했지만 차마 물어볼 수는 없었다. 농부가 얼른 뛰어나와 문을 열었다.

"어디서 말을 가져오신 거예요, 할아버지?"

"마침 싸게 나왔길래 샀소. 가서 풀을 좀 베다가 여물통에 넣어 주시오. 밤에 먹을 수 있도록. 그리고 이 밀가루 포대는 들여가고."

농부는 말의 마구를 풀어준 다음 밀가루 포대를 안으로 들여갔다. 그리고 풀을 베서 여물통에 넣었다. 식구들이 모두 잠자리에 들자, 엘리샤는 밖으로 나와 길가에 누웠다. 그날은 짐보따리를 가지고 나왔다. 그리고 모두 잠이 든 후에 일어나 가방을 챙기고 각반을 두른 후 신발을 신고 외투를 입고 예핌을 뒤따라가기 위해 길을 나섰다.

7

3마일쯤 가니 날이 밝기 시작했다. 엘리샤는 나무 밑에 앉아 가방을 열고 남은 돈을 세어보았다. 17루블 20코페이카밖에 남아 있지 않았다.

"이 돈으로 바다를 건너는 건 무리야. 구걸하면서 가는 건 안 가느니만 못하지. 예핌은 예루살렘까지 갈 수 있을 테니 내 이름으로도 초를 켜 줄 거야. 난 아무래도 이생에서는 약속을 지키지 못할 것 같군. 죄인을 용서하시는 주님의 자비로움에 감사해야겠지."

엘리샤는 자리에서 일어나 가방을 어깨에 메고 발길을 돌렸다. 아무도 그를 알아보는 일이 없도록 마을을 멀리 돌아 집을 향해 빠른 걸음으로 걸었다. 집을 떠나오면서 그 길을 지나올 때는 길도 험하고 예핌을 따라잡느라 무척 힘들었는데, 집으로 돌아가는 길에는 하나님께서 살펴주셔서 그런지 거의 피곤을 느끼지 못했다. 엘리샤는 어린아이가 놀이하듯이 걸었다. 지팡이를 흔들며 하루에 40~50마일씩 걸었다.

집에 도착하니 추수는 끝나 있었다. 가족들은 기쁜 얼굴로 엘리샤를 반기며 그간의 일들을 궁금해했다. 왜 뒤처지게 되었는지, 왜 예루살렘까지 가지 않고 되돌아왔는지 물었지만 엘리샤는 말하지 않았다.

"내가 예루살렘에 가는 건 하나님의 뜻이 아니었어. 가다가 돈을 잃어버렸고, 걸음이 느려 뒤처지게 되었지. 그리스도의 이름으로 날 용서하렴!"

엘리샤는 늙은 아내에게 남은 돈을 주고, 식구들에게 집안일에 관해 물었다. 모든 일이 잘 돼 가고 있었다. 해야 할 일은 모두 잘 끝났고 후회할 일도 없었으며 모두 평안하고 화목하게 지내고 있었다.

엘리샤가 돌아왔다는 소식을 들은 예핌의 가족도 예핌의 소식을 듣고 싶어 찾아왔다. 엘리샤는 그들에게도 똑같은 대답을 들려주었다.

"예핌은 걸음이 빨랐지. 우리는 성 베드로 축일 3일 전에 헤어졌어. 처음엔 그를 따라잡을 생각이었는데, 이런저런 일들이 일어나고 게다가 돈까지 모두 잃어버려서 더 이상 갈 수가 없었어. 그래서 돌아왔지."

예핌의 가족은 엘리샤처럼 사리 분별이 확실한 사람이 그런 어리석은 행동을 했다는 게 의아했다. 마음먹고 길을 떠났는데 목적지까지 가지 않고 되돌아오다니. 게다가 돈을 모두 잃어버렸다니 한동안 어이없어했지만, 곧 그 일에 대해서는 잊어버렸다. 엘리샤도 그간의 일은 잊고 다시 집에서 하던 일을 이어갔다. 아들의 도움을 받아 겨울에 쓸 장작을 패고, 아내와 함께 곡식을 탈곡했다. 헛간의 지붕을 고치고 벌들에게 지붕을 씌워주었으며, 봄에 이웃에게 팔았던 열 개의 벌통을, 거기서 깨어난 애벌레와 함께 이웃에게 넘겨주었다. 아내는 열 개의 벌통에서 얼마나 많은 애벌레가 깨어났는지 밝히지 않으려 했다. 하지만 엘리샤는 어느 벌통에서 애벌레가 깨어났고 어느 벌통에서 깨어나지 않았는지 훤히 알았으므로 열 통이 아닌 열일곱 통을 이웃에게 주었다. 겨울 준비를 마친 엘리샤는 아들은 일자리를 찾으러 보내고, 자기는 나무껍질로 신발을 만들고 벌집으로 쓸 통나무 속을 파내며 겨울을 보냈다.

8

엘리샤가 오두막에서 병든 사람들을 돌보느라 붙잡혀 있던 그날 예핌은 엘리샤를 기다렸다. 헤어진 곳에서 멀리 가지 않고 앉아 쉬면서 기다리고 또 기다렸다. 낮잠 한숨 자고 일어나 또 기다렸다. 그래도 엘리샤는 오지 않았다. 눈길이 닿는 데까지 바라보면서 눈이 아플 때까지 기다렸다. 어느덧 나무 뒤로 해가 저무는데도 엘리샤의 모습은 보이지 않았다.

'어쩌면 나를 지나쳐 갔는지도 몰라.'

예핌은 생각했다.

'아니면 내가 낮잠을 자는 동안 누군가의 마차를 얻어 타고 가느라 나를 못 봤을 수도 있지. 하지만 어떻게 나를 못 볼 수 있지? 여기는 훤히 트인 벌판이라 저 멀리까지도 다 보이는데. 다시 돌아가 봐야 하나? 하지만 그가 앞질러 가고 있다면 영영 못 만날 수도 있어. 그건 더 안 좋지. 그냥 계속 가는 게 나을 거야. 어차피 밤을 지낼 곳에 이르면 만나게 될 테니까.'

마을에 도착한 예핌은 경비원에게 이러이러하게 생긴 노인이 지나가면 자기가 묵는 오두막으로 데려다 달라고 부탁해 놓았다. 하지만 그날 밤에도 엘리샤는 나타나지 않았다. 그 후로도 가는 길에서 만나는 사람마다 붙잡고 키가 작고 머리가 벗어진 노인을 보았느냐고 물었다. 하지만 그런 여행자를 보았다는 사람은 없었다. 예핌은 의아해하면서도 일정대로 여정을 이어갔다.

'오데사에서는 분명히 만날 거야. 아니면 배에서 만나든지.'

이렇게 생각하고 더는 걱정하지 않았다.

그러던 중에 성직자의 옷을 입은 순례자 한 사람을 만났다. 머리를 길게 기르고 사제들이 쓰는 모자를 쓰고 있었다. 그는 아토스산에 다녀온 적이 있으며 예루살렘에는 두 번째 가는 길이라고 했다. 두 사람은 우연히 같은 곳에서 하룻밤을 묵게 되었는데, 그 후로는 쭉 함께 움직였다.

그렇게 무사히 오데사에 도착하자 그곳에서 사흘 동안 배를 기다려야 한다고 했다. 여러 곳에서 모여든 수많은 순례자가 모두 같은 처지였다. 거기서도 예핌은 엘리샤의 행방을 물었지만 그를 본 사람은 아무도 없었다.

예핌은 5루블을 내고 외국인 통행증을 받았으며, 40루블로 예루살렘까지 왕복 뱃삯을 치렀다. 가는 동안 배에서 먹을 빵과 청어도 샀다.

순례자가 뱃삯을 내지 않고 배를 타는 방법을 일러주려 했지만, 예핌은 듣지 않았다.

“싫소. 나는 뱃삯을 준비해 왔으니, 돈을 내고 타겠소.”

화물이 실리고 순례객들이 배에 올랐다. 예핌과 그의 새 동반자도 탔다. 닻을 올리고 배가 바다로 향했다.

하루 종일 항해가 순조롭더니 저녁이 되면서 바람이 일고 비가 내렸다. 파도가 쳐서 배가 마구 흔들리며 갑판 위로 물이 들이쳤다. 승객들은 겁에 질렸다. 여자들은 비명을 지르며 울었고, 남자 중에도 소심한 이들은 이리저리 뛰어다니며 안전한 곳을 찾았다. 예핌도 두려웠지만 드러내지 않고 처음 배에 올라 자리 잡은 갑판 위에 그대로 있었다. 그 옆에는 탐보프에서 온 노인 몇 명이 타고 있었다. 노인들도 예핌도 짐보따리를 끌어안은 채 하루 밤낮을 말없이 앉아 있었다. 사흘째가 되자 비바람이 가라앉았다. 그리고 닷새째에 배는 콘스탄티노플에 닻을 내렸다. 일부 순례자들은 해안에 내려 지금은 터키 영인 성 소피아 성당을 방문했다. 예핌은 배에 남아 있다가 빵만 조금 샀다. 배는 그곳에 24시간 정박해 있다가 다시 항해를 시작해서 스미르나와 알렉산드리아에 들렀다. 그리고 드디어 순례자들이 모두 하선해야 하는 야파에 무사히 도착했다. 거기서 예루살렘까지는 아직 육로로 40마일가량 남아 있었다. 하선하는 과정에서 순례자들은 다시 한번 겁을 먹어야 했다. 높은 갑판에서 작은 보트로 던져지듯 뛰어내려야 했기 때문이다. 파도에 보트가 계속 흔들리고 있었기 때문에 자칫하면 빗나가 바다로 떨어질 수도 있는 상황이었다. 몇 사람이 실제로 물에 빠지기도 했지만 결국 모두 안전하게 육지에 올랐다.

순례자들은 다시 걷기 시작했다. 그리고 사흘째 되는 날 정오쯤 예루살렘에 도착했다. 일단 교외에 있는 러시아인의 여인숙에 들러 통행증에 도장을 받았다. 저녁 식사를 마치고 예핌은 새 동반자와 함께 성지를 찾아갔다. 예수 그리스도의 무덤에는 입장이 허용되지 않는 시간이었으므로 두 사람은 총대주교 성당으로 갔다. 이미 꽤 많은 순례자가 와 있었다. 남녀가 구분되어 있었는데 모두 신발을 벗고 둥그렇게 모여 앉아 있었다. 잠시 후 수도사가 수건을 들고 와서 순례자들의 발을 물로 씻기고 수건으로 닦아준 후 발에 입을 맞추었다. 둥그렇게 모여 앉은 순례자 모두에게 똑같이 했다. 예핌의 발도 씻김과 입맞춤을 받았다. 저녁 기도와 아침 예배를 드리고, 성전에 촛불을 밝히고, 예배 중에 호명될 수 있도록 부모님의 이름을 적어 넣었다. 성당 측에서는 순례자들에게 음식과 포도주를 나눠주었다. 다음 날 아침에는 이집트의 성녀 마리아가 고행하며 살았다는 기도처에 갔다. 그곳에서도 촛불을 밝히고 기도를 드린 후, 아브라함의 수도원으로 가서 아브라함이 아들을 제물로 바치려 했던 장소를 보았다. 다음에는 그리스도께서 막달라 마리아에게 나타나셨던 성지와 예수 그리스도의 형제인 야고보의 교회에 들렀다. 함께 간 순례자는 성지에 관련된 이야기들을 들려주면서 가는 곳마다 헌금을 얼마나 내야 하는지 알려주었다. 두 사람은 정오쯤 숙소로 돌아와 점심을 먹었다. 누워서 좀 쉬려고 하는데 함께 다니던 순례자가 고함을 지르더니 자기 옷을 더듬더듬 뒤지기 시작했다.

"지갑을 도둑맞았소. 23루블이나 들어 있었는데. 10루블짜리 지폐 두 장과 동전이오."

순례자는 한숨을 쉬며 깊이 탄식했지만, 어쩔 도리가 없었다. 두 사람은 그대로 누워 잠을 청했다.

9

예핌도 자리에 눕기는 했지만, 의혹에 사로잡혀 잠이 오지 않았다.

'아무도 이 사람의 돈을 훔치지 않았을 거야. 처음부터 돈을 가지고 있지도 않았던 것 같아. 지금까지 내게 헌금하도록 하면서 정작 자신은 한 번도 헌금한 적이 없어. 게다가 나에게 1루블을 빌리기까지 했잖아.'

이런 생각이 들자, 예핌은 얼른 자신을 꾸짖었다.

'내가 무슨 권리로 이 사람을 판단하는 건가? 그건 죄를 짓는 일이야. 더 이상 생각하지 말자.'

하지만 긴장을 푸는 순간 생각은 또다시 그 순례자에게로 향했다. 그는 언제나 돈에 관심이 많았고 지갑을 도둑맞았다고 할 때도 뭔가 진실하게 들리지 않았다.

'그는 처음부터 돈이 없었어. 모두 다 지어낸 게 분명해.'

저녁 무렵에 일어난 두 사람은 자정 예배에 참석하기 위해 그리스도의 무덤이 있는 부활 대성당으로 갔다. 사제복을 입은 순례자는 한시도 그의 곁을 떠나지 않고 바짝 붙어 다녔다. 성당에 도착하니 러시아인을 비롯해 그리스, 아르메니아, 터키, 시리아 등 여러 나라에서 온 순례자들이 모여 있었다. 예핌은 무리에 섞여 성스러운 문으로 들어갔다. 한 수도사가 무리를 안내해 터키 보초병들을 지나 그리스도를 십자가에서 내려 향유를 발랐던 곳으로 데려갔다. 그곳에는 아홉 개의 커다란 촛대에 촛불이 밝혀져 있었다. 수도사는 하나하나 자세히 보여주며 설명했다. 예핌은 그곳에도 촛불을 밝혔다. 그러자 수도사가 예핌을 오른쪽 계단으로 인도해 십자가가 서 있던 지점인 골고다까지 안내했다. 예핌은 기도를 드렸다. 그다음엔 땅의 가장 깊은 지옥까지 갈라졌다는 지점의 틈새, 그리스도의 손과 발에 못을 박았던 장소와 그리스도의 피가 떨어져 아담의 뼈를 적셨다는 아담의 무덤도 보았다. 그리고 가시관 쓸 때 앉아 계셨던 바위와 채찍질을 당할 때 묶이셨던 기둥도 보았다. 십자가에 달리신 그리스도의 발이 놓였던 구멍 뚫린 돌도 있었다. 수도사들이 또 다른 걸 보여주려는데 순례자의 무리가 술렁이더니 서둘러 그리스도의 무덤이 있는 교회 안으로 들어갔다. 방금 라틴어 미사가 끝나고 러시아어 미사가 시작되려는 참이었다. 예핌은 무리에 섞여 바위 무덤으로 갔다.

예핌은 자꾸 마음의 죄를 짓게 하는 그 순례자한테서 멀어지고 싶었으나 그는 잠시도 예핌 곁을 떠나지 않았다. 결국 그리스도의 무덤에서 바치는 미사에도 나란히 참석하게 되었다. 두 사람은 좀 더 앞쪽에 자리를 잡고 싶었으나 더 이상 발 디딜 틈도 없이 사람들이 들어차서 도저히 한 발짝도 움직일 수가 없었다. 예핌은 앞만 보고 서서 기도드리며 가끔 지갑이 잘 있는지 더듬어 확인해 보았다. 마음이 두 갈래로 나뉘어 오락가락했다. 한편으로 생각하면 그가 자기를 속이는 것 같다가, 또 한편으로 생각하면 그가 정말로 지갑을 도둑맞았을 수도 있으며 자기에게도 똑같은 일이 일어날 수 있다는 생각이 들기도 했다.

10

예핌은 작은 교회를 바라보며 서 있었다. 교회 안에는 서른여섯 개의 등불이 타오르고 있었다. 예핌은 사람들의 머리 너머를 무심코 바라보다가 뭔가를 발견하고는 깜짝 놀랐다. 맨 앞쪽, 성스러운 등불 바로 아래 회색 외투를 입은 노인이 눈에 띄었는데, 반짝이는 대머리가 틀림없는 엘리샤 보드로프였다.

'엘리샤 같긴 한데, 그일 리가 없잖아. 어떻게 나보다 먼저 와 있을 수 있겠어. 우리보다 앞서 출발한 배는 일주일 전에 왔다는데 말이야. 그리고 우리 배에 탄 사람들은 내가 전부 확인했는데 그 중에 엘리샤는 없었어.'

예핌이 여기까지 생각했을 때 노인이 기도를 드리기 시작했다. 그리고 세 번 절을 했다. 하나님께 한 번, 그리고 양쪽에 있는 교우들에게 한 번씩. 그가 오른쪽으로 돌아섰을 때 예핌은 그의 얼굴을 확인할 수 있었다. 그는 분명 엘리샤 보드로프였다. 검고 곱슬곱슬한 턱수염이 양 볼로 올라가면서 희끗거리는 것도, 눈썹도, 눈과 코도, 표정도 틀림없는 엘리샤였다. 그렇다, 바로 그였다!

예핌은 친구를 다시 만난 것이 기쁘면서도 엘리샤가 어떻게 먼저 왔는지 몹시 궁금했다.

'잘했어, 엘리샤! 저렇게 앞으로 나가 자리를 잡았으니 대단하잖아. 여기서 만난 누군가가 길을 안내해 준 게 틀림없어. 여기서 나갈 때 만나서 함께 돌아가야지. 덮개 모자를 쓴 이 친구는 떼버리고 말이야. 엘리샤가 나도 앞자리로 나갈 수 있도록 도와줄 수 있을지 몰라.'

예핌은 엘리샤를 놓치지 않기 위해 시선을 고정했다. 하지만 미사가 끝나자, 사람들이 술렁이기 시작했다. 무덤에 입을 맞추기 위해 앞으로 나가려고 서로 밀치는 바람에 예핌도 옆으로 밀려났다. 지갑을 도둑맞을지 모른다는 생각에 잔뜩 불안해진 예핌은 한 손으로 지갑이 든 곳을 누른 채 팔꿈치로 인파를 헤치고 나갔다. 얼른 그곳을 빠져나와야겠다는 생각밖에 없었다. 밖으로 나온 예핌은 그때부터 엘리샤를 찾기 위해 교회 안팎을 돌아다녔다. 교회에 딸린 방마다 각양각색의 사람들이 모여 먹고 마시고 기도하고 있었다. 잠을 자는 사람도 있었다. 하지만 엘리샤의 모습은 어디에도 보이지 않았다. 예핌은 친구를 찾지 못한 채 숙소로 돌아왔다. 그날 밤 사제복을 입은 순례자는 돌아오지 않았다. 빌려 간 1루블을 갚지 않은 채 떠나버린 것이었다. 예핌은 드디어 혼자 남았다.

다음 날 예핌은 배에서 만난 탐보프 출신의 노인 한 사람과 다시 그리스도의 무덤을 찾았다. 이번에는 앞에 서보려 했으나 역시 밀려나 뒤쪽에 서게 되었다. 예핌은 기둥 옆에 서서 기도드렸다. 그리고 앞을 보는데 맨 앞쪽, 그리스도의 관 가까이 달린 전등불 아래 엘리샤가 서 있었다. 제단 위의 사제처럼 양팔을 넓게 벌린 채, 여전히 대머리를 반짝이면서.

'이번에는 절대로 저 친구를 놓치지 않으리라!'

예핌은 사람들을 밀치고 앞으로 나갔다. 하지만 앞에 당도했을 때 엘리샤는 거기 없었다. 어느새 자리를 뜬 것이다.

세 번째로 그리스도의 관을 찾은 날도 모두가 볼 수 있는 가장 성스러운 자리에 엘리샤가 서 있었다. 양팔을 활짝 벌리고 마치 뭔가를 우러르는 듯 시선을 위로 향하고 있었다. 그의 대머리는 여전히 빛나고 있었다.

'좋아, 이번에는 절대로 놓치지 않겠어! 문 앞에서 지키고 있으면 만날 수밖에 없을 테니까.'

예핌은 정오가 지나도록 문 앞에 서 있었다. 사람들이 모두 나갔는데도 엘리샤는 보이지 않았다.

예핌은 여섯 주일 동안 예루살렘에 머물면서 베들레헴, 베다니, 요단강 등을 둘러보았다. 장례식 때 입을 수의를 가져가 그리스도의 무덤 옆에서 도장도 받았고, 작은 병에 요단강의 물도 담고, 성스러운 흙도 담았다. 성화를 태운 초도 샀다. 여덟 군데의 기도 요청 명단에 이름까지 올리고 나니 남은 돈은 집으로 돌아갈 여비뿐이었다. 그제야 예핌은 집으로 향했다. 야파까지 걸어가서 오데사로 가는 배를 탔다. 거기서부터는 집까지 걸어가야 했다.

11

예핌은 왔던 길을 그대로 되짚어 돌아왔다. 집에 가까워질수록 그가 없는 동안 집안일이 어떻게 돌아가고 있을지 걱정되기 시작했다. '일 년이면 많은 물이 흘러 지나간다'라는 속담도 있지 않은가. 집을 세우고 터전을 일구는 데는 평생이 걸리지만, 무너뜨리는 건 한순간이라는 말도 떠올랐다. 그가 없는 동안 아들이 집안일을 어떻게 했는지, 봄맞이는 어떻게 했으며, 가축들은 겨울을 무사히 지냈는지, 오두막 공사는 잘 마무리되었는지 걱정했다. 예핌은 지난여름 엘리샤와 헤어졌던 지역에 도착했다. 그런데 거기 사는 사람들이 지난해 보았던 그 사람들이라는 게 믿어지지 않았다. 전에는 굶주리고 있었는데 지금은 아주 편안해 보였기 때문이다. 풍년을 맞아 풍족한 생활을 하게 되니 예전의 빈곤함을 모두 잊어버린 것 같았다.

어느 날 저녁 예핌은 엘리샤가 물을 얻어 마시기 위해 뒤처졌던 곳에 이르렀다. 마을에 들어서려는데 흰 셔츠를 입은 어린 소녀가 오두막에서 뛰어나왔다.

"할아버지, 할아버지, 우리 집으로 오세요!"

예핌은 그냥 지나치려 했으나 소녀가 그를 붙잡고 놓아주지 않았다. 미소를 지은 채 그의 외투 자락을 잡고 오두막 쪽으로 끌어당기는 것이었다. 오두막에서 어린 사내아이를 안은 여자가 나오더니 현관에서 그를 손짓해 불렀다.

"들어오세요, 어르신. 저녁 식사하시고 우리 집에서 하룻밤 지내고 가세요."

예핌은 오두막으로 들어가며 생각했다.

'엘리샤 소식을 물어볼 수 있을 것 같아. 엘리샤가 물을 얻어 마시러 들어간 게 바로 이 집이었던 것 같거든.'

여자는 예핌이 들고 있던 가방을 받아서 들여놓고 세숫물을 떠다 주었다. 그런 다음 식탁에 앉게 하고 우유와 잼이 든 케이크, 죽을 식탁 위에 차렸다. 예핌은 그녀에게 감사의 말을 전하며 순례자에게 친절을 베푸는 그녀의 마음씨를 칭찬했다. 그러자 여자가 고개를 젓더니 말했다.

"저희가 순례자를 반기는 데는 그럴만한 이유가 있습니다. 삶이 무엇인지를 몸소 보여준 한 순례자가 있었거든요. 그때 저희는 하나님을 잊고 살고 있었죠. 하나님께서는 그 벌로 저희를 거의 죽음에 이르게 하셨고요. 지난여름 저희는 모두 병들고 무기력해서 누워만 있었습니다. 먹을 게 전혀 없었지요. 죽을 수밖에 없는 상황이었는데 하나님께서 한 노인을 보내 저희를 돕게 하셨습니다. 바로 당신 같은 노인이었어요. 어느 날 물 한 잔 청하려고 들어왔다가 저희가 처해 있는 상황을 보고는 가엾게 여겨 저희 곁에 머물러 주었답니다. 먹을 것과 마실 것을 챙겨 주고 저희가 다시 설 수 있게 해주었어요. 저당 잡혔던 경작지도 찾아 주고, 수레와 말도 사주었습니다."

여기까지 얘기했을 때 노파가 들어오더니 여자의 말에 끼어들었다.

"그가 사람이었는지 하나님이 보내신 천사였는지는 모르겠어요. 아무튼 우리를 사랑해 주었고, 가엾게 여겨 주었죠. 그러고는 이름조차 밝히지 않고 떠났지요. 그래서 우리는 기도해 줄 사람의 이름도 모른답니다. 지금도 그때 일이 눈에 선해요. 누워서 죽을 날만 기다리고 있는데 머리가 벗어진 노인 한 사람이 들어왔어요. 겉으로 보기에는 평범한 노인이었는데 물을 한 잔 달라고 하더군요. 죄 많은 나는 그때 생각했어요. '여긴 뭐 하러 기어들어 온 거야?' 그런데 그가 어떤 행동을 했게요! 우리를 보자마자 여기에다 가방을 내려놓고 끈을 풀더군요."

그러자 이번엔 여자아이가 끼어들었다.

"아니에요, 할머니. 처음에는 여기, 거실 가운데에 가방을 내려놓았어요. 그런 다음에 의자에 올려놓았죠."

그러고는 다 같이 그때 그가 어떤 행동을 했고 어떤 말을 했는지, 어디에 앉았으며 어디서 잤는지, 그리고 그들 각자에게 무슨 이야기를 들려주었는지 기억을 더듬기 시작했다.

저녁 무렵에 농부가 말을 타고 돌아왔다. 그리고 엘리샤에 대한 추억과 더불어 그가 오두막 식구들과 어떻게 지냈는지 이야기해 주었다.

"그가 오지 않았더라면 우리는 모두 죄인인 채 죽었을 겁니다. 신과 인간을 원망하면서 절망 속에 죽어가고 있었으니까요. 그런데 그가 우리를 다시 일어서게 해 주었어요. 그를 통해 우리는 하나님을 알게 되었고, 인간이 선한 존재임을 믿게 되었습니다. 그에게 하나님의 축복이 내리시길 늘 기원합니다! 그는 짐승처럼 살던 우리를 사람답게 살게 해주었어요."

오두막 식구들은 예핌에게 음식과 음료를 대접하고 나서 잠자리로 안내했다. 그리고 자기들도 잠자리에 들었다.

하지만 예핌은 누워서도 잠이 오지 않았다. 엘리샤를 그의 머릿속에서 떨쳐낼 수 없었다. 예루살렘에서 세 번이나 맨 앞자리에서 있던 그의 모습이 선명하게 떠올랐다.

'그래서 엘리샤는 나보다 앞서갈 수 있었던 거였어.'

예핌은 생각했다.

'하나님께서 나의 순례를 받아주셨는지는 모르겠지만, 엘리샤의 여정을 받아주신 것은 분명해!'

다음 날 아침 예핌은 오두막 식구들과 작별 인사를 나누었다. 그들은 예핌이 가다가 먹을 수 있도록 고기와 채소로 빚은 패티를 가방에 넣어주고 일터로 나갔다. 예핌도 오두막을 나서 귀향길에 올랐다.

12

봄에 집을 떠난 예핌은 일 년이 지난 어느 봄날 저녁 집에 도착했다. 아들은 술집에 가고 집에 없었다. 그리고 잔뜩 취해서 들어왔다. 예핌은 그에게 이것저것 물어보기 시작했다. 그러자 아버지가 집을 비운 동안 일 처리를 엉망으로 한 것이 드러났다. 돈을 엉뚱한 곳에 낭비했는가 하면, 해야 할 일들을 제대로 마무리하지 않은 채 방치하고 있었다. 예핌은 아들을 호되게 나무랐다. 그러자 아들도 무례하게 대들었다.

"왜 아버지가 집에 계시면서 직접 하지 않으셨어요? 집에 있는 돈을 모두 가지고 나가셨다가 왜 이제 저를 나무라시는 거예요!"

늙은 예핌은 너무나 화가 나서 아들을 때렸다.

다음 날 아침 예핌은 아들 일로 하소연하기 위해 촌장을 찾아갔다. 가는 길에 엘리샤의 집을 지나게 되었는데, 현관에 나와 있던 엘리샤의 아내가 반갑게 인사를 건넸다.

"안녕하세요. 어떻게 지내셨어요? 예루살렘에는 잘 다녀오셨나요?"

예핌이 멈춰 서서 대답했다.

"하나님께서 보살펴 주신 덕분에 잘 다녀왔습니다. 중간에 엘리샤를 놓치기는 했지만, 그도 무사히 집으로 돌아왔다고 들었어요."

엘리샤의 아내는 말하기를 좋아하는 사람이었다.

"네, 맞아요. 무사히 돌아왔답니다. 돌아온 지 한참 되었어요. 성모승천축일 지나고 바로 온걸요. 하나님께서 그를 무사히 돌려보내 주셔서 우리가 얼마나 기뻤는지 몰라요! 그가 없는 동안 집안이 너무 쓸쓸했거든요. 이제 그는 집안일을 예전처럼 많이 하지 못한답니다. 그럴 나이는 지났지요. 그래도 여전히 우리 집안의 가장이고 그가 있어야 집안에 활기가 돌아요. 아들도 얼마나 좋아하는지 몰라요! '아버지가 집에 안 계시면 해가 뜨지 않은 것과 같아요!'라고 할 정도니까요. 너무 허전하거든요. 식구들은 그를 사랑해요. 그래서 모두 잘 돌봐준답니다."

"엘리샤는 지금 집에 있습니까?"

"네, 양봉장에 있어요. 애벌레들을 돌보고 있을 거예요. 올해는 애벌레들의 상태가 아주 좋다네요. 하나님께서 얼마나 건강한 벌들을 보내주셨는지 남편도 그런 벌들은 처음이라고 한답니다. '우리가 지은 죄에 비하면 하나님께서 너무 큰 상을 내려주시는 거야'라고 하더라고요. 들어오세요, 남편도 무척 반가워할 거예요."

예핌은 마당으로 통하는 길을 지나 양봉장으로 갔다. 엘리샤는 회색 외투를 걸쳤을 뿐 얼굴에 쓰는 그물망도 장갑도 없이 서 있었다. 자작나무 아래서 위를 올려다보며 두 팔을 벌린 채 대머리를 반짝이며 서 있는 그 모습은 예루살렘의 그리스도의 무덤에서 보았던 그대로였다. 머리 위에 드리워진 나뭇가지 사이로 태양 빛이 성지에서 타오르던 불꽃처럼 빛나고 있었으며, 머리둘레에 둥글게 원을 그리며 날아다니는 벌들이 마치 후광처럼 보였다. 벌들은 그를 쏘지 않았다.

예핌은 걸음을 멈췄다. 엘리샤의 아내가 남편을 불렀다.

"여보, 친구분이 오셨어요."

엘리샤는 환한 얼굴로 돌아보더니 수염에 붙은 벌들을 조심스레 떼어내며 그를 향해 다가왔다.

"반갑네, 친구, 반가워. 예루살렘에는 무사히 도착했나?"

"내 발은 틀림없이 그 땅을 밟았지. 자네에게 주려고 요단강의 물을 떠왔다네. 우리 집에 와서 가져가게. 그렇지만 나의 순례를 주님께서 받아주셨는지는 모르겠어."

"주님께 감사하세! 그리스도께서 자네를 축복하실 거야!"

엘리샤가 말했다.

예핌은 잠시 침묵하다가 말을 이었다.

"내 발은 그 땅을 밟았지만, 내 영혼은, 그리고 다른 사람들의 영혼은…."

"그건 주님께서 하실 일이야. 그건 주님의 일이라네."

예핌이 말을 끝내기 전에 엘리샤가 응수했다.

"돌아오는 길에 자네가 물을 마시러 들어갔던 오두막에 들렀다네."

엘리샤가 깜짝 놀라며 또다시 서둘러 말을 막았다.

"주님께서 하시는 일이라네. 주님께서! 집 안으로 들어가세. 꿀

맛이 어떤지 맛 좀 보게."

엘리샤는 화제를 돌려 집안일에 관해 이야기하기 시작했다.

예핌은 깊은숨을 내쉬었을 뿐, 오두막 사람들에 대해 엘리샤에게 말하지 않았다. 예루살렘에서 그를 보았다는 말도 하지 않았다. 하지만 이제 그는 알 수 있었다. 하나님께 드린 약속을 지키고 그분의 뜻을 실천하는 가장 좋은 길은 사는 동안 서로 사랑하고 타인에게 선을 베푸는 것이라는 사실을.

버려둔 불씨가
집을 태운다

그 때에 베드로가 나아와 이르되 주여 형제가 내게 죄를 범하면 몇 번이나 용서하여 주리이까 일곱 번까지 하오리이까 예수께서 이르시되 네게 이르노니 일곱 번뿐 아니라 일곱 번을 일흔 번까지라도 할지니라 그러므로 천국은 그 종들과 결산하려 하던 어떤 임금과 같으니 결산할 때에 만 달란트 빚진 자 하나를 데려오매 갚을 것이 없는지라 주인이 명하여 그 몸과 아내와 자식들과 모든 소유를 다 팔아 갚게 하라 하니 그 종이 엎드려 절하며 이르되 내게 참으소서 다 갚으리이다 하거늘 그 종의 주인이 불쌍히 여겨 놓아 보내며 그 빚을 탕감하여 주었더니 그 종이 나가서 자기에게 백 데나리온 빚진 동료 한 사람을 만나 붙들어 목을 잡고 이르되 빚을 갚으라 하매 그 동료가 엎드려 간구하여 이르되 나에게 참아 주소서 갚으리이다 하되 허락하지 아니하고 이에 가서 그가 빚을 갚도록 옥에 가두거늘 그 동료들이 그것을 보고 몹시 딱하게 여겨 주인에게 가서 그 일을 다 알리니 이에 주인이 그를 불러다가 말하되 악한 종아 네게 빌기에 내가 네 빚을 전부 탕감하여 주었거늘 내가 너를 불쌍히 여김과 같이 너도 네 동료를 불쌍히 여김이 마땅하지 아니하냐 하고 주인이 노하여 그 빚을 다 갚도록 그를 옥졸들에게 넘기니라 너희가 각각 마음으로부터 형제를 용서하지 아니하면 나의 하늘 아버지께서도 너희에게 이와 같이 하시리라

- 마태복음 18장 21~35절

어느 마을에 이반 스체르바코프라는 이름을 가진 농부가 살았다. 이반은 한창나이의 농부였는데 살림도 넉넉했고 마을에서 일을 제일 잘하는 사람으로 알려져 있었다. 그는 아들 셋을 두었는데 모두 집안일을 거들 수 있는 나이였다. 첫째 아들은 결혼했고, 둘째 아들은 결혼을 앞두고 있었으며, 셋째 아들도 다 자라서 말도 돌보고 밭도 갈았다. 이반의 아내는 유능하고 검소한 여자였으며, 다행히 며느리도 조용하고 성실한 여자를 얻었다. 그러므로 이반과 그의 가족은 평온하고 행복한 나날을 보내지 못할 이유가 없었다. 그 집 식구 중 유일하게 일하지 않고 먹는 사람은 이반의 늙은 아버지뿐이었는데, 천식으로 지난 7년간 벽돌 난로 위에 누워 앓고 있었다.

이반은 필요한 것을 모두 가진 사람이었다. 말 세 마리와 망아지, 젖소와 송아지를 길렀으며, 양도 열다섯 마리나 되었다. 집안의 여자들은 식구들의 옷을 모두 손수 만들어 입히면서도 밭일을 도왔고, 남자들은 밭을 갈았다. 다음 추수 때까지 먹을 충분한 곡식이 있었으며 귀리는 팔아서 세금과 그 밖에 필요한 지출을 충당할 만큼 넉넉했다. 그러므로 이웃집에 사는 절름발이 가브리엘과 갈등만 겪지 않았다면 이반과 그의 자녀들은 안락하고 편안한 삶을 이어갈 수 있었을 것이다.

가브리엘은 고르데이 이바노프의 아들이었다. 고르데이가 살아 있고 이반의 아버지가 집안을 이끄는 동안 두 농부는 좋은 이웃으로 잘 지냈다. 여자들이 집안일을 하다가 체나 물통이 필요하거나, 남자들이 자루가 필요하거나, 수레바퀴가 망가졌는데 바로 고칠 수 없으면 서슴없이 이웃집에 사람을 보내 도움을 청했다. 어쩌다 송아지가 이웃집 타작마당에 들어가더라도 "여기 곡식을 펼쳐놓았으니 또 들어오지 않게 해주게" 하는 정도로 말하고 돌려보내는 게 상례였다. 그 시절에는 마구간과 헛간에 자물쇠도 채우지 않았고, 서로에게 숨길 일도 없었으며, 이웃에 관해 뒷담화하는 일은 상상도 할 수 없었다.

하지만 그건 아버지 시대의 이야기였고, 아들들이 가장이 되자 모든 게 달라졌다. 갈등은 하찮은 일에서 시작되었다.

이반의 며느리는 암탉을 한 마리 키웠는데, 그해는 이른 봄부터 알을 낳기 시작해서 부활절에 쓸 달걀을 모으기 시작했다. 매일 닭장에 가면 알이 하나씩 있었다. 그런데 어느 날 암탉이 아이들의 소란에 놀라서 그랬는지, 담장을 넘어 이웃집으로 날아가 거기서 알을 낳은 것이다. 꼬꼬댁거리는 소리가 들리긴 했지만, 며느리는 생각만 하고 가지 않았다.

'지금은 시간이 없어. 주일맞이 청소를 해야 하니까 달걀은 나중에 가서 가져오자.'

그런데 저녁에 닭장에 가니 달걀이 보이지 않았다. 그녀는 시어머니와 시동생에게 혹시 달걀을 가져갔는지 물었다. 하지만 두 사람 다 아니라고 했다 그러자 막내 시동생 타라스가 말했다.

"형수님 암탉이 이웃집 마당에 알을 낳았어요. 아까 꼬꼬댁거릴 때 그 집에 있었어요. 그리고 다시 담장을 넘어온 거죠."

닭장에 가보니 암탉은 다른 닭들과 함께 횃대에 앉아서 졸고 있었다. 며느리는 닭에게 속 시원히 묻고 싶은 심정이었다. 며느리는 이웃집으로 갔다. 가브리엘의 어머니가 나와서 맞았다.

"무슨 일로 오셨소?"

"할머니, 오늘 아침에 우리 집 암탉이 이 집으로 넘어왔는데요, 혹시 여기서 알을 낳지 않았던가요?"

"알 낳은 건 못 봤는데. 감사하게도 우리 집 암탉들도 한참 전부터 알을 낳기 시작했다오. 그것들만 모아도 충분한데 남의 닭이 낳은 달걀까지 탐낼 필요는 없지! 그리고 우리는 남의 집까지 달걀을 찾으러 다니지도 않아!"

이 말에 기분이 상한 며느리는 하지 않아야 할 말까지 하고 말았다. 그러자 이웃집 노파도 응대했고, 결국 두 여자 사이에 험한 말이 오가게 되었다. 그때 마침 물을 길어오던 이반의 아내가 끼어들었고, 그러자 가브리엘의 아내가 뛰어나왔다. 그러고는 이반의 며느리를 향해 있는 일, 없는 일들을 끄집어내며 비난의 말을 퍼부었다. 한바탕 큰 소란이 일었다. 모두 한꺼번에 목청을 돋우었고, 앞을 다퉈가며 아무 말이나 닥치는 대로 쏟아냈다.

"너는 이런 년이야!"

"너는 저런 년이고!"

"도둑년!"

"화냥년!"

"늙은 시아버지를 굶겨 죽인 년!"

"아무짝에도 쓸모없는 년!"

이렇게 욕설이 이어졌다.

"남의 채반을 빌려 가서 구멍이나 내놓는 한심한 년! 지금 네가 양동이 매달고 있는 멜대도 우리 거야. 당장 내놔!"

여자들이 멜대를 붙잡고 잡아당기는 바람에 물이 쏟아졌다. 그러고는 어깨에 두른 숄을 잡아채며 몸싸움이 시작되었다. 밭에서 돌아오던 가브리엘이 끼어들어 아내 편을 들었고, 그것을 본 이반과 그의 아들들도 싸움에 합세했다. 힘이 센 이반이 무리를 헤치고 들어가 가브리엘의 수염을 한 움큼 뽑았다. 마을 사람들이 달려와 이들을 겨우 떼어놓았다.

싸움은 이렇게 시작되었다.

가브리엘은 이반이 뜯은 수염을 종이에 싸서 마을 재판소에 가져가 이반을 고소했다.

"곰보딱지 이반이 잡아 뜯으라고 기른 수염이 아니란 말이오!"

가브리엘의 아내는 이웃 사람들에게 자기네가 이반을 고소했으니 이제 그는 시베리아로 보내질 거라고 떠들고 다녔다. 갈등은 점점 깊어졌다. 벽돌 난로 위에 누워 있던 이반의 아버지는 처음부터 화해할 것을 권했지만 젊은 사람들은 말을 듣지 않았다. 이반의 아버지가 말했다.

"얘들아, 쓸데없는 일을 가지고 싸우다니 정말 어리석구나. 생각해 보아라! 결국 달걀 하나 때문에 벌어진 일이 아니냐. 그 집 애들이 달걀을 집어갔을 수도 있어. 그렇다고 그게 무슨 대수란 말이냐? 달걀 하나 값이 얼마나 한다고! 하나님께서 모두에게 넉넉하도록 내려주시지 않느냐. 또 이웃의 말이 불쾌했다고 치자. 다음엔 좀 더 좋은 표현을 쓰도록 고쳐 주면 될 일이다! 싸움이 일어났다고 치자. 얼마든지 그럴 수 있다. 우린 모두 죄인들이니까 싸울 수는 있어. 그랬으면 화해하고 더 이상 싸우지 않으면 될 일이다. 분노와 적개심을 키우려 든다면 결국 그 해는 너희들 자신에게 돌아갈 거다."

하지만 젊은 사람들은 노인의 말에 귀 기울이지 않고 무용한 노인의 잔소리로 치부해 버렸다. 이반은 이웃에게 조금도 굽히고 싶지 않았다.

"나는 그의 수염을 뽑은 적이 없어. 그가 스스로 잡아 뽑은 거겠지. 오히려 그의 아들이 내 셔츠 단추를 다 잡아 뜯고 찢어 놓았어. 이걸 보라고!"

이반도 가브리엘을 고소했고, 치안 판사 앞에서 재판받고 지방 법원에도 갔다. 이런 일들이 일어나는 동안 가브리엘의 수레에 끼워져 있던 연결 볼트가 없어졌다. 가브리엘 집안 여자들은 이반의 아들이 가져갔다고 주장했다.

"밤에 그 애가 우리 집 창문 앞을 지나 수레로 가는 걸 봤어. 그리고 그 애가 술집에서 주인에게 연결 볼트를 내놓는 걸 본 사람도 있어."

이들은 그 일로 또다시 법정에 갔다. 두 집안에 하루도 언쟁이나 싸움이 일어나지 않는 날이 없었다. 아이들도 어른들을 보고 배운 대로 서로를 헐뜯고 비난했다. 두 집의 아낙네들도 강가의 빨래터에서 만나면 빨래를 비비는 손보다는 서로에게 험한 말을 쏟아내는 혀가 훨씬 더 바빴다.

처음에는 서로를 비난하는 것으로 시작되었던 싸움은 시간이 지나면서 점차 상대방이 가진 것은 무엇이든 빼앗으려는 형태로 변했으며, 아이들은 그러한 어른들의 행동을 보고 배웠다. 두 집 다 사는 게 점점 힘들어졌다. 이반과 절름발이 가브리엘은 마을 회합에서도, 지방 법원에서도, 치안 판사 앞에서도 서로를 고소하기에 바빴고, 나중에는 판사들도 두 집안의 싸움에 넌더리를 내게 되었다. 가브리엘은 결국 이반이 벌금형과 구금형을 받게 했으며, 이반도 가브리엘에게 그만큼의 괴로움을 주었다. 서로를 괴롭힐수록 두 집안의 분노는 점점 커졌다. 마치 싸울수록 점점 더 치열해지는 개싸움 같았다. 누군가 뒤에서 한 대 치기만 해도 다른 개가 자기를 공격했다고 생각해서 한층 더 사나워지지 않던가. 두 농부도 그랬다. 법정 싸움으로 한쪽이 벌금형이나 구금형을 받으면 그것이 분노에 기름을 붓는 격이 되는 것이었다.

'조금만 기다려라, 내가 꼭 대가를 치르게 해 줄 테니!'

이 싸움은 6년 동안 계속되었다. 벽돌 난로 위에 누워 있는 노인만이 계속해서 자녀들을 타일렀다.

"얘들아, 왜 그러는 거냐? 앙갚음하려는 생각을 버리거라. 원한을 품지 말고 각자의 삶에 열중하거라. 그게 너희에게 이로운 길이다. 원한은 품을수록 독이 되는 법이야."

하지만 그들은 듣지 않았다.

7년째 되던 해 어느 혼인 잔치에서 이반의 며느리가 가브리엘에게 망신을 주었다. 그가 말을 훔치다가 들켰다며 비난한 것이다. 화가 머리끝까지 나서 참을 수가 없었던 가브리엘은 이반의 며느리에게 주먹을 날렸고, 그녀는 일주일이나 자리를 보존하고 누워 지내야 했다. 그녀는 당시 임신 중이었다. 이반은 오히려 잘됐다는 듯 곧장 치안 판사를 찾아가 그 사실을 고했다.

"이번에야말로 저놈을 없애버릴 수 있어! 감옥에서 썩거나 시베리아로 추방되겠지."

하지만 이반의 바람은 이루어지지 않았다. 치안 판사가 사건을 기각했던 것이다. 이반의 며느리를 불러다 조사했으나 이미 멀쩡히 일어나 다닐 수 있게 되었고 부상의 흔적이 없었기 때문이다.

이반은 가브리엘을 고소했으나 판사는 사건을 지방 법원으로 넘겼다. 이반은 서기와 지방 법원의 원로들에게 술을 대접하면서 가브리엘에게 태형을 내리도록 부추겼다. 서기가 판결문을 낭독했다.

"본 법정은 농부 가브리엘 고르데예프에게 자작나무 몽둥이 태형 스무 대를 선고한다."

이반은 선고 내용을 듣고 가브리엘을 돌아보았다. 가브리엘은 얼굴이 백지장처럼 하얗게 질린 채 돌아서 나갔다. 이반도 뒤따라 나가 말을 매어 둔 곳으로 가려다가 가브리엘이 하는 말을 듣게 되었다.

"좋아! 내 등에 몽둥이찜질을 해서 불이 나게 하겠다 이거지. 하지만 네놈은 더 큰불을 조심해야 할 거다!"

이 말을 들은 이반은 곧장 법정으로 들어가 외쳤다.

"정의로우신 판사님! 가브리엘이 저희 집에 불을 지르겠다고 협박하고 있습니다! 들어보세요. 증인도 있습니다!"

가브리엘은 판사 앞에 불려 갔다.

"자네가 정말 그렇게 말했는가?"

"저는 아무 말도 하지 않았습니다. 저를 때리십시오. 판사님께서는 그럴 권한이 있으십니다. 아무 잘못도 없는 저는 고초를 겪는데 저자는 자기 하고 싶은 대로 다 해도 되는가 보군요."

가브리엘은 뭔가 더 말하고 싶었지만, 입술과 볼만 부르르 떨다가 벽을 향해 돌아서 버렸다. 그 모습을 본 법원의 관리들은 은근히 겁이 나면서 걱정이 되었다.

'저 사람이 자신이나 이웃에게 뭔가 나쁜 짓을 할지도 몰라.'

그러자 나이 많은 판사가 말했다.

"자, 이제 화해를 하는 게 좋을 것 같소. 가브리엘, 당신은 임신한 여자를 때린 게 옳은 일이오? 그만하게 지나간 게 천만다행이오. 그렇지 않았으면 어쩔 뻔했소! 그런 행동이 옳았소? 이쯤에서 잘못을 시인하고 용서를 구하시오. 그러면 이반도 당신을 용서할 테고, 법원에서도 형량을 줄일 것이오."

서기가 이 말을 듣고 끼어들었다.

"그건 법령 제117조에 따라 불가합니다. 당사자 간에 합의가 이루어지지 않았으며 법정에서 판결이 내려졌으니 반드시 이행되어야 합니다."

하지만 판사는 서기의 말을 듣지 않았다.

"그만하시오. 모든 법에 최우선하는 것은 평화를 사랑하시는 하나님의 뜻이오."

판사는 다시 한번 농부들을 설득했지만 뜻대로 되지 않았다. 가브리엘은 판사의 말을 들으려 하지 않았다.

"저도 내년이면 쉰 살입니다."

가브리엘이 말했다.

"결혼한 아들도 있습니다. 지금까지 살면서 한 번도 매를 맞은 적이 없고요. 그런데 오늘 곰보딱지 이반이 저를 고소해 태형을 받게 했습니다. 그런데 그에게 가서 용서를 구하라고요? 그럴 수는 없습니다. 저도 참을 만큼 참았어요. 이반이 저를 잊을 수 없도록 만들겠어요!"

가브리엘은 온몸을 부르르 떨더니 더 이상 말을 잇지 못하고 돌아서서 나가버렸다.

법원에서 마을까지는 7마일 거리였으므로 이반이 집에 돌아왔을 때는 늦은 시간이었다. 이반은 마구를 풀고 말을 마구간에 넣은 다음 집 안으로 들어갔다. 여자들은 소를 데리러 나가고 아들들은 들에서 돌아오지 않아 집에는 아무도 없었다. 이반은 혼자 앉아 낮에 있었던 일을 돌이켜 보았다. 판결이 낭독되는 순간 가브리엘이 하얗게 질린 채 벽을 향해 돌아서던 모습이 떠올랐다. 그러자 마음이 무거워졌다. 자기가 그런 판결을 받았다면 어떤 마음이었을까 생각하니 가브리엘이 가엾게 여겨졌다. 그때 벽돌 난로 위에 누워 있던 아버지의 기침 소리가 들렸다. 늙은 아버지는 몸을 일으켜 다리를 천천히 내리더니 난로 끝에 걸터앉았다. 그것만으로도 몹시 지친 기색이 역력한 아버지는 한참 동안 기침을 하고 나서 목청을 가다듬었다. 그런 다음 테이블에 기댄 채 말했다.

"가브리엘이 판결을 받았느냐?"

"네, 20대의 태형을 받았습니다."

이반이 대답했다. 그러자 늙은 아버지가 고개를 저으며 말했다.

"잘못한 일이야. 그건 네가 잘못하는 거다, 이반! 정말 나쁜 일이지. 그에게 나쁘다는 게 아니라 너에게 그렇다는 거다. 그들은 가브리엘에게 태형을 집행하겠지. 그런데 그게 너에게 무슨 득이 되느냐?"

"그가 다시는 그런 짓을 못 하겠지요."

이반이 대답했다.

"뭘 다시 못 한다는 거냐? 그가 네가 한 짓보다 더 나쁜 짓을 했느냐?"

"그자가 제게 한 일을 생각해 보세요!"

이반이 말했다.

"제 며느리를 거의 죽일 뻔했습니다. 그리고 이제는 우리를 태워죽이겠다고 협박하고 있어요. 그런데 그에게 감사 인사라도 해야 하나요?"

늙은 아버지는 한숨을 내쉬고 말했다.

"내가 이 난로 위에 누워 있는 동안 너는 넓은 세상을 보며 살았다. 그래서 너는 모든 걸 다 알고 나는 아무것도 모른다고 생각하지. 그런데 얘야! 앞을 내다보지 못하는 건 바로 너야. 원한이 너의 눈을 가리고 있기 때문이야. 다른 사람의 죄는 눈앞에 두고 보면서 너의 죄는 등 뒤에 두고 보지 않는 거지. '그자가 잘못했어!' 이게 말이 되느냐! 만약 그 사람 혼자 잘못된 행동을 했다면 어떻게 싸움이 일어났겠느냐? 혼자서 분쟁을 일으킬 수 있다더냐? 분쟁에는 항상 양편이 있는 법이다. 남의 잘못은 보면서 자기 잘못은 보지 않는 거야. 만약 그가 악하고 네가 선하다면 싸움이 일어나지 않았을 것이다. 그의 수염을 잡아 뽑은 게 누구더냐? 그의 건초 더미를 망가뜨린 게 누구더냐? 누가 그를 법정으로 끌고 갔느냐? 그러고도 모든 잘못을 그에게 덮어씌운다면 그게 바로 잘못된 처사가 아니겠느냐! 나는 그렇게 살지 않았다. 그리고 너에게 그렇게 가르치지도 않았어. 가브리엘의 아버지와 내가 그렇게 살더냐? 우리가 어떻게 살았느냐? 이웃이 마땅히 지켜야 할 도리를 지키며 살았어! 그의 집에 밀가루가 떨어지면 아낙네 중 누구든 찾아와, '아저씨, 밀가루가 좀 필요한데요'라고 했다. 그러면 '헛간에 가서 필요한 만큼 가져가라'라고 하면 그만이었어. 그 집의 말을 데리고 나가 풀을 뜯길 사람이 없을 때는 '이반, 네가 가서 그 집의 말을 잠시 돌봐 주어라' 하며 너를 보내곤 했다. 나도 부족한 게 있으면 그에게 달려가곤 했지. '여보게, 이러이러한 게 좀 필요한데'라고 하면 그의 대답도 언제나 '가져가게'였다. 우리는 그렇게 살았다. 그땐 모든 게 순조로웠지. 그런데 지금은 어떠냐? 며칠 전에는 어느 군인이 플레브나 전투 이야기를 하더구나. 지금 너희들이 하는 싸움은 플레브나 전투보다 더 치열해! 그게 사는 거냐? 너희는 지금 큰 죄를 짓고 있어! 네가 이 집의 가장이니 대답해 보려무나. 여자들과 아이들에게 본보기로 뭘 보여주고 있는지. 으르렁거리고 물어뜯는 것? 며칠 전에는 아직 어린애인 타라스카가 이웃집 이레나에게 욕을 하며 험한 말을 하는데, 에미는 그걸 듣고도 웃기만 하더구나. 그게 옳은 일이냐? 그런 게 바로 네가 살펴야 하는 일이다. 너의 영혼에 비추어 생각해 보아라. 이게 정말 옳은 길인지 말이야. 상대가 나에게 한 마디 잘못하면 나는 두 마디 악담하고, 한 대 때리면 두 대로 갚아주는 식이지 않으냐. 이건 아니다, 얘야! 그리스도께서는 이 땅에 오셔서 어리석은 우리에게 전혀 다른 방법을 가르쳐 주셨어. '누가 내게 나쁜 말을 하더라도 침묵으로 응대하여라. 그러면 그의 양심이 스스로 꾸짖을 테니까.' 이게 바로 그리스도께서 가르쳐 주신 방법이다. 누가 뺨을 때리거든 다른 뺨도 내주거라. '자, 때리시오. 당신이 생각하기에 내가 맞을만하다고 생각된다면!' 그러면 그의 양심이 그를 나무랄 것이다. 그러고 나면 차분히 너의 말에 귀를 기울이게 될 것이다. 그리스도께서는 우리를 그렇게 가르치셨다. 그러니 네 고집만 부리지 말아라. 왜 아무 말이 없느냐? 내 말이 이치에 맞지 않느냐?"

이반은 말없이 늙은 아버지의 말을 들었다. 노인은 한동안 기침을 하고 나서 힘겹게 목청을 가다듬고 말을 이었다.

"그리스도의 가르침이 틀렸다고 생각하느냐? 그분의 가르침은 다 우리를 위한 것이다. 너의 삶을 돌아보아라. 두 집 사이에 다툼이 시작된 후로 살기가 더 나아졌느냐, 힘들어졌느냐? 그동안 소송하느라 들인 돈을 생각해 봐라. 법원을 오가는 교통비와 음식값으로 얼마나 많은 돈을 허비했느냐! 아들들이 장성했으니 네 삶도 편안하고 여유로워야 하는데, 재산이 점점 줄어들고 있지 않으냐. 왜 그렇겠느냐? 모두가 이 어리석은 전쟁 때문이다. 네 자존심 때문이야. 자식들과 함께 밭을 갈고 씨를 뿌려야 하는데, 광기에 끌려 판사와 엉터리 변호사들을 찾아다니느라 바쁘지 않으냐. 제때 밭을 갈지 못하고 씨도 뿌리지 못하니 대지인들 제대로 열매를 맺게 해줄 수 있겠느냐. 올해 귀리 농사를 왜 망쳤느냐? 언제 씨를 뿌렸느냐? 마을 법원에 다녀온 후에 뿌렸다! 그래서 무엇을 얻었느냐? 마음의 짐만 지게 되었다. 제발 얘야, 네가 해야 하는 일들을 먼저 생각하거라! 자식들과 밭일, 집안일에 정성을 들여라. 누가 네 마음을 상하게 하거든 하나님께서 바라시는 대로 그들을 용서하여라. 그러면 삶이 편안할 것이며 마음 또한 늘 가벼울 게다."

이반은 말없이 듣고만 있었다.

"이반, 내 아들아, 늙은 아비의 말을 들어라! 지금 바로 말을 타고 법원으로 가서 이 모든 다툼을 끝내거라. 그리고 내일 날이 밝으면 가브리엘에게 가서 하나님의 이름으로 그와 화해하여라. 그리고 성모 마리아 탄생 축일인 내일 그를 집으로 초대하여라. 차와 보드카를 준비하고, 이 사악한 전쟁을 끝내는 거다. 그리고 여자들과 아이들에게도 그렇게 하라고 일러라."

이반은 숨을 한 번 깊이 들이마시고 나서 생각했다.

'아버지 말씀이 옳아.'

그러자 마음이 한결 가벼워지는 게 느껴졌다. 하지만 무엇부터 어떻게 해야 상황을 바로잡을 수 있을지 알 수 없었다.

그러자 이반의 마음을 꿰뚫어 본 듯, 늙은 아버지가 다시 말했다.

"가거라, 이반. 미루지 말고! 불길이 번지기 전에 잡아야 한다. 그러지 않으면 때를 놓치게 돼."

노인이 말을 이으려는데 여자들이 까치 떼처럼 떠들며 들어왔다. 가브리엘이 태형을 선고받았다는 소식과 그가 이빈의 집에 불을 지르겠다고 했다는 소문을 들은 것이다. 여자들은 들은 이야기에 자기들의 생각을 보태서 가브리엘 집안의 여자들과 목초지에서 한바탕 언쟁을 벌이고 들어오는 길이었다. 여자들의 말에 의하면 가브리엘의 며느리가 새로운 협박을 했는데, 가브리엘이 수사 판사를 자기 편으로 끌어들여 판을 뒤집을 거라고 했다는 것이다. 또한 학교 선생님이 황제에게 보낼 탄원서를 쓰고 있는데, 수레 연결 볼트와 채소밭 사건 등에 관해서도 빠짐없이 썼으므로 이반의 농지 절반은 곧 자기네 손에 넘어오게 될 거라는 말도 들었다고 했다. 여자들의 말을 들은 이반은 또다시 마음이 냉랭해지면서 화해하려던 생각을 접었다.

농장을 운영하는 집은 언제나 할 일이 많았다. 이반은 더 이상 여자들의 이야기에 참견하지 않고 밖으로 나가 탈곡장을 지나 헛간으로 갔다. 거기서 일을 끝낼 즈음 해가 지고 들에 나갔던 아들들이 돌아왔다. 아들들은 말 두 마리를 데리고 겨울 작물을 재배할 밭을 갈고 오는 길이었다. 이반은 아들들이 뒷정리하는 것을 도우며 밭일이 어땠는지 물었다. 찢어진 목줄은 나중에 손보려고 옆으로 치워 놓고, 장작 패 놓은 것을 헛간에 들여놓으려다 보니 날이 이미 너무 어두워져 있었다. 이반은 일단 거기까지만 하기로 마음먹고 가축에게 먹이를 준 다음 대문을 열어 말들을 내보냈다. 타라스가 밤에 말들을 목초지에 데려갈 것이기 때문이었다. 이반은 대문을 닫고 빗장을 걸며 생각했다.

'이제 저녁 먹고 잠자리에 들면 되겠군.'

이반은 목줄을 집어 들고 오두막으로 들어갔다. 그러는 동안 이반은 가브리엘과의 일이나 늙은 아버지가 한 말은 까맣게 잊고 있었다. 그런데 문고리를 잡고 복도에 들어서려는 순간 울타리 너머에서 가브리엘이 쉰 목소리로 울부짖는 소리가 들렸다.

"저런 놈은 죽어 마땅해!"

그 한마디에 겨우 가라앉았던 적대감이 한꺼번에 소용돌이치기 시작했다. 이반은 가만히 서서 가브리엘이 외치는 소리를 들었다. 그리고 그가 잠잠해지자, 집 안으로 들어갔다.

전등이 밝혀진 방 안에서 며느리는 실을 잣고 아내는 저녁 식사를 준비하고 있었다. 큰아들은 신발 만들 나무껍질을 꼬고 있었으며 둘째 아들은 식탁 옆에 앉아 책을 읽고 있었다. 타라스는 말들을 데리고 목초지에 갈 준비를 하고 있었다. 이웃집과의 불화만 아니었으면 모든 게 평화롭고 행복하지 않았겠는가!

이반은 부루퉁한 얼굴로 들어가 의자에 앉아 있는 고양이를 몰아내고, 구정물 통을 엉뚱한 곳에 놓았다며 괜히 여자들에게

성질을 부렸다. 그리고 실의에 빠진 채 목줄을 손보려고 의자에 앉았다. 가브리엘의 말이 귓전에 울렸다. 그가 법정에서 했던 협박, 조금 전에 쉰 소리로 외치던 '죽어 마땅한 놈'이라는 말.

아내가 타라스에게 저녁 식사를 차려주었다. 식사를 마친 타라스는 낡은 양가죽 코트에 외투 하나를 더 껴입고 허리끈을 맨 다음 빵 한 쪽을 잘라 들고 말들이 있는 곳으로 나갔다. 큰아들이 동생을 뒤따라 나가려는데 이반이 대신 일어나 현관을 나섰다. 어느새 밖이 어두워져 있었다. 구름이 몰려오면서 바람이 불기 시작했다. 이반은 계단을 내려가 아들이 말에 오르는 것을 도왔다. 그런 다음 망아지들을 뒤따라 보내 놓고 타라스가 말을 타고 마을로 달려가는 소리를 들었다. 마을에서 말을 먹이러 나온 다른 젊은이들과 만나 함께 갈 것이다. 이반은 그들의 기척이 귓가에서 완전히 사라질 때까지 문가에 서 있었다. 그러는 동안에도 가브리엘의 말이 머리에서 떠나지 않았다.

"네놈은 더 큰불을 조심해야 할 거다!"

'그 녀석은 독이 끝까지 올라 있어.'

이반은 생각했다.

'지금 모든 게 바짝 마른 데다 바람이 거세게 불고 있어. 가브리엘이 집 뒤로 와서 불을 지르고 달아날 수도 있지. 집을 불태우고 감쪽같이 빠져나가려는 심산이겠지, 나쁜 놈! 그렇지만 현장에서 잡힌다면 빠져나갈 방법이 없지!'

온통 이런 생각에 사로잡힌 이반은 계단을 올라가는 대신 거리 쪽으로 나가 집 모퉁이를 돌았다.

'집과 헛간들을 돌아봐야겠어. 그 녀석이 무슨 짓을 할지 어떻

게 알아?'

이반은 발소리를 죽여가며 대문을 나섰다. 모퉁이를 돌아서기 전에 울타리를 따라 전방을 살피는데 맞은편 모퉁이에서 뭔가 재빠르게 움직이는 것 같았다. 누군가 시야에 들어왔다가 황급히 사라지는 느낌이었다. 이반은 걸음을 멈추고 시선을 고정한 채 귀를 기울였다. 바람에 출렁이는 버드나무와 마른 짚단 버석거리는 소리 외에 사방이 고요했다. 눈이 어둠에 익숙해지자 골목 모퉁이까지 보였다. 그곳에 놓아둔 쟁기와 지붕의 처마도 보였다. 한동안 그쪽을 살폈지만 아무도 보이지 않았다.

'잘못 본 모양이군. 그래도 한 바퀴 돌아보는 게 좋겠어.'

이렇게 생각한 이반은 헛간을 따라 조용히 걸음을 옮겼다. 어찌나 조심스럽게 걸음을 옮겼던지 수피화를 신고 있는데도 자기 발소리가 들리지 않을 정도였다. 모퉁이 끝까지 다가갔을 때 쟁기 근처에서 불꽃이 이는 것 같더니 바로 사라졌다. 이반은 가슴이 철렁해서 걸음을 멈췄다. 그 순간 같은 곳에서 좀 더 밝게 불꽃이 타오르고, 동시에 챙이 달린 모자를 쓴 남자가 웅크리고 있는 모습이 보였다. 등은 이반을 향한 채 손에 들고 있는 건초 뭉치에 불을 붙이고 있었다. 이반의 가슴은 새처럼 뛰기 시작했다. 이반은 온 신경을 곤두세우고 허겁지겁 다가갔다. 발이 땅에 닿은 느낌조차 느끼지 못할 정도였다.

'옳지, 절대로 빠져나가지 못할 거다! 현장에서 붙잡을 테다!'

아직 거리가 좀 남았을 때 또다시 불빛이 보였다. 이번에는 같은 지점이 아니었고, 작은 불꽃도 아니었다. 처마 밑에 있는 짚단에 불이 붙은 것이다. 지붕으로 번져가는 불길 아래 가브리엘의 모습이 훤히 보였다. 이반은 종달새를 덮치려 날아드는 매처럼 절름발이 가브리엘을 향해 달려갔다.

'이제 저놈은 꼼짝없이 잡혔어. 빠져나가지 못할 거다!'

이반이 달려오는 소리를 들었는지 가브리엘이 사방을 둘러보더니 토끼처럼 헛간 뒤로 달아났다.

"넌 빠져나갈 수 없어!"

이반이 소리치며 그의 뒤를 쫓아갔다. 그리고 가브리엘을 잡으려는 순간 가브리엘이 아슬아슬하게 피했다. 이반은 겨우 가브리엘의 외투 자락을 움켜잡았지만, 외투 자락이 찢어지면서 이반은 고꾸라지고 말았다. 이반은 다시 일어나 소리치며 달렸다.

"도와줘! 저놈 잡아라! 도둑놈! 살인자!"

그러나 가브리엘은 이미 자기 집 대문을 들어서고 있었다. 이반이 다시 따라잡아 가브리엘을 붙잡으려는 순간 뭔가 그의 머리를 세게 때렸다. 마치 돌멩이로 관자놀이를 세게 얻어맞은 듯, 고막이 터질 것 같았다. 가브리엘이 대문 옆에 있던 참나무 쐐기를 집어 힘껏 후려친 것이다.

이반은 정신을 잃었다. 눈앞에 불꽃이 튀더니 사방이 캄캄해지면서 비틀거렸다. 다시 정신이 들었을 때 가브리엘은 보이지 않았다. 주변이 대낮처럼 밝았고, 농장 자리에서 뭔가 타닥타닥 타들어 가는 소리와 함께 엔진이 돌아가는 듯한 굉음이 들려오고 있었다. 이반이 돌아보니 집 뒤에 있는 헛간이 완전히 불길에 싸여 있었으며, 그 옆의 헛간에도 불길이 번지고 있었다. 불꽃이 일면서 타고 있는 지푸라기들이 시커먼 연기에 섞여 오두막 쪽으로 날아가고 있었다.

"이게 무슨 일이란 말인가?"

이반은 두 손으로 자기 허벅지를 내리치며 울부짖었다.

"처마 밑에 불붙은 짚단을 잡아채서 밟기만 했어도 됐을 것을! 이게 뭐란 말이냐…."

이반은 계속 중얼거렸다. 소리를 지르고 싶었지만 숨이 막히고 목이 잠겨 소리가 나오지 않았다. 달리려고 했지만 다리가 마음대로 움직여지지 않고 자꾸 꼬였다. 이반은 천천히 움직여 보았다. 하지만 자꾸 비틀거려지면서 숨이 막혔다. 할 수 없이 그대로 서서 숨을 쉴 수 있게 될 때까지 기다려야 했다. 겨우 숨을 고르고 다시 걸으려는데 뒷마당 헛간 모퉁이를 돌기도 전에 옆의 헛간이 불길에 싸였다. 오두막 한 귀퉁이와 현관 지붕에도 불이 붙었다. 오두막 안에서 불길이 솟아오르는 통에 마당에조차 들어설 수가 없었다. 동네 사람들이 모여들었지만 아무것도 해줄 게 없었다. 이웃집 사람들은 자기 집에서 살림살이를 들어내고 축사에서 가축들을 끌어내기 시작했다. 이반의 집이 불길에 싸이고 곧이어 가브리엘의 집에도 불길이 번졌다. 바람이 거세지면서 골목 건너편까지 불길이 옮겨가 마을의 반이 잿더미로 변했다.

이반은 겨우 늙은 아버지를 구할 수 있었다. 가족들은 입은 옷에 겨우 몸만 빠져나왔다. 풀을 뜯으러 목초지로 나갔던 말들 외에 다른 살림살이는 모두 잃었다. 가축과 닭들도, 쟁기도, 써레도, 여자들의 옷가지가 들어 있는 트렁크도, 곡식 창고에 있는 곡식들도 모두 불에 탔다!

가브리엘의 식구들은 가축들을 끌어내고, 겨우 몇 가지 살림만 건질 수 있었다.

불은 밤새 타올랐다. 이반은 농장 앞에 서서 계속 중얼거렸다.

"이게 뭐란 말인가…. 아, 짚단을 끌어내서 밟기만 해도 됐을 것을!"

그러다가 지붕이 주저앉자, 이반은 불길이 솟아오르는 집 안으로 들어가 불에 탄 대들보를 잡고 끌어내려 했다. 여자들이 그걸 보고 이반을 불렀다. 하지만 이반은 대들보를 끌어낸 다음 또 하나를 끌어내려고 다시 들어가려다 발을 헛디뎌 불길 속으로 쓰러졌다. 그의 아들이 뒤쫓아가 그를 끌어냈다. 머리와 수염이 불에 그슬리고, 옷이 타고 손에 화상을 입으면서도 이반은 아무런 느낌이 없었다.

"너무 충격이 심해서 정신이 나간 모양이야."

동네 사람들이 수군거렸다. 불길이 저절로 잦아들 때까지 이반은 혼자 중얼거리며 서 있었다.

"이거 봐! 이게 도대체 무슨 일인가? 짚단을 꺼내 밟기만 했어도 됐을 것을!"

날이 밝자 마을 촌장의 아들이 이반을 부르러 왔다.

"이반 아저씨, 아저씨 아버님께서 돌아가실 것 같아요! 작별 인사를 하고 싶다며 아저씨를 부르십니다."

잠시 아버지를 까맣게 잊고 있었던 이반은 무슨 말인지 알아듣지 못하겠다는 듯 물었다.

"무슨 아버지? 누구를 부른다는 거냐?"

"아저씨를 부르셔요. 작별 인사를 하시려고요. 우리 집에 계시는데 곧 돌아가실 것 같아요! 어서 가세요, 이반 아저씨."

촌장의 아들이 이반의 팔을 잡아끌며 말했다. 이반은 그를 따라갔다.

사람들이 오두막에서 이반의 아버지를 옮겨낼 때 불붙은 집단이 떨어지면서 그를 덮쳤다. 그 때문에 노인은 화상을 입었고, 마을 사람들은 그를 화재가 난 곳에서 멀리 떨어진 마을 촌장의 집으로 옮겨놓았다.

이반이 촌장의 집에 도착했을 때, 집에는 난로 위에 눕혀 놓은 어린아이들과 촌장의 아내밖에 없었다. 다른 사람들은 여전히 불이 난 곳에 나가 있었다. 늙은 아버지는 손에 양초를 들고 긴 의자 위에 누워 있다가 이반을 보고 몸을 조금 움직였다. 촌장의 아내가 그에게 다가가 이반이 왔다고 전하니 노인은 이반을 가까이 불러달라고 했다. 이반이 아버지에게 다가갔다.

"내가 뭐라고 했더냐, 이반? 누가 마을을 태운 거냐?"

"그놈 짓입니다, 아버지!"

이반이 대답했다.

"제가 현장을 목격했어요. 그놈이 짚단에 불을 붙이는 걸 제가 봤습니다. 제가 불붙은 짚단을 끌어내서 밟았더라면 이런 일이 일어나지 않았을 것이지만요."

"이반, 나는 곧 죽을 것 같고, 너도 때가 되면 죽음을 맞이할 것이다. 이게 누구의 죄냐?"

이반은 더 이상 말을 잇지 못하고 아버지를 바라보았다.

"하나님 앞에서 말해 보아라. 이게 누구의 죄냐? 내가 뭐라고 했느냐?"

이반은 비로소 정신이 들면서 아버지의 말이 무슨 의미인지 깨달았다. 그리고 코를 훌쩍이며 말했다.

“제 잘못입니다, 아버지!”

이반은 아버지 앞에 무릎을 꿇고 말했다.

“저를 용서해 주세요, 아버지. 아버지와 하나님 앞에 저는 죄인입니다.”

늙은 아버지는 오른손에 들고 있던 양초를 왼손으로 옮기고, 오른손으로 자기 이마에 십자가를 그으려 했다. 그런데 팔이 움직여지지 않았다.

“주님을 찬양하여라! 주님을 찬양하여라!”

노인은 이렇게 외치고 다시 아들을 바라보았다.

“이반! 이반!”

“네, 아버지?”

“이제 어떻게 하겠느냐?”

이반이 울면서 대답했다.

“이제부터 어떻게 살아야 할지 모르겠습니다, 아버지!”

노인은 눈을 감고 남은 힘을 모으려는 듯 입술을 움직였다. 그리고 다시 눈을 뜨고 말했다.

“살아갈 수 있다. 네가 하나님의 뜻에 순종하며 산다면 충분히 살아갈 수 있어!”

노인은 잠시 말을 멈추고 미소를 지어 보였다. 그리고 다시 말을 이었다.

“이반, 명심하거라! 누가 불을 질렀는지 따지지 말아라! 상대의 죄를 덮어주어라. 그러면 하나님께서 너희 둘의 죄를 용서해 주실 것이다!”

노인은 말을 마치고 두 손으로 양초를 감싸들고 가슴에 얹었다. 그리고 숨을 한 번 깊이 몰아쉬더니 몸을 축 늘어뜨리고 숨을 거두었다.

이반은 가브리엘이 한 짓에 대해 아무에게도 말하지 않았다. 그래서 왜 불이 났는지는 아무도 알지 못했다.

가브리엘을 향한 이반의 원망은 그대로 가라앉았다. 가브리엘은 이반이 왜 아무에게도 말하지 않는지 의아했다. 처음에는 두려움이 앞서다가 시간이 지나면서 그조차 무뎌졌다. 두 사람은 더 이상 언쟁하지 않았고 가족들도 더 이상 싸우지 않았다. 불에 탄 오두막을 다시 지을 동안 두 가족은 한집에 살아야 했다. 마을이 복구된 후에는 서로 좀 더 먼 거리로 이사할 수도 있었지만, 이반과 가브리엘은 나란히 집을 짓고 계속 이웃으로 살았다.

두 집은 또다시 좋은 이웃이 되었다. 이반은 하나님의 뜻에 순종하라는 아버지의 말씀을 새기며 살았고, 분쟁의 씨앗이 될 만한 일은 초장에 가라앉혔다. 누가 자기에게 해를 입히는 일이 있어도 곧바로 앙갚음하기보다는 나중에 바로잡을 생각을 하게 되었다. 누군가 그에게 나쁜 말을 하더라도 배로 돌려주기보다는 나쁜 말을 하지 않도록 상대를 타이르는 편을 택했다. 집안의 여자들과 아이들에게도 그렇게 가르쳤다. 이반 스체르바코프는 다시 일어섰다. 그리고 전보다 더 풍요로운 삶을 살았다.

촛불

또 눈은 눈으로, 이는 이로 갚으라 하였다는 것을 너희가 들었으나 나는 너희에게 이르노니 악한 자를 대적하지 말라 누구든지 네 오른편 뺨을 치거든 왼편도 돌려 대며

– 마태복음 5장 38~39절

지주가 농노를 지배하던 시절의 이야기다. 지주들의 성품은 각양각색이었는데, 하나님을 기억하고 자신이 언젠가 죽을 것임을 기억하여 사람을 가엾게 여길 줄 아는 지주들이 있는가 하면, 실례되는 말이지만 개 같은 지주들도 있었다. 하지만 그중에도 최악은 농노의 신분이었다가 농노들을 감독하는 자리에 오른 자들이었다. 이를테면 진흙탕에서 구르다가 왕자가 된 것이다! 이런 자들은 농노들의 삶을 더없이 고달프게 만들었다.

어느 지주의 영지에 그러한 감독관이 있었다. 농부들은 각자가 맡은 만큼 지주의 땅에서 일을 하면 되었다. 땅은 넓고 비옥했으

며 물과 목초지, 수풀도 넉넉해서 지주도 농노들도 살기에 부족함이 없었다. 그런데 지주가 다른 영지에서 일하던 농노를 데려다 감독관으로 앉힌 것이다.

권력을 쥐게 된 감독관은 농노들의 목을 조이기 시작했다. 그는 결혼해서 가정을 일군 사람이었다. 아내와 결혼한 두 딸이 있다고 했으며 돈도 있었으므로 죄짓지 않고도 편안하게 살 수 있었다. 그런데 탐욕 때문에 죄를 짓게 된 것이다.

그는 농부들에게 정해진 시간보다 더 많은 시간을 일하라고 강요했으며, 벽돌 공장을 만들어 농부와 민간인을 혹사하며 벽돌을 찍어 팔았다.

농민들은 모스크바에 있는 지주를 찾아가 불만을 얘기했지만, 아무 소용이 없었다. 지주는 대책도 세워주지 않고 그들을 돌려보냈으며, 감독관의 횡포를 통제하지 않았다. 농민들이 자기에 대한 불만을 얘기하러 지주를 찾아갔다는 사실을 안 감독관은 화풀이를 시작했고, 농민들은 전보다 더욱 힘들어졌다. 그들 중에는 거짓말로 고자질을 일삼는 사람들이 있었는데, 그 때문에 농민들은 끊임없이 시달렸고 감독관은 점점 더 포악해졌다.

시간이 지나면서 사람들은 사나운 들짐승보다도 감독관을 더 무서워하게 되었다. 그가 마을을 지날 때면 마을 사람들은 마치 늑대를 피하듯 그를 피해 어디로든 몸을 숨겼다. 어떻게든 그의 눈에 띄지 않는 게 상책이었기 때문이다. 사람들이 자기를 두려워한다는 사실을 눈치 챈 감독관은 더욱 기세가 등등해져서 주먹과 가혹한 노동으로 농민들을 괴롭혔다. 그 정도로 못된 인간은 간혹 누군가의 손에 제거되기도 하던 시절이어서 농부들은 그런 식으로 고통스러운 삶에서 벗어날 궁리를 하게 되었다. 숲속 빈터 같은 곳에 모이면 그중 용기 있는 누군가의 입에서 이런 말이 나오기도 했다.

"언제까지 이렇게 당해야 한단 말이오? 어차피 궁지에 몰린 인생인데 저런 놈 하나 죽인다고 무슨 죄가 되겠소."

어느 날 농부들은 또다시 숲에 모이게 되었다. 부활 주일 전날이었는데 감독관이 지주의 숲을 청소하라며 농부들을 내보낸 것이다. 농부들은 저녁 식사를 마치고 둘러앉았다. 그들 중 하나가 말했다.

"이제 어떻게 살아야 한단 말이오?"

"그자는 우리를 완전히 파멸시킬 것이오. 노동으로 우리를 고문하고 있소. 우리를 비롯한 마을 사람들 모두가 밤이고 낮이고 쉬지를 못하고 있소. 조금이라도 자기 마음에 들지 않거나 잘못된 게 발견되면 가차 없이 채찍을 날리고 말이오. 세묜도 그의 채찍을 맞고 죽었소. 아니심은 족쇄를 찬 채 고문을 당했고. 이제 또 무슨 꼴을 당해야 하는 거요? 오늘 저녁 그자가 여기 올 텐데, 뭔가 또 트집을 잡을 거요. 그자를 말에서 끌어내려 도끼로 찍어버립시다. 그러면 모든 게 끝나는 거요. 개처럼 아무 데나 묻어버리면 감쪽같을 거요. 단, 우리가 모두 한마음으로 뭉쳐야겠지. 배신자가 있어선 안 되니까."

바실리 미나예프가 말했다. 그는 다른 누구보다도 감독관에게 원한이 많았다. 감독관이 매주 그를 채찍으로 때렸을 뿐 아니라 그의 아내를 데려가 자기 집 요리사로 삼았기 때문이다.

이런 논의가 이루어진 날 저녁, 감독관이 말을 타고 나타났다.

그리고 농부들이 해 놓은 일을 트집 잡기 시작했다. 잘라놓은 나뭇더미에서 보리수 묘목을 발견한 것이다.

"보리수는 자르지 말라고 했다. 누가 자른 거냐? 어서 자백해라. 그러지 않으면 모두 채찍을 맞게 될 거다!"

감독관은 누가 자른 나무에서 보리수가 나왔는지 캐묻기 시작했다. 농부들은 시도르가 자른 나무에서 나왔다고 말했다. 감독관은 시도르의 얼굴을 피가 나도록 때렸다. 그다음엔 바실리의 나뭇더미가 작다며 그에게도 채찍질하고 나서 집으로 돌아갔다.

농부들은 그날 저녁 다시 만났다. 바실리가 말했다.

"아니, 어떻게 그럴 수가 있지? 당신들은 남자가 아니라 참새들이야! '뭉쳐야 해, 뭉쳐야 해!' 말은 잘하더니 막상 상황이 닥치니 지붕 밑에 숨기 바쁘지 않은가. 참새가 매를 상대할 때 그렇게 한다지. '배신하면 안 돼, 하나로 뭉쳐야 해!' 재잘거리다가 매가 덮쳐오면 사방으로 뿔뿔이 달아나는 거지. 그러니까 매는 내키는 대로 한 마리만 잡아채서 날아가면 되는 거야. 그러고 나면 참새들은 다시 나와 짹짹거리지. '한 마리가 안 보여! 누가 잡혀간 거지? 저런, 반카가 잡혀갔구나! 그럴 줄 알았어. 그자는 그런 일을 당할 만했어!' 지금 당신들이 그러고 있지 않소. 배신하지 않기로 했으면 배신하지 말란 말이오. 그자가 시도르를 잡았을 때 당신들은 한데 뭉쳐서 그자를 끝장내 버렸어야 해. 그런데 여전히 '배신하지 마, 배신하지 마! 뭉쳐야 해!'라고 외치면서 막상 그자가 덮치면 모두 덤불 속으로 몸을 숨기는 꼴이 아니오!"

농부들은 이런 모임을 점점 자주 갖게 되었고, 드디어 감독관을 없애버리기로 뜻을 굳혔다. 성금요일이 되자 감독관은 농부들에게 귀리 씨를 뿌려야 하니 부활절날 밭 갈 준비를 하라고 말했다. 농부들에게 이건 거의 모욕과 같았다. 성금요일에 농부들은 바실리의 집 뒷마당에 모여 다시 의논하기 시작했다.

"이런 짓을 하는 걸 보면 저자는 하나님을 잊은 게 분명해. 정말로 죽여버리자고. 어차피 우리 인생은 이렇게 끝나게 생기지 않았나."

그중에 표트르 미헤예프도 있었다. 그는 온화하고 평화를 지향하는 사람이었으므로 농부들의 의견에 찬성하지 않았다. 미헤예프가 말했다.

"당신들은 큰 죄를 지으려 하고 있소. 영혼을 파괴하는 행위는 중대한 죄라오. 다른 사람의 영혼을 파괴하는 일은 어렵지 않소. 그러나 당신들의 영혼은 어떻게 되겠소? 나쁜 행위의 대가는 그 자신에게 되돌아가게 되어 있소. 그러니 참고 견딥시다."

이 말을 듣고 바실리는 버럭 화를 냈다.

"같은 말만 되풀이하는군. '사람을 죽이는 건 죄다! 저런 인간이라도 생명을 빼앗는 건 죄임을 알고 있지 않으냐.' 이런 뜻이 아니오? 물론 선한 사람을 죽이는 건 죄가 될 거요. 하지만 하나님께서도 저런 개만도 못한 인간은 죽이라고 말씀하셨소. 인간에 대한 연민을 가진다면 저런 미친개는 죽여야 하오. 저런 자를 죽이지 않는다면 그건 더 큰 죄가 될 거요. 저자는 사람들의 삶을 피폐하게 하고 있소. 우리는 고통을 감내한다고 쳐도, 다른 사람들을 위해서 결단을 내려야 하오. 저런 해충 같은 인간을 제거한다면 사람들도 우리에게 감사할 것이오! 저자는 모두의 삶을 망치고 있소. 미헤예프, 당신 말은 틀렸소. 마을 사람들 모두가 부활절날 노동을 한다면 그게 더 큰 죄가 아니겠소. 당신이라면 당연히 일하러 가지 않을 거요."

미헤예프가 되물었다.

"왜 안 가겠소? 그들은 우리를 일터로 보낼 것이고, 나는 밭을 갈겠지. 내가 원해서 가는 게 아니지 않소. 하나님께서는 그게 누구의 죄였는지 아실 거요. 우리만 주님을 잊지 않으면 되는 거요. 이건 내 생각이 아니오. 만약 악을 악으로 갚는 것이 주님의 뜻이었다면 그분께서 우리에게 그러한 계명을 내리셨을 거요. 하지만 주님께서는 정반대의 계명을 주셨소. 만약 당신들이 악을 행한다면 그 결과는 당신들에게 돌아올 거요. 사람을 죽이는 건 사악한 행위요. 그의 피가 당신의 영혼에 얼룩으로 남을 것이오. 사람을 죽임으로써 당신은 자신의 영혼을 피로 물들이는 거요. '나는 악한 자를 죽였어. 나는 해충을 제거한 거야.' 당신은 이렇게 생각하겠지. 하지만 결국 당신은 그자보다 더 큰 죄를 짓게 되는 거요. 그러니 운명에 양보합시다. 불운한 운명에 져주시오. 그러면 운명도 당신에게 져줄 것이오."

농부들은 의견이 갈리어 합일점을 찾을 수 없었다. 몇몇은 바실리와 같은 의견을 가지고 있었고, 또 몇몇은 미헤예프의 생각대로 죄가 되는 행위를 하기보다는 견뎌내려는 입장이었다.

농부들이 부활절 축제 주간의 첫날 행사를 마치고 난 저녁, 지주의 집에 초대받았던 촌장이 집으로 돌아가는 길에 경찰관과 함께 농부들을 찾아왔다.

"감독관인 미하일 세묘노비치가 모든 농부는 내일 귀리밭을 갈 준비를 하라고 명했소."

촌장은 경찰관과 함께 마을을 돌면서 다음 날 밭을 갈러 나가라는 감독관의 명을 전하면서 누구는 강가의 밭을 갈고, 또 누구는 큰길 쪽부터 갈라고 지정해 주었다. 농부들은 분개했지만, 감히 불복할 생각은 하지 못했다. 그리고 다음 날 쟁기를 가지고 나가 밭을 갈기 시작했다.

교회에서는 아침 미사가 거행되고 모두가 축제를 즐기는 가운데 농부들은 밭을 갈았다!

감독관인 미하일 세묘노비치는 느지막이 일어나 말을 타고 농장으로 갔다. 그의 아내와 미망인이 된 딸은 한껏 차려입고 일꾼들이 준비해 준 마차를 타고 미사 참례를 하고 왔다. 하녀가 찻주전자를 식탁에 올려놓고, 때맞춰 돌아온 미하일 세묘노비치는 가족들과 함께 차를 마셨다.

차를 충분히 마신 미하일 세묘노비치는 파이프에 불을 붙이고 촌장을 불렀다.

"그래서, 농부들을 밭 갈러 보냈소?"

"보냈습니다, 미하일 세묘노비치."

"모두 밭을 갈러 갔단 말이오?"

"다 갔습니다. 제가 직접 농부들을 배치했습니다."

"농부들을 배치한 건 잘한 일이오. 그런데 그들이 밭을 제대로 갈고 있소? 나가서 살펴보시오. 그리고 내가 저녁 식사 후에 나가서 확인할 거라고 전하시오. 두 사람당 1데샤티나(러시아의 토지 면적 단위로 1데샤티나는 약 3천 평 정도 된다-역자)씩 갈아놓되 아주 잘 갈아야 한다고 말이오. 만약 허투루 해 놓으면 명절이라고 봐주지 않을 거라고 하시오."

"알겠습니다."

촌장이 돌아서 나가려는데 미하일이 다시 불렀다. 그러고는 뭔가 말하고 싶은데 어떻게 말해야 할지 몰라 머뭇거리는 것 같더니 잠시 후 입을 열었다.

"그러니까 말이오, 그 악당들이 나에 대해 뭐라고 하는지 당신이 좀 들어보란 말이오. 누가 불평을 하는지, 뭐라고 불평하는지 듣고 나에게 전부 말해주시오. 나는 그 악당들을 잘 알아. 옆구리를 한 방씩 먹여주지 않으면 빈둥거리기만 할 거라고. 진탕 먹고 놀기나 좋아하지, 때에 맞춰 밭을 갈아줘야 한다는 생각은 안 하거든. 당신은 그들이 뭐라고 떠드는지 듣고 나에게 전해주시오. 내가 알아야겠소. 듣고 본 것은 하나도 빼놓지 말고 내게 전해달란 말이오."

밖으로 나온 촌장은 말을 타고 농부들이 있는 밭으로 갔다.

그들의 대화를 들은 감독관의 아내가 그에게 가서 이것저것 묻기 시작했다. 그녀는 마음이 온화하고 평화를 지향하는 사람이었다. 자기가 할 수 있는 한 남편의 포악함을 자제시키고 농부들의 입장을 옹호하고자 노력했다.

그녀가 남편에게 말했다.

"여보, 주님을 위한 축제일에 죄를 짓지 마세요. 주님을 위해서 농부들을 쉬게 해주세요!"

미하일 세묘노비치는 아내의 말을 귀담아듣지 않고 오히려 그녀를 비웃었다.

"당신, 채찍 맛을 안 본 지 꽤 오래되었지? 괜한 참견을 하려는 걸 보니 말이야."

"사랑하는 여보, 당신에 관해 나쁜 꿈을 꾸었어요. 제발 내 말을 듣고 농부들을 쉬게 해주세요!"

"나도 한마디 하겠소. 당신이 자꾸 나를 거슬리게 하면 채찍으로 정신이 번쩍 들게 해주겠소. 그러니 조심하라고!"

격분한 미하일은 불붙은 파이프를 아내의 치아에 대고 그녀를 뒤로 밀치고는 저녁 식사를 가져오라고 명령했다.

미하일은 저녁 식사로 차가운 고기와 피로그(고기와 채소 등으로 속을 채워 구운 빵 - 역자), 돼지고기를 넣은 양배추 수프와 구운 염소 고기, 그리고 우유에 익힌 국수를 먹었다. 식후에는 체리 와인을 마시며 달콤한 파이도 한 조각 먹고 나서 요리사를 불러 노래를 부르라고 명한 다음 기타를 집어 들고 직접 반주를 했다. 한껏 기분이 좋아진 미하일 세묘노비치는 트림을 해가며 열광적으로 기타 줄을 튕기고 요리사와 농담을 주고받았다.

그때 마을 촌장이 들어와 허리 굽혀 절을 했다.

"그래, 농부들이 밭을 갈고 있던가? 맡은 구역을 다 끝냈어?"

"벌써 반 이상 끝냈습니다."

"빼먹은 곳은 없고?"

"제가 본 바로는 없었습니다. 아주 잘 갈아놓았더라고요. 겁을 먹고 있는 것 같습니다."

"흙은 잘 갈아졌던가?"

"아주 부드럽게 갈렸습니다. 양귀비씨를 뿌려놓은 것 같았습니다."

미하일은 잠시 침묵을 지키다가 말했다.

"그런데, 나에 대해서는 뭐라고 하던가? 내 욕을 하지는 않던가?"

촌장이 잠시 머뭇거리자, 미하일은 하나도 빼놓지 말고 고하라고 채근했다.

"모두 말하시오. 당신 생각을 말하라는 게 아니라 그들의 말을 전하란 말이오. 사실대로 다 말한다면 내가 상을 주겠소. 하지만 나를 속일 생각이라면 조심하시오! 혹독한 벌을 받게 될 수도 있소! 이봐, 카트루샤, 촌장에게 보드카를 한 잔 드려라. 용기를 좀 북돋아 드려야겠구나."

요리사가 브랜디를 가져왔다. 촌장은 그녀에게 감사한 뒤 브랜디를 받아 마셨다. 그리고 입술을 닦고 나서 보고를 시작했다.

"늘 그렇듯이 똑같습니다."

촌장은 이렇게 말하고 나서 혼자 생각했다.

'그들이 저자를 칭송하지 않는 것이 내 탓은 아니잖아. 그러니 진실을 말하자. 저자도 그러라고 하니까.'

촌장은 드디어 용기를 내서 말하기 시작했다.

"불평하고 있습니다, 미하일 세묘노비치. 불평하고 있어요."

"그렇겠지. 그럼 뭐라고 불평하는지 말해 보시오."

"그들이 하는 말은 한 가지였습니다. '그는 하나님을 믿지 않아'라고요."

미하일은 코웃음을 쳤다.

"누가 그 말을 하던가?"

"모두가 그렇게 말했습니다. '그자는 악마에게 자기를 팔았어'라고요."

미하일이 웃음을 터뜨렸다.

"말 잘했군. 어떤 놈이 그런 말을 했는지 이름을 말해 보게. 바실리 녀석이 그러던가?"

촌장은 자기 마을 사람들을 상대로 고자질을 하고 싶지는 않았지만, 바실리와는 오랫동안 갈등을 빚어오던 터였다.

"바실리가 제일 심하게 불평했습니다."

"그랬군. 뭐라고 하던가? 어서 말해 보게."

"옮기기조차 너무 끔찍한 말이었어요. 나리께서 비참한 죽음을 면치 못하실 거라고 했습니다."

"아하! 배포가 있는 녀석이로군! 그런데 뜸을 들이고 있구먼! 그는 나를 죽이지 못할 거야. 내 몸에 손도 대지 못할 테니까! 두고 보라고!"

미하일이 말을 이었다.

"바실리 녀석! 너는 반드시 대가를 치르도록 해주겠다! 티슈카는 뭐라던가? 그놈도 마찬가지겠지?"

"네, 모두 불평이 많았습니다."

"뭐라고 하던가?"

"그게…. 너무 끔찍한 말을 했습니다."

"너무 끔찍하다니? 주저하지 말고 말해 보시오."

"나리께서 배가 터지고 창자가 쏟아져 나와 죽을 거라고 했습니다."

미하일 세묘노비치는 재미있다는 듯 큰 소리로 웃었다.

"어디, 누구의 배가 먼저 터지는지 두고 보자! 또 누가 무슨 말을 했지?"

"좋게 말하는 자는 없었습니다. 모두 으르렁거리며 협박조의 말들을 내뱉었지요."

"표트르 미헤예프는 어떻던가? 그자는 뭐라고 했지? 그자도 역시 으르렁거렸겠지?"

"아닙니다. 표트르는 불평하지 않았습니다."

"그러면?"

"그자 하나만 아무 말도 하지 않았습니다. 영리한 거죠. 저도 참 의아했습니다."

"뭐가 의아했다는 거지?"

"그의 행동이 말입니다. 다른 농부들도 그를 특이하다고 생각하는 것 같았습니다."

"그자가 뭘 했는데?"

"아주 기이했습니다. 그자는 투르킨 언덕의 경작지를 갈고 있었는데, 가까이 다가가 보니 밭을 갈면서 노래를 부르고 있더라고요. 그것도 아주 정성스러운 소리로 말입니다. 그런데 그의 쟁기 손잡이 가운데에 뭔가 반짝이더군요."

"그래서?"

"마치 작은 불꽃처럼 빛을 내뿜더라고요. 좀 더 가까이 다가가서 보았더니 5코페이카짜리 작은 양초더군요. 그걸 손잡이 가로대에 붙여놓았는데 바람이 불어도 꺼지지 않고 타오르는 겁니다. 그는 깨끗한 셔츠를 입고 찬송가를 부르며 쟁기질을 하고 있었죠. 그런데 언덕을 누비고 다니느라 소맷자락을 날리며 몸을 흔들어 대는데도 촛불이 꺼지지 않는 거예요. 제 바로 앞에서 몸을 흔들며 손잡이를 돌리고 쟁기를 들썩거려도 여전히 꺼지지 않고 타올랐어요."

"무슨 말은 하지 않던가?"

"글쎄요. 아무 말도 하지 않았습니다. 저를 보더니 잠시 멈춰서 가슴에 십자가를 긋고는 또다시 노래를 부르기 시작했습니다."

"그래서 자네는 뭐라고 했는가?"

"아무 말도 하지 않았습니다. 하지만 다른 농부들이 올라와서 그자를 조롱하기 시작했습니다. '미헤예프는 이제 죄인이 되었다네. 주일날 밭을 갈았으니 기도해도 용서받지 못한다네' 하면서요."

"그러니까 그자가 뭐라고 하던가?"

"그는 그저 '땅에는 평화가, 사람에게는 은총이 함께 하기를'이라고만 했습니다. 그러고는 다시 쟁기를 잡고 말을 몰았습니다. 낮은 소리로 노래를 부르면서요. 촛불은 여전히 타오르고 꺼지지 않았습니다."

감독관은 웃음기를 거두고 기타를 내려놓았다. 그러고는 고개를 숙인 채 깊은 생각에 잠겼다.

그렇게 한참을 앉아 있다가 요리사와 촌장을 내보내고는 침대 커튼을 치고 누웠다. 마치 무거운 수레에 눌린 듯 그의 입에서 한숨과 신음이 뒤섞여 나왔다. 그의 아내가 다가와 이런저런 말을 걸어보았으나 대꾸하지 않았다. 다만 이렇게 중얼거렸다.

"그가 나를 이겼어. 이제 내가 대가를 치를 때가 온 거야."

그의 아내가 말했다.

"그러니 어서 가서 그들을 쉬게 하세요. 그러면 아무 일도 없을 거예요. 지금까지 무슨 일이 있어도 두려워하지 않았는데 왜 지금은 그렇게 두려워하는 거죠?"

"나는 이제 끝났소. 그가 나를 이겼어. 그가 나를 이겼어."

미하일 세묘노비치는 이 말만 되풀이했다. 그의 아내가 언성을 높여 말했다.

"어서 가세요! 농부들을 집으로 돌려보내라고요. 그러면 모든 게 괜찮을 거예요. 어서 가세요, 제가 말에 안장을 얹겠어요."

아내는 말을 내오며 어서 들에 나가 농부들을 집으로 돌려보내라고 재촉했다.

미하일 세묘노비치는 말을 타고 들로 나갔다. 마을 어귀에 이르자 한 노파가 와서 문을 열어주었다. 하지만 마을에 들어서자, 모두 그를 보고 숨기에 바빴다. 어떤 사람은 문 뒤로, 어떤 사람은 골목 모퉁이를 돌아 숨었으며, 채소밭에 숨는 사람도 있었다.

미하일은 마을을 통과해 반대편 출구에 이르렀다. 문은 잠겨 있었고, 말에 탄 채 문을 열 수는 없었다. 그는 큰 소리로 사람을 불렀다. 누구든 나와서 문을 열어주기를 기대했지만 아무도 나오지 않았다. 미하일은 말에서 내려 직접 문을 열었다. 그리고 다시 말에 오르기 위해 한쪽 발을 등자에 올려놓고 몸을 날려 안장에 앉으려는데, 그 순간 지나가는 돼지에 놀란 말이 펄쩍 뛰면서 울타리에 부딪혔다. 몸집이 육중한 미하일은 안장으로 뛰어오르지 못하고 울타리 위로 떨어지고 말았다. 울타리의 말뚝 중에 유난히 높고 뾰족한 것이 하나 있었는데 바로 그 말뚝에 배를 찔리며 떨어진 것이다. 날카로운 나무 끝에 배가 찢기면서 미하일은 다시 땅바닥으로 떨어졌다.

그즈음 온갖 저주를 퍼부으면서 말을 타고 밭에서 돌아오던 농부들이 출입문을 들어서다가 바닥에 쓰러져 있는 미하일을 발견했다. 그는 두 팔을 벌리고 하늘을 향해 누워 있었는데, 동공이 멈춰 있었으며 창자가 쏟아져 나와 땅바닥에 퍼져 있었고, 주변에는 피가 흥건히 고여 있었다. 대지도 그의 피를 받아들이지 않으려는 것처럼.

그 광경에 겁을 먹은 농부들은 황급히 말을 몰아 달아났고, 표트르 미헤예프만이 말에서 내려 감독관에게 다가갔다. 그의 죽음을 확인한 미헤예프는 그의 눈을 감겨주고 수레에 말을 맨 후, 아들과 함께 그를 궤짝에 넣어 지주의 저택으로 갔다.

그간의 일을 알게 된 지주는 농부들의 세금을 면제해 주었다. 그리고 농부들은 하나님의 권능이 악이 아닌 선을 통해 실현된다는 진리를 깨달았다.

대자(代子)

또 눈은 눈으로, 이는 이로 갚으라 하였다는 것을 너희가 들었으나 나는 너희에게 이르노니 악한 자를 대적하지 말라 누구든지 네 오른편 뺨을 치거든 왼편도 돌려 대며

- 마태복음 5장 38~39절

원수 갚는 것이 내게 있으니 내가 갚으리라

- 로마서 12장 19절

1

가난한 농부의 집에 아들이 태어났다. 농부는 기뻐하며 이웃을 찾아가 아들의 대부가 되어달라고 부탁했다. 하지만 이웃은 거절했다. 가난뱅이 아들의 대부가 되는 게 내키지 않았기 때문이다. 다른 이웃에게 부탁했지만, 그 역시 거절했다. 그 후로도 농부는 집마다 돌아다녔다. 하지만 아무도 대부가 되어주겠다고 나서지

않았다. 농부는 할 수 없이 다른 마을에 가보기로 했다. 가는 길에 한 사람을 만났다.

"안녕하시오, 어디를 가시오?"

"하나님께서 제게 아들을 주셨습니다. 어린 아들을 보며 즐거워하고, 노후의 위로로 삼으며, 죽은 뒤에는 그가 저를 위해 기도하게 해주시려는 뜻이겠지요. 그런데 제가 너무 가난하다 보니 마을에서 제 아들의 대부가 되어주겠다는 사람이 없습니다. 그래서 아들의 대부가 되어줄 사람을 찾으러 가는 중입니다."

"내가 대부가 되어주겠소."

낯선 사람이 말했다.

농부는 기뻐하며 그에게 감사 인사를 하고 나서 물었다.

"그러면 대모는 어느 분께 부탁해야 할까요?"

"시내 광장에 가면 정면에 쇼윈도가 있는 돌집이 있을 거요. 입구에 앉아 있는 상인이 주인인데, 그 상인에게 가서 딸에게 대모를 부탁해 달라고 해보시오."

농부는 망설이면서 물었다.

"어떻게 부자 상인에게 그런 부탁을 하라는 말씀입니까? 아마 저를 비웃을 겁니다. 자기 딸을 보내지도 않을 거고요."

"그건 걱정하지 말고 가서 부탁하시오. 내일 아침까지 준비를 마쳐 놓으면 나도 세례식에 참석하겠소."

가난한 농부는 집으로 돌아와 말을 타고 상인을 만나러 갔다. 농부가 마당에 들어서자마자 상인이 나와 맞았다.

"무슨 일이오?"

"하나님께서 제게 아들을 주셨습니다. 어린 아들을 보며 즐거워하고, 노후의 위로로 삼으며, 죽은 뒤에는 그가 저를 위해 기도하게 해주시려는 뜻이겠지요. 부디 따님에게 말씀하셔서 제 아들의 대모가 되도록 해주십시오."

"세례식이 언제요?"

상인이 물었다.

"내일 아침입니다."

"좋소. 마음 놓고 돌아가시오. 내일 아침 미사에 딸이 참석할 겁니다."

다음 날 대모와 대부가 참석한 가운데 농부의 아들은 세례를 받았다. 세례식이 끝나자마자 대부는 자리를 떴고, 그 후로 농부의 가족은 그를 다시 보지도 못했으며 그가 누구였는지도 알 수 없었다.

2

아이는 자라면서 부모에게 큰 기쁨이 되어주었다. 건강하고 부지런하고 영리했으며, 부모의 말에는 늘 순종했다. 열 살이 되자 부모는 아들을 학교에 보내서 읽고 쓰는 걸 배우게 했다. 아들은 다른 아이들이 5년 걸려 배울 걸 단 1년 만에 깨우쳤고, 얼마 안 되어 학교에서는 그에게 더 이상 가르칠 것이 없었다.

부활절이 다가오자, 아들은 대모를 찾아가 부활 인사를 드렸다. 그리고 집에 돌아와서 부모에게 말했다.

"아버지 어머니, 저의 대부님은 어디 사세요? 저도 대부님께 부활절 인사를 드리고 싶습니다."

농부가 대답했다.

“너의 대부님에 대해서는 우리도 아는 바가 없단다. 가끔 후회스럽기도 하지. 네가 세례를 받은 후로는 한 번도 만나지 못했고 소식도 듣지 못했다. 어디 사시는지는 물론이고 아직 살아 계시는지도 모른단다.”

아들이 부모에게 절을 하고 나서 말했다.

“아버지 어머니, 제가 가서 대부님을 찾아보겠습니다. 반드시 찾아뵙고 부활절 인사를 드리고 싶습니다.”

농부 부부는 아들을 보내주기로 했고, 아들은 대부를 찾기 위해 길을 떠났다.

3

소년은 집에서 나와 큰길을 따라 걸었다. 몇 시간쯤 걸었을 때 낯선 사람을 만났다.

“안녕하시오, 젊은이. 어디를 가시오?”

소년이 대답했다.

“오늘 대모님을 찾아뵙고 부활절 인사를 드렸습니다. 그리고 집에 돌아와서 부모님께 대부님께서 사시는 곳을 물었습니다. 가서 인사를 드리려고요. 그런데 부모님께서 모른다고 하셨습니다. 제가 세례를 받은 후로 그분을 뵌 적도 없고 소식도 모른다고 하십니다. 아직 살아 계시는지조차 알 수 없다고요. 하지만 저는 대부님을 꼭 뵙고 싶어서 이렇게 길을 나섰습니다.”

그러자 낯선 사람이 말했다.

"내가 너의 대부다."

소년은 그 말을 듣고 기뻐 그에게 세 번이나 입을 맞추며 부활절 인사를 나눴다. 그런 다음 대부에게 물었다.

"이제 어디로 가십니까, 대부님? 저희 집 쪽으로 가시는 길이라면 저희 집에 들러주십시오. 만약 댁으로 가시는 길이라면 저도 따라가겠습니다."

"지금은 시간이 없어서 너의 집에 들를 수가 없구나."

대부가 대답했다.

"여러 마을을 다니며 볼일을 봐야 해서 내일이나 집에 돌아올 것 같다. 그때 다시 나를 찾아오너라."

"하지만 제가 어떻게 대부님 집을 찾아가겠습니까?"

"너의 집에서 나와 곧장 해 뜨는 방향으로 가거라. 그러면 숲에 이르게 될 것이다. 숲을 지나 곧장 가다 보면 빈터가 나올 텐데 잠시 거기 앉아 쉬거라. 그런 다음 주위를 둘러보아라. 그리고 어떤 일이 일어나는지 지켜보아라. 긴 숲이 끝나는 곳에 정원이 있는데, 그 정원 안에 황금 지붕을 얹은 집이 있을 것이다. 거기가 내 집이다. 그 집 대문에서 내가 너를 기다리고 있겠다."

대부는 이 말을 마치고 어디론가 사라졌다.

4

소년은 대부의 말대로 했다. 동쪽으로 걸어가다가 숲으로 들어섰고 빈터에 이르렀다. 빈터 가운데엔 소나무 한 그루가 서 있었는데, 소나무 가지에 밧줄이 묶여 있고 그 밧줄 끝에는 육중한 통나무가 매달려 있었다. 통나무 바로 아래에는 나무로 만든 여물통이 놓여 있었는데 그 안에는 꿀이 가득 들어 있었다. 왜 하필 그곳에 꿀을 놓아두었는지, 그리고 바로 위에 왜 통나무를 매달아 두었는지 궁금해할 틈도 없이 수풀 쪽에서 바스락거리는 소리가 들리더니 곰 몇 마리가 나타났다. 어미 곰과 그 뒤를 따라오는 세 마리의 새끼 곰이었다. 어미 곰은 공기를 탐색하듯 코를 벌름거리더니 곧장 꿀이 담긴 여물통으로 향했다. 새끼 곰들이 그 뒤를 따랐다. 어미 곰은 꿀통에 주둥이를 처박고는 새끼 곰들에게도 그렇게 하라는 신호를 보냈다. 그러자 새끼 곰들도 얼른 달려와 꿀을 먹기 시작했다. 그러는 중에 어미 곰이 머리로 건드린 육중한 통나무가 옆으로 조금 밀렸다가 되돌아오면서 새끼 곰을 쳐서 밀어냈다. 이걸 본 어미 곰이 앞발로 통나무를 밀쳐냈고, 조금 더 멀리 밀려갔던 통나무는 더 큰 힘으로 새끼 곰의 등과 또 다른 새끼 곰의 머리를 쳤다. 통나무에 맞은 새끼 곰들은 비명을 지르며 달아났다. 그러자 화가 난 어미 곰은 으르렁거리며 앞발로 통나무를 들어올려 멀리 던져버렸다. 통나무는 허공으로 높이 날아갔고, 달아났던 새끼 곰들은 꿀통으로 다가갔다. 하지만 새끼 곰 중 한 마리가 꿀통까지 가기 전에 되돌아오는 통나무에 머리를 맞고 죽었다. 어미 곰은 더 큰소리로 으르렁거리고는 통나무를 잡아 힘껏 던졌다. 통나무는 밧줄을 묶어 놓은 가지보다도 더 높이 날아올랐다. 그 힘에 밧줄의 매듭이 느슨해질 정도였다. 어미 곰은 다시 꿀통으로 향했고, 새끼 곰들이 뒤따랐다. 그러는 동안 높이 날아오르던 통나무가 잠시 멈추는가 싶더니 아래로 떨어지기 시작했다. 땅에 가까워질수록 속도는 점점 빨라졌고, 마침내 그 육중한 무게가 엄청

난 속도에 실린 채 어미 곰의 머리 위로 떨어졌다. 순식간에 나동그라진 어미 곰은 사지를 쭉 뻗고 죽었다! 새끼 곰들은 숲으로 달아났다.

5

소년은 이 모든 광경을 충격 속에 지켜보았다. 그런 다음 다시 길을 떠났다. 숲을 빠져나가니 넓은 정원이 나왔다. 정원 가운데에는 황금빛 지붕을 이고 있는 궁전이 높이 서 있었다. 그리고 궁전 문 앞에 그의 대부가 미소 띤 얼굴로 서 있었다. 그는 대자를 반갑게 맞이해서 정원으로 안내했다. 그곳의 풍경은 소년이 꿈에서도 본 적이 없을 만큼 환하고 아름다웠다.

실내는 외경보다 훨씬 더 아름다웠다. 대부는 대자를 안내해서 방마다 돌면서 보여주었다. 들어가는 방마다 점점 더 화려하고 아름다웠다. 그런데 마지막으로 이른 방은 문이 봉인되어 있었다.

"이 문은 봉인되어 있을 뿐, 잠겨 있지 않다. 문을 밀면 열릴 것이다. 하지만 나는 네가 그 문을 열지 않기를 바란다. 네가 원한다면 이 궁전에 살아도 좋다. 어디든 마음대로 돌아다니며 궁전의 모든 걸 즐겨라. 다만 한 가지, 이 문은 열지 말아라! 만약 열고 싶은 마음이 생기거든 숲에서 본 것을 기억하거라."

대부는 이 말을 끝내고 어디론가 가버렸다. 궁전에 혼자 남은 대자는 즐겁고 유쾌한 시간을 보냈다. 그 삶이 얼마나 좋았던지 불과 세 시간밖에 지내지 않은 듯했지만, 사실은 삼십 년이나 지나 있었다. 그즈음의 어느 날, 대사는 우연히 봉인된 문을 지나게 되었다. 그 순간 대부가 왜 그 방에 들어가지 말라고 했는지 궁금해졌다.

'그냥 뭐가 있는지 들여다만 볼 거야.'

이렇게 생각한 대자는 방문을 밀었다. 봉인이 뜯어지면서 문이 열렸다. 그러자 다른 어느 방보다 천장이 높고 아름답게 꾸며진 공간이 눈에 들어왔다. 방 가운데엔 권좌가 있었다. 대자는 잠시 방 안을 둘러보다가 계단을 올라가 권좌에 앉았다. 그러자 권좌에 기대져 있는 홀이 눈에 띄었다. 대자가 그 홀을 손에 쥔 순간 사방의 벽이 사라지고 세계 곳곳의 모습과 그 속에서 사람들이 하는 행동들이 눈에 들어왔다. 정면에는 바다가 보이고 배 한 척이 항해하고 있었다. 오른쪽에는 이방인들이 사는 마을이 보였다. 왼쪽에는 기독교인들이 살고 있었는데 러시아인들 같지는 않았다. 대자는 전체를 한 번 둘러보고 나서 마지막으로 뒤쪽을 돌아보았다. 그러자 그와 비슷하게 생긴 러시아인들이 보였다.

"집에는 별일 없는지, 추수는 잘 되었는지 한번 봐야겠어."

아버지의 밭이 있는 곳을 찾으니, 높이 쌓아 놓은 볏단이 보였다. 아들은 옥수수 수확이 괜찮은지 확인하고 싶어서 볏단을 세었다. 그때 한 농부가 수레를 타고 오는 모습이 보였다. 밤이어서 캄캄했으므로 대자는 아버지가 볏단을 나르기 위해 오는 거라고 생각했다. 그런데 자세히 보니 바실리 쿠드랴쇼프라는 도둑이었다. 수레를 끌고 밭으로 들어간 바실리는 볏단을 수레에 싣기 시작했다. 대자는 화가 나서 소리를 질렀다.

"아버지, 밭에 있는 볏단을 도둑맞고 있어요!"

말들에게 풀을 뜯기기 위해 목초지에 나가서 자고 있던 아버지가 눈을 떴다.

"볏단을 도둑맞는 꿈을 꿨네. 아무래도 가서 확인하는 게 좋겠어."

아버지는 말을 몰아 밭으로 달려갔다. 밭에서 바실리를 발견한 아버지는 다른 농부들을 불러 도움을 청했다. 바실리는 농부들에게 붙잡혀 매를 맞고 감옥으로 끌려갔다.

대자는 이번에는 대모가 살고 있는 시내를 살폈다. 대모는 상인과 결혼해서 살고 있었는데, 대모가 자는 동안 그녀의 남편이 살며시 일어나 정부를 만나러 가는 것이었다. 대자는 큰 소리로 대모에게 알렸다.

"일어나세요. 대모님 남편이 나쁜 길로 가고 있어요."

대모는 벌떡 일어나 옷을 입고 남편이 있는 곳으로 갔다. 그리고 남편의 정부를 때리고 망신을 준 다음 남편도 내쫓았다.

대자는 자기 어머니도 찾아보았다. 어머니는 오두막에서 자고 있었다. 그런데 강도가 들어와 어머니의 귀중품이 들어 있는 궤짝을 뜯는 것이었다. 어머니가 깨어나 소리를 지르자, 도둑은 어머니를 죽이려고 도끼를 머리 위로 들어올렸다.

대자는 자기도 모르게 홀을 집어 들고 도둑을 향해 휘둘렀다. 홀은 도둑의 관자놀이를 정통으로 가격했고 도둑은 그 자리에서 죽었다.

6

대자가 강도를 죽이자마자 벽이 다시 나타나고 방 안은 처음

들어왔을 때의 상태로 돌아왔다. 그러자 방문이 열리고 대부가 들어왔다. 대부는 대자에게 다가와 그의 손을 잡고 권좌에서 내려오게 했다.

"너는 내 명령을 어겼다. 금지된 문을 연 것이 첫 번째 잘못이고, 권좌에 올라 내 홀을 손에 쥔 것이 두 번째 잘못이다. 그리고 세상에 악을 더하는 세 번째 잘못을 저질렀구나. 이 자리에 한 시간만 더 앉아 있었더라면 세상 사람의 절반을 파멸시킬 뻔했구나."

말을 마친 대부는 대자를 다시 권좌로 이끌고, 그의 손에 홀을 쥐여주었다. 그러자 벽들이 다시 사라지고 세상 풍경이 보였다. 대부가 말했다.

"네가 아버지에게 한 짓을 잘 보아라. 바실리는 감옥에서 일 년을 살면서 온갖 나쁜 것들을 배워 구제 불능의 악당이 되어 나왔다. 보아라, 그는 벌써 네 아버지의 말 두 필을 훔쳤으며, 헛간에 불을 지르려 하고 있다. 네 아버지에게 이 모든 화를 안겨준 사람은 바로 너다."

대자가 지켜보는 동안 아버지의 헛간이 불꽃에 휩싸였다. 하지만 대부는 그 장면을 사라지게 하고 다른 장면을 보여주었다.

"여기 네 대모의 남편이 있다. 그가 아내를 떠난 지 일 년이 되었고, 지금은 다른 여자들과 어울려 지내고 있다. 그가 전에 사귀던 여자는 더 타락했으며, 대모는 술로 세월을 보내고 있다. 이것이 네가 대모에게 한 짓이다."

이번에는 대자의 아버지 집을 보여주었다. 집 안에서는 그의 어머니가 울면서 회개하고 있었다.

"그날 밤에 차라리 강도가 나를 죽였더라면 좋았을 뻔했어. 그랬으면 내가 그렇게 무거운 죄를 짓지 않아도 되었을 텐데."

"이게 바로 네가 네 어머니에게 한 짓이다."

대부는 그 장면을 사라지게 하고 아래를 가리켰다. 그러자 두 명의 간수가 감옥 앞에서 강도를 붙잡고 있는 모습이 보였다. 대부가 말했다.

"이 자는 열 명을 죽였다. 따라서 스스로 죗값을 치러야 했는데 네가 그를 죽임으로써 그의 죄를 네가 지게 된 것이다. 이제 너는 그의 죗값을 치러야 한다. 이는 네가 자초한 일이다. 어미 곰이 처음 통나무를 옆으로 밀쳤을 때 새끼 곰들은 놀랐다. 그런데 어미 곰이 또 한 번 통나무를 밀치자, 통나무가 되돌아오면서 새끼 곰을 죽였다. 그리고 세 번째로 통나무를 집어 던짐으로써 자신의 죽음을 자초했다. 네가 한 짓도 그와 같다. 너에게 삼십 년을 줄 테니 그동안 세상에 나가 강도의 죄에 대하여 속죄하여라. 그러지 않으면 네가 그의 삶을 대신 살게 될 것이다."

"제가 어떻게 그의 죄에 대하여 대신 속죄할 수 있습니까?"

대자가 물었다.

"네가 세상에 가져온 만큼의 악을 제거한다면 너의 죄와 강도의 죄에 대하여 함께 속죄하는 것이 된다."

"제가 어떻게 세상의 악을 제거할 수 있습니까?"

"나가서 해가 뜨는 방향으로 곧장 걸어가거라. 한참 가다 보면 들판이 나오고 거기 몇 사람이 서 있을 것이다. 그들이 뭘 하는지 눈여겨보다가 네가 아는 대로 그들에게 가르쳐 주어라. 그리고 다시 길을 가면서 눈앞에 보이는 것을 유심히 살펴라. 나흘째가 되면 숲에 이를 것이다. 숲 한가운데 골방이 하나 있는데 그곳에 은수자가 살고 있을 것이다. 그에게 그동안 일어난 일을 다 말하여라. 그러면 네가 어떻게 해야 하는지 가르쳐 줄 것이다. 그가 말하는 대로 다 이행하고 나면 너의 죄와 강도의 죄에 대한 속죄가 끝나는 것이다."

대부는 이렇게 말하고 대자를 문밖으로 내보냈다.

7

대자는 길을 떠나 걸으며 생각했다.

'어떻게 해야 세상의 악을 없앨 수 있을까? 악을 없애려면 악인을 없애버려야 하는데 말이야. 감옥에 가두거나, 죽이거나. 그렇다면 다른 이의 죄를 내가 덮어쓰지 않으면서 악을 없애는 방법은 무엇일까?'

한참을 곰곰이 생각했지만, 도무지 답을 얻을 수 없었다. 그러던 중에 곡식이 풍성하게 익어가는 들판을 지나게 되었다. 건강한 알곡들이 빼곡히 영글어서 곧 수확해야 할 것 같았다. 그런데 곡식들 사이로 송아지 한 마리가 들어가 있는 것이 보였다. 송아지를 먼저 발견한 농부 몇 사람이 말을 타고 이리저리 송아지를 쫓느라 곡식들 사이를 누비고 있었다. 송아지가 밭에서 나오려고 할 때마다 누군가 말을 타고 다가갔고, 그때마다 놀란 송아지는 다시 밭으로 달아났다. 그러면 농부들은 다시 말을 달려 송아지를 쫓느라 곡식들을 짓밟았다. 길가에 서 있던 한 여인이 울먹이며 소리쳤다.

"저 사람들에게 쫓기느라 우리 송아지가 지쳐서 죽겠네."

대자가 농부들에게 말했다.

"모두 밭에서 나오세요. 저 여자분이 자기 송아지를 불러낼 겁니다."

농부들이 밭에서 나오자, 여자가 밭으로 바짝 다가서서 송아지를 불렀다.

"브라우니, 어서 나오너라. 어서 나와."

송아지가 귀를 쫑긋 세우더니 여자가 서 있는 쪽으로 달려왔다. 그러더니 여자의 치맛자락에 머리를 묻는 바람에 여자는 거의 뒤로 넘어질 뻔했다. 농부들은 여자가 기뻐하는 모습을 보며 흐뭇했다. 송아지도 즐거워 보였다.

대자는 다시 길을 나서며 생각했다.

'악은 악을 퍼뜨린다는 사실을 이제 이해하겠어. 사람들이 악을 쫓아내려고 소란을 피울수록 악은 더 커지는 거야. 그러니까 악을 악으로 없앨 수는 없는 거지. 악을 어떻게 없애야 하는지는 아직 잘 모르겠어. 하지만 송아지가 그의 여주인의 말에 따름으로써 모든 일이 잘된 거지. 그런데 만약 송아지가 주인의 말에 순종하지 않았다면 어떻게 밭에서 나오게 할 수 있었을까?'

대자는 또다시 깊은 생각에 잠겼다. 하지만 결론을 얻지 못한 채 계속 걸었다.

8

대자는 한참을 걸어서 마을에 이르렀다. 그리고 마을 끝에 있는 집에서 밤을 지낼 수 있는지 물었다. 혼자서 집 청소를 하던 주인 여자가 대자를 맞아들여 주었다. 집 안에 들어선 대자는 벽돌 난로에 앉아 여자가 청소하는 걸 지켜보았다. 여자는 빗자루로 방바닥을 다 쓸어낸 다음 식탁 위를 쓸기 시작했다. 그리고는 더러운 행주로 식탁을 닦았다. 끝에서 끝까지 다 닦았지만 식탁은 깨끗해지지 않았다. 지저분한 행주 자국이 남았기 때문이다. 그러자 여자는 반대 방향으로 닦기 시작했다. 먼저 닦은 행주 자국이 지워지면서 새로운 자국이 남았다. 여자는 또다시 한쪽 끝에서 반대편 끝까지 닦았다. 하지만 같은 현상이 반복될 뿐이었다. 더러운 행주가 식탁에 자국을 남기고, 그걸 닦아내면 또 다른 자국이 남는 식이었다. 그 모습을 한참이나 지켜보던 대자가 입을 열었다.

"뭐 하시는 건가요, 아주머니?"

"안 보이세요? 축일 맞이 대청소를 하고 있잖아요. 이 식탁은 정말 어쩔 수가 없답니다. 아무리 닦아도 깨끗해지지 않아요."

"식탁을 닦기 전에 행주를 빨아야 할 것 같은데요."

대자가 말했다.

여자는 그의 말대로 했다. 금세 식탁이 깨끗해졌다.

"알려주셔서 감사합니다."

그녀가 말했다.

아침이 되자 대자는 주인 여자에게 인사하고 길을 떠났다. 한참을 걷다 보니 숲에 이르게 되었는데, 그곳에서 농부 몇 사람이 나무를 구부려 바퀴테를 만들고 있었다. 대자가 가까이 다가가서 보니 농부들은 빙글빙글 돌기만 할 뿐 나무를 구부리지는 못하고 있었다.

가만히 서서 그 모습을 관찰하던 대자는 나무를 잡고 있는 받침대가 제대로 고정되어 있지 않은 걸 발견했다. 그러니 농부들이 빙글빙글 돌아가면 나무도 따라서 돌아가는 것이었다. 거기까지 파악한 대자가 말했다.

"뭘 하고 계신 건가요?"

"보면 모르겠소. 바퀴테를 만들고 있지. 두 번이나 진땀 흘리며 시도했는데 도무지 휘어지지를 않는구려."

"받침대를 좀 더 탄탄히 고정하셔야 할 것 같습니다. 그러지 않으면 농부님들이 돌아가면 나무도 따라서 돌아가니까요."

농부들은 대자의 충고를 받아들여 받침대를 고정했다. 그러자 일이 아주 쉽게 마무리되었다. 대자는 그들과 함께 밤을 지내고 다음 날 길을 떠났다. 하루 낮과 밤을 꼬박 걸은 대자는 동이 트기 전에 목동들의 야영지에 이르러 그들 곁에 잠자리를 마련했다. 목동들은 소 떼를 모아 놓고 모닥불을 피우려던 중이었다. 마른 나뭇가지를 쌓아 놓고 불을 붙이는데, 나뭇가지에 불이 완전히 붙기 전에 축축한 땔나무를 쌓는 것이었다. 축축한 땔나무를 만난 불꽃이 쉬익 소리를 내며 꺼지면 목동들은 다시 마른 가지를 가져다 쌓아 놓고 불을 붙이고는 또다시 축축한 땔나무를 얹고 불을 꺼뜨리기를 반복했다. 목동들이 그렇게 한창 헛고생하고 있는 것을 보다가 대자가 말했다.

"너무 서둘러 땔나무를 얹지 마세요. 먼저 마른 가지에 불이 완전히 붙을 때까지 기다리세요. 불길이 어느 정도 세지면 그때는 땔나무를 마음껏 올리셔도 됩니다."

목동들은 대자의 충고를 받아들여 마른 가지에 완전히 불이 붙을 때까지 기다렸다가 땔나무를 얹었다. 그러자 땔나무에도 순조롭게 불이 붙었고, 곧 불길이 활활 타올랐다.

대자는 그들과 잠시 더 있다가 다시 길을 떠났다. 대자는 걸으면서 생각했다. 자신이 목격한 세 가지 상황은 무엇을 의미하는 것일까? 하지만 대자는 그 의미를 깨달을 수 없었다.

9

대자는 그날 하루 종일 걸었다. 저녁 무렵이 되자 또 다른 숲에 이르게 되었는데 그곳에 은수자의 골방이 있었다. 대자는 골방으로 다가가 문을 두드렸다.

"누구시오?"

안에서 목소리가 들렸다.

"큰 죄를 지은 사람입니다."

대자가 대답했다.

"다른 사람의 죄와 저의 죄에 대하여 속죄하러 왔습니다."

그러자 은수자가 문을 열고 나왔다.

"다른 사람의 죄라면 어떤 죄를 대신 짊어지고 있단 말이오?"

대자는 은수자에게 그간의 일을 모두 이야기했다. 그의 대부에 관해서, 어미 곰과 새끼 곰들에 관해서, 그리고 봉인된 방에 있던 권좌와 대부의 명령에 관해서 이야기했다. 그리고 송아지를 잡느라 밭을 휘젓고 다닌 농부들과 여주인이 부르자 곧장 밭에서 나온 송아지에 관해서도 이야기했다.

"악으로 악을 없앨 수 없다는 진리는 이제 깨달았습니다. 하지만 어떻게 해야 악을 없앨 수 있는지는 아직 모르겠습니다. 어떻게 해야 하는지 가르쳐 주십시오."

"그리고 또 무엇을 보았는지 말해 보시오."

대자는 식탁을 닦던 여자와 바퀴테를 만들던 농부들, 그리고 모닥불을 피우던 목동들에 대해서도 이야기했다.

이야기를 다 들은 은수자는 안으로 들어가더니 날이 들쭉날쭉한 낡은 도끼를 가지고 나왔다.

"나를 따라오시오."

어디론가 걸어가던 은수자가 나무 하나를 가리키며 말했다.

"저 나무를 자르시오."

대자는 도끼로 나무를 잘라 쓰러뜨렸다.

"그것을 세 토막으로 자르시오."

은수자가 말했다.

대자가 나무를 세 토막으로 자르자, 은수자는 다시 골방으로 들어가 불이 활활 타오르는 나무 막대 몇 개를 가지고 나왔다.

"세 토막의 나무를 태우시오."

대자는 나무토막에 불을 붙였고, 나무는 완전히 타서 숯이 되었다.

"이제 저 숯덩이들을 반만 땅에 묻으시오."

대자는 은수자가 시키는 대로 했다.

"언덕 아래 강이 보일 것이오. 저 강에 가서 강물을 입 안에 가득 머금고 오시오. 그리고 그 물을 이 숯덩이들에 뿌리시오. 이것은 당신이 식탁 닦던 여인을 가르쳤던 걸 생각하면서, 이것은 바퀴테 돌리던 농부들을 가르쳤던 걸 생각하면서, 그리고 이것은 목동들을 가르쳤던 걸 생각하며 물을 주시오. 이 세 개의 숯덩이가 뿌리를 내리고 사과나무 싹을 틔울 때쯤엔 사람의 마음에서 어떻게 악을 없앨 수 있는지 알게 될 것이고, 모든 죄에 대하여 속죄하게 될 것이오."

은수자는 이렇게 말하고 골방으로 들어갔다. 대자는 한동안 곰곰이 생각했지만 은수자의 의도를 알 수 없었다. 그럼에도 은수자가 시킨 대로 물을 뜨러 강으로 갔다.

10

강으로 내려간 대자는 입안 가득 물을 머금고 돌아와 시커멓게 탄 숯덩이에 대고 뱉었다. 이렇게 수없이 반복한 끝에 숯넝이 세 개를 모두 적셨다. 목도 마르고 배도 고파진 대자는 음식을 얻으려고 은수자의 골방으로 갔다. 하지만 대자가 골방문을 열었을 때, 은수자는 침상에 누운 채 죽어 있었다. 골방을 뒤져 보니 마른 빵 몇 조각이 나왔다. 대자는 빵을 조금 먹고 나서 삽을 들고 나가 은수자를 묻어줄 무덤을 팠다. 밤에는 강에 가서 물을 머금어다 숯덩이에 붓고 낮에는 무덤을 파서 시신을 묻을 수 있게 되었을 즈음 마을 사람 몇 명이 왔다. 은수자를 위해 음식을 가져온 것이었다.

마을 사람들은 늙은 은수자가 죽었으며, 죽기 전에 대자를 받아주었다는 말을 듣고 그를 은수자의 골방에 머물게 해주었다. 그리고 늙은 은수자를 위해 가져온 음식을 두고 가면서 앞으로도 음식을 가져다주겠다고 했다.

대자는 늙은 은수자의 골방에 머물렀다. 마을 사람들이 가져다주는 음식을 먹으며 은수자가 말한 대로 강물을 입에 담아다 숯덩이를 적셨다.

그렇게 일 년을 지내는 동안 많은 사람이 그를 찾아왔다. 그는 점점 유명해졌다. 산속에 사는 현자가 영혼을 구원받기 위해 입으로 강물을 떠다 숯덩이에 물을 준다는 소문이 퍼진 것이다. 사람들이 그를 보기 위해 모여들었다. 그에게 줄 선물을 잔뜩 싣고 오는 부자 상인들도 있었다. 하지만 그는 꼭 필요한 물건만 지니고 나머지는 가난한 사람들에게 나누어주었다.

대자는 그렇게 살았다. 하루의 반은 입으로 물을 떠다 숯덩이에 주고 나머지 반은 방문객을 맞이하며, 더러는 휴식도 취하며 지냈다. 그렇게 사는 것이 악을 없애고 죄에 대해 속죄하는 길이라 생각했다.

그렇게 2년을 지내는 동안 하루도 물 나르기를 거르지 않았다. 하지만 어느 숯덩이에서도 싹이 트지는 않았다.

어느 날 대자가 골방에 앉아 있는데 누군가 말을 타고 노래를 부르며 지나는 소리가 들렸다. 궁금해서 나가보았더니 의복을 잘 갖춰 입은 젊고 건장한 남자가 근사한 안장을 얹은 말을 타고 지나고 있었다.

대자는 그를 불러 세워서 누구인지, 어디로 가는 길인지 물었다.

"나는 강도요."

젊은 남자가 고삐를 당기며 대답했다.

"돌아다니면서 사람을 죽이지. 사람을 많이 죽일수록 더 신바람이 나서 노래를 부르게 되더군."

대자는 겁이 덜컥 났다.

'이런 자의 사악한 마음은 어떻게 없앨 수 있을까? 스스로 내게 다가와 자기 죄를 뉘우치는 사람에게는 조언하기가 쉬운 법이지. 그런데 이자는 자신의 악행을 자랑삼아 떠들고 있어.'

대자는 아무 응대도 하지 않고 돌아서며 생각했다.

'이제 어떻게 해야 하지? 저자가 말을 타고 이 근처를 돌아다니면 마을 사람들이 겁을 먹고 골방을 찾아오지 않을 수도 있어. 그러면 마을 사람들에게도 손해가 될 것이고, 나도 살길이 막막해지는 거야.'

대자는 돌아서서 강도에게 말했다.

"사람들이 여기 오는 이유는 죄를 자랑하기 위해서가 아니라 회개하고 용서를 구하기 위해서요. 그대가 하나님을 두려워하는 사람이라면 죄를 회개하시오. 하지만 진심으로 회개할 마음이 없다면 어서 여길 떠나서 다시는 오지 마시오. 나를 방해하지도 말고, 나를 찾아오는 사람들을 쫓아버리지도 마시오. 내 말을 듣지 않으면 하나님께서 벌을 내리실 것이오."

강도가 웃음을 터트리더니 말했다.

"나는 하나님도 두렵지 않고, 당신 말도 듣지 않을 것이오. 당신은 나의 주인이 아니잖소. 당신은 당신의 경건함에 의지해서 살고, 나는 내 강도질에 의지해서 사는 거요. 우리는 어떻게든 살아야 하니까. 당신을 찾아오는 늙은 아낙네들에게는 가르쳐 줄 게 있을지 모르나 내겐 아무것도 가르쳐 줄 게 없을 거요. 당신이 내게 하나님 얘기를 꺼냈으니, 내일은 두 명을 더 죽일까 하오. 당신도 죽이고 싶지만, 지금은 내 손을 더럽히고 싶지 않아서 관두겠소. 그러니 앞으로는 내 앞길을 방해하지 마시오!"

강도는 위협적인 어조로 이렇게 말하고 말을 달려 사라졌다. 그리고 다시는 나타나지 않았으므로 대자는 그런대로 평화로운 나날을 8년이나 더 이어갈 수 있었다.

11

어느 날, 대자는 숯덩이에 물을 주고 나서 골방에 앉아 쉬면서 오솔길을 내다보고 있었다. 혹시 누가 찾아오지는 않을까 은근히 기다렸지만, 그날은 아무도 오지 않았다. 저녁 무렵까지 그렇게 앉아 있으려니 외롭고 지루해져서 지난날을 더듬어 보았다. 그러자니 경건함에 의지해서 사는 자신을 비난하던 강도가 떠올랐다. 그리고 자기가 살고 있는 모습을 돌아보았다.

'나는 은수자가 말한 대로 살고 있지 않아. 은수자는 내게 이곳에서의 삶을 통해 죄를 회개하라고 했는데 나는 여기서 먹을 것과 명예를 누리며 살고 있어. 그 맛에 길들여진 나머지 사람들이 찾아주지 않으면 지루해하지 않는가. 게다가 사람들이 찾아왔을 때는 그들이 나의 경건함을 칭송하는 걸 즐기고 있어. 이렇게 사는 건 옳지 않아. 칭송받기를 좋아한 나머지 잘못된 길로 빠져들었어. 과거의 죄에 대하여 속죄하기는커녕 새로운 죄를 덧붙인 셈이 되었구나. 사람들이 나를 찾지 못하게 다른 데로 옮겨야 할 것 같아. 그런 다음 과거에 지은 죄에 대하여 속죄하고, 더 이상 죄를 짓지 말고 살자.'

이러한 결론에 도달한 대자는 마른 빵을 자루에 담고 삽을 챙겨서 골방을 나왔다. 그리고 외진 곳에 있는 협곡으로 향했다. 거기서 동굴을 파고 아무도 만나지 않으면서 살 작정이었다.

자루와 삽을 들고 걸어가려니 말을 달리는 강도가 보였다. 겁에 질린 대자는 피하려고 했으나 강도에게 덜미가 잡히고 말았다.

"어디로 가시오?"

강도가 물었다.

대자는 사람들이 찾지 못할 곳으로 가서 살고자 한다고 대답했다. 그러자 강도는 의외라는 듯이 물었다.

"사람들이 찾아오지 않으면 무얼 먹고 살 작정이오?"

대자는 아직 거기까지 생각해 보지 않았지만, 강도의 말을 듣고 보니 음식은 필요할 것 같았다.

"하나님께서 허락하시는 것을 먹고 살면 되겠지요."

강도는 아무 말도 하지 않고 다시 말을 달렸다.

'왜 나는 그의 삶에 대해서 아무 말도 하지 않았을까? 어쩌면 지금쯤 후회하고 있을지도 모르는데. 오늘은 왠지 좀 순해진 것 같았어. 나를 죽이겠다고 협박하지도 않았고.'

생각이 여기에 이른 대자는 강도를 향해 소리쳤다.

"죄를 회개해야 해요. 하나님으로부터 도망칠 수는 없을 테니까."

그러자 강도는 말을 돌려 달려오면서 허리춤에서 칼을 꺼내 대자를 위협했다. 깜짝 놀란 대자는 숲속 깊이 달아났다.

강도는 더 이상 따라오지는 않으면서 큰 소리로 외쳤다.

"이것으로 두 번 봐주는 거요, 늙은 양반. 그렇지만 또다시 내 앞에 얼쩡거리면 죽여버릴 거요!"

저녁이 되어 숯덩이에 물을 주러 갔더니 세 개 중 하나에 싹이 돋아 있었다! 숯덩이가 된 나무토막에서 사과나무 싹이 돋은 것이다.

12

사람을 피해 산골짜기로 들어간 대자는 혼자 생활했다. 그러다가 가지고 온 빵이 떨어지자 이런 생각이 들었다.

'먹을 수 있는 나무뿌리라도 찾아봐야겠다.'

그런데 얼마 가지 않아 나뭇가지에 마른 빵 한 봉지가 매달려 있는 것을 발견했다. 대자는 그 빵을 떼어다 한동안 끼니를 해결했다.

그 빵을 다 먹을 때쯤 되니 같은 가지에 또 한 봉지의 빵이 매달려 있었다. 대자는 또 그 빵을 가져다 먹었다. 그렇게 지내는 동안 그의 유일한 걱정거리는 강도에 대한 두려움뿐이었다. 강도가 지나가는 소리가 들릴 때마다 숨어서 생각했다.

'죄에 대해 속죄하기 전에 그가 나를 죽일 수도 있어.'

대자는 그렇게 10년을 더 살았다. 첫 번째로 싹이 튼 사과나무는 무럭무럭 자랐다. 하지만 다른 두 개는 처음 그대로였다.

어느 날 아침, 일찍 일어나 숯덩이를 적시고 피곤해진 대자는 잠시 쉬려고 숯덩이 옆에 앉았다. 그러자 이런 생각이 들었다.

'나는 죄를 지어서 죽음을 두려워하게 되었어. 어쩌면 내가 죽음으로 죄에 대하여 속죄하는 게 하나님의 뜻인지도 몰라.'

이런 생각을 하고 있는데 강도가 말을 타고 욕설을 퍼부으며 다가오는 소리가 들렸다. 대자는 그 소리를 들으며 생각했다.

'하나님의 뜻이 아니면 어떤 악도, 어떤 선도 내게 닥치지 않을 거야.'

대자는 강도를 당당히 맞으러 나갔다. 강도는 혼자가 아니었다. 등 뒤에 누군가를 태우고 있었는데 입에는 재갈이 물려 있고 손과 발이 묶여 있었다. 강도는 꼼짝도 못하고 앉아 있는 그 사람에게 심한 욕설을 퍼부었다. 대자가 말 앞을 가로막고 물었다.

"그 사람을 어디로 데려가는 거요?"

"숲으로 데려갈 거요. 이자는 상인의 아들인데 자기 아버지의 돈이 숨겨져 있는 곳을 말하지 않고 있소. 말할 때까지 두들겨 패 줄 생각이오."

강도는 말에 박차를 가했지만, 대자가 말의 고삐를 잡고 놓아주지 않았다.

"이 사람을 보내주시오!"

대자가 말했다.

강도는 분개하면서 대자를 때리려는 듯 팔을 들었다.

"주먹맛을 네가 대신 보고 싶은 거냐? 내가 너를 죽일 거라고 하지 않았느냐? 어서 놓아라!"

대자는 겁내지 않았다.

"놓아줄 수 없소. 나는 당신이 두렵지 않으니까. 하나님 외엔 아무도 두렵지 않소. 내가 당신을 이대로 보내는 건 하나님의 뜻이 아니오. 그러니 어서 이 사람을 풀어주시오!"

강도는 인상을 찌푸리더니 칼을 꺼내 상인의 아들을 묶은 밧줄을 끊고 그를 풀어주었다.

"둘 다 꺼져버려."

강도가 말했다.

"그리고 다시는 내 앞에 얼씬거리지 말아라."

상인의 아들이 말에서 뛰어내려 달아나고 강도가 다시 말을 달리려는데 대자가 그를 잡았다. 그러고는 악행을 그만두라는 요지의 설교를 했다. 강도는 대자의 말을 끝까지 듣고는 말없이 말을 달려 사라졌다.

다음 날 아침 대자가 숯덩이에 물을 주러 갔을 때, 두 번째 숯덩이에서 싹이 돋아 있었다. 또 한 그루의 사과나무가 자라기 시작한 것이다.

13

또다시 10년이 흘렀다. 어느 날 대자는 아무런 바람도 두려움도 없이 기쁨에 충만한 채 앉아 있었다.

"하나님께서는 이렇게 많은 은총을 내려주시는데, 인간은 늘 스스로 괴롭히며 힘들어하고 있어. 인간은 왜 행복하게 살지 못하는 걸까?"

이런 생각과 함께 인간 내면에 있는 악함을 떠올리고 그것이 자신에게 끼치는 해악을 생각하다 보니 인간이라는 존재가 가여워졌다.

"이렇게 사는 건 옳지 않아. 사람들에게 가서 내가 깨우친 것을 가르쳐야겠다."

이런 생각이 머리를 스치는 순간 강도가 오는 소리가 들렸다.

대자는 강도가 지나가도록 그냥 두면서 생각했다.

"저 사람에게 말해봐야 소용없어. 어차피 이해하지 못할 테니까."

그러다가 마음을 바꾸어 길가로 나갔다. 강도는 침울한 모습으로 눈을 내리깐 채 말을 타고 다가오고 있었다. 그가 측은하다는 생각이 든 대자는 달려가 그의 무릎에 손을 얹었다.

"사랑하는 형제여, 당신의 영혼을 가엾게 여기시오! 당신 안에는 성령이 함께 계신다오. 그런데도 당신은 자신을 괴롭히고 다른 사람을 괴롭히면서 앞날의 괴로움을 쌓아가고 있소. 그럼에도 하나님은 당신을 사랑하셔서 큰 축복을 준비하고 계시오. 그러니 자신을 파멸로 몰고 가지 말고 새 삶을 사시오!"

강도는 얼굴을 찌푸리며 돌아섰다.

"나를 내버려 두시오!"

하지만 대자는 강도를 단단히 붙잡은 채 눈물을 흘리기 시작했다. 그러자 강도가 눈을 들어 대자를 바라보았다. 그리고는 말에서 내려 대자의 발 앞에 무릎을 꿇었다.

"당신이 나를 이겼소, 노인 양반. 나는 20년이나 당신을 거부해 왔는데, 이제 당신이 이겼소. 나는 더 이상 스스로 통제할 힘이 없으니, 당신의 처분에 맡기겠소. 당신이 처음 나를 설득하려고 했을 때는 오히려 더 화가 났었소. 당신이 사람들의 이목을 피해 골짜기로 숨었을 때, 비로소 당신의 말을 다시 생각해 보았소. 당신 자신을 위해 사람들에게 바라는 게 없다는 걸 알았기 때문이오. 그날 이후로 나는 당신을 위해 빵을 가져다 나무에 매달아 놓았소."

그 순간 대자는 오두막에 살던 여자가 행주를 깨끗이 빨고 나서야 식탁을 제대로 닦을 수 있던 사실을 떠올렸다. 그와 마찬가지로 대자도 자기 이득을 추구하기를 멈추고 마음을 깨끗이 한 후에야 다른 사람의 마음을 씻어줄 수 있었다. 강도가 말을 이었다.

"그리고 당신이 죽음을 두려워하지 않는 걸 보자 내 마음이 돌아섰소."

그 말을 들으니 바퀴테를 구부리려던 농부들이 떠올랐다. 받침대를 먼저 고정하지 않고는 바퀴테를 구부릴 수 없지 않던가. 그와 마찬가지로 대자가 죽음에 대한 두려움을 떨쳐버리고 생명을 하나님께 온전히 의탁하기 전에는 강도의 질풍노도와 같은 마음을 가라앉힐 수 없었던 것이다.

"그렇지만 내 마음이 완전히 가라앉은 건 당신이 나를 가엾이 여기고 나를 위해 눈물을 흘린 다음이었소."

대자는 기쁨에 겨워 강도를 이끌고 숯덩이가 있는 곳으로 갔다. 세 번째 숯덩이에서도 사과나무 싹이 돋아나고 있었다. 그 순간 모닥불을 피우던 목동들이 떠올랐다. 불길이 본격적으로 타오르기 시작한 다음에야 축축한 나무에 불을 붙일 수 있었던 것처럼, 자기 마음이 먼저 따듯해져야 다른 사람의 마음에 불을 지필 수 있는 것이다.

비로소 죄에 대하여 속죄하게 되었다고 생각하니 가슴 가득 기쁨이 피어올랐다. 대자는 강도에게 이 모든 이야기를 말해주었다. 그러고 나서 숨을 거두었다. 강도는 그를 묻어 주었다. 그리고 남은 삶은 대자가 바라던 대로, 그에게 배운 것을 사람들에게 가르쳐 주면서 살았다.

바보 이반 이야기

1

옛날 어느 마을에 부유한 농부가 살았다. 그에게는 아들 셋이 있었는데, 군인 시몬과 뚱보 타라스, 그리고 바보 이반이었다. 결혼하지 않은 딸도 하나 있었는데, 그녀의 이름은 마르다였으며, 귀머거리에 벙어리였다. 군인 시몬은 왕에 대한 충성으로 전쟁터에 나가 싸우고 있었으며, 뚱보 타라스는 시내 상인에게 가서 장사하는 법을 배웠다. 하지만 바보 이반은 여동생과 함께 집에 머물면서 등이 휘도록 밭을 갈았다.

군인 시몬은 높은 지위와 영지를 얻고 귀족의 딸과 결혼도 했다. 그런데 높은 급여와 넓은 소유지를 지녔어도 늘 돈에 쪼들렸다. 아무리 많이 벌어들여도 귀부인 아내가 흥청망청 써버렸기 때문이었다.

한번은 시몬이 소작료를 받으러 영지로 가자, 관리인이 말했다.

"수입이 어떻게 생기겠습니까? 가축도 없고 농기구도 없고 말도 쟁기도 써레도 없는데요. 우선 그런 걸 갖춰야 합니다. 그래야 수입이 생길 거예요."

그 말을 들은 시몬은 아버지에게 갔다.

"아버지, 아버지는 부자이시면서 저에게 아무것도 주신 게 없습니다. 아버지의 재산을 나누어 삼 분의 일을 제게 주십시오. 그러면 제 형편이 나아질 것 같습니다."

그러자 늙은 아버지가 말했다.

"너는 집에 아무것도 보탠 것이 없다. 그런데 왜 내가 너에게 삼 분의 일을 주어야 하느냐? 이반과 마르다가 한 일을 생각해 볼 때 그건 공평한 처사가 아니다."

시몬이 대답했다.

"시몬은 바보입니다. 마르다는 노처녀인데다 벙어리에 귀머거리고요. 그 아이들에게 재산이 무슨 소용이 있겠습니까?"

늙은 아버지가 말했다.

"그건 이반의 생각을 들어봐야 할 것이다."

이반이 말했다.

"형이 원하는 걸 주세요."

그리하여 군인 시몬은 아버지의 재산에서 자기 몫을 떼어 가져가고 다시 왕에게 충성을 바치러 떠났다.

뚱보 타라스도 큰돈을 모으고 상인 집안과 혼사를 맺었으나 여전히 원하는 게 많았다. 타라스도 아버지에게 가서 말했다.

"제 몫도 떼어주십시오."

하지만 아버지는 타라스에게도 그의 몫을 떼어주고 싶은 생각이 없었다.

“너는 집에 보태준 것이 없다. 이 집에 있는 것은 모두 이반의 노동으로 얻어진 것인데 어떻게 이반과 마르다를 섭섭하게 할 수 있겠느냐?”

타라스가 말했다.

“이반에게 재산이 무슨 소용이 있어요? 그는 바보인데요! 결혼도 못 할 거예요. 그리고 벙어리 마르다도 돈이 필요할 일이 없을 거고요.”

타라스가 이반에게 말했다.

“이반, 옥수수 수확 중에서 네 몫의 절반을 내게 다오. 농기구는 필요 없고, 가축 중에서는 회색 종마만 가져가겠다. 그놈은 어차피 농사짓는 데 도움이 안 되니까.”

이반이 껄껄 웃으며 대답했다.

“원하는 대로 가져가세요. 나는 또 일해서 더 많이 벌면 되니까요.”

그리하여 타라스도 그의 몫을 가지게 되었다. 타라스는 옥수수를 수레에 싣고 도시로 떠나면서 회색 종마도 데리고 갔다. 이반은 노처녀 동생과 집에 남아 아버지 어머니를 모시면서 전과 다름없이 농사를 지었다.

2

이반의 형제들이 재산을 나누는 과정에서 아무런 분쟁도 없이 평화롭게 마무리한 것에 대해 몹시 부아가 난 늙은 악마는 세 꼬마 도깨비를 불러 모았다.

"자, 저기 세 형제가 있다. 군인 시몬과 뚱보 타라스, 그리고 바보 이반이다. 저들은 싸워야 할 마땅한 이유가 있는데도 평화롭고 화목하게 지내고 있어. 바보 이반이 일을 완전히 망쳐놓았지. 그러니 너희 셋이 가서 저놈의 형제들을 갈아놓아라. 서로 달려들어 눈알을 파내려고 할 때까지 괴롭히란 말이다! 할 수 있겠지?"

"네, 할 수 있습니다."

도깨비들이 대답했다.

"어떻게 할 생각이냐?"

"우선 그들을 망하게 할 겁니다. 그래서 먹을 거라곤 빵 부스러기도 없는 상태에서 함께 살게 하겠어요. 그러면 분명히 싸울 거예요!"

"그거 아주 좋은 생각이다. 너희가 해야 할 일을 잘 이해하고 있구나. 싸움을 붙이기 전까지는 돌아오지 말아라. 실패하고 돌아온다면 산 채로 가죽을 벗겨버릴 테니까!"

꼬마 도깨비들은 늪으로 들어가 무엇부터 해야 할지 궁리하기 시작했다. 셋이 각각 제일 쉬운 일을 맡겠다고 한참 실랑이를 벌인 끝에 제비를 뽑아 누가 어느 형제를 맡을지 정하기로 했다. 그리고 셋 중 누구든 먼저 임무를 완수하는 도깨비는 다른 도깨비를 도와주기로 했다. 도깨비들은 제비를 뽑고 나서 다음에 만날 약속을 정했다. 그때 만나 누가 임무를 성공적으로 마쳤는지, 누가 도움이 필요한지 확인하기로 했다.

약속한 날짜가 되어 도깨비들은 늪에서 다시 만났다. 그리고 각자 일이 어떻게 돌아가는지 이야기를 풀어놓기 시작했다. 제일 먼저 군인 시몬을 맡았던 도깨비가 말했다.

"나는 일이 아주 잘 되어가고 있어. 내일 시몬은 자기 아버지의 집으로 돌아갈 거야."

다른 도깨비가 물었다.

"어떻게 했는데?"

"우선 시몬의 배짱을 부풀려서 왕에게 세계 정복을 제안하게 했지. 왕은 시몬을 장군으로 임명하고 인도의 왕과 전쟁을 벌이도록 명했어. 그렇게 해서 두 나라의 군사는 전쟁터에서 맞닥뜨리게 되었지. 그런데 내가 그 전날 밤에 시몬의 진영에 있는 화약을 모두 물에 적셔 놓았지. 그리고 인도 왕의 진영으로 가서 짚으로 엮은 군사 모형을 엄청나게 많이 만들어 놓았어. 다음 날 아침 시몬의 군사들은 자기들을 에워싼 그 많은 지푸라기 군사들을 보고 잔뜩 겁을 먹었지. 드디어 시몬이 군사들에게 발포 명령을 내렸어. 하지만 대포도 총도 쏴지지 않은 거지. 시몬의 군사들은 더 이상 싸울 용기를 내지 못하고 양처럼 떨면서 달아나다가 인도 군사들의 손에 죽었어. 왕은 불명예를 안고 온 시몬의 영지를 빼앗고 내일 그를 처형하기로 했다네. 이제 하루만 더 일하면 내 임무는 끝날 거야. 그가 집으로 도망칠 수 있도록 감옥에서 꺼내주기만 하면 되거든. 내일부터는 너희 중 누구든 도움이 필요하면 내가 도와줄 수 있어."

그러자 타라스를 맡았던 도깨비가 두 번째로 무용담을 늘어놓기 시작했다.

"나는 도움 필요 없어. 일이 아주 잘되어가고 있거든. 이제 타라스는 일주일 이상 못 버틸 거야. 나는 그를 더 탐욕스럽고 뚱뚱해

지게 했어. 욕심이 점점 커져서 눈에 보이는 건 무엇이든 사고 싶어지도록 말이야. 결국 한도 끝도 없이 사들이느라 가진 돈을 모두 탕진했는데도 멈출 수 없게 된 거야. 그는 이미 돈을 빌리기 시작했고, 여기저기 걸린 빚을 감당할 수 없게 되었지. 일주일 뒤에 빚을 갚아야 하는데, 그 전에 그가 비축해 놓은 물건들을 모두 못 쓰게 만들어 버릴 거야. 그러면 빚을 갚을 수 없게 되고, 결국은 아버지 집으로 가게 되겠지."

얘기를 마친 두 도깨비는 이반을 맡았던 도깨비에게 물었다.

"너는 어떻게 되어가고 있는데?"

"나는 일이 틀어져 버렸어. 처음에는 그가 마시는 물에 침을 뱉었지. 배탈이 나게 하려고 말이야. 그다음에는 그의 밭을 다져서 돌처럼 단단하게 만들어 놓았지. 쟁기질을 못 하게 하려고. 그런데 그 바보 녀석이 쟁기로 고랑을 만드는 거야. 복통으로 신음하면서도 계속 밭을 갈더라고. 그래서 내가 쟁기를 망가뜨렸지. 그랬더니 그 녀석이 집으로 가더니 다른 쟁기를 가져와 다시 밭을 갈더군. 땅 밑으로 들어가 쟁기 날을 붙잡았는데도 쟁기질을 막을 수 없었어. 그 녀석이 잔뜩 힘을 실어 쟁기를 미는 바람에 날카로운 쟁기 날에 내 손만 베이고 말았어. 결국 작은 고랑 하나만 남기고 밭을 다 갈았어. 그러니 둘 다 나를 도와줘야겠어. 어떻게든 그 녀석을 쓰러뜨리지 못하면 우리의 모든 노력이 허사가 되고 말 거야. 그 녀석이 끝까지 굴하지 않고 농사를 짓는다면 그의 형제들은 부족한 게 뭔지 모르고 살게 될 테니까. 그 녀석이 둘 다 먹여 살릴 거거든."

군인 시몬을 맡았던 도깨비가 다음 날 도우러 오겠다고 약속하고 세 도깨비는 헤어졌다.

3

밭을 다 갈고 한 고랑만 남겨 놓았던 이반은 다음 날 마지막 고랑을 갈기 위해 밭으로 나갔다. 아직 배가 아팠지만 쟁기질을 끝내야 했다. 이반은 고삐를 풀고 쟁기를 돌려 밭을 갈기 시작했다. 고랑 끝까지 갔다가 다시 돌아오는데 쟁기가 나무뿌리에 걸린 듯 앞으로 나가지 않았다. 꼬마 도깨비가 쟁기 날을 다리로 휘감고 있기 때문이었다.

"이상한 일이군! 여기는 뿌리가 없는데, 아무래도 나무뿌리에 걸린 것 같단 말이지."

이반은 고랑 깊숙이 손을 넣어 더듬어 보았다. 그러자 뭔가 물컹거리는 게 잡혔다. 이반이 힘껏 잡아당기자, 뿌리처럼 시커먼 게 딸려 나오면서 꼼지락거렸다. 살아 있는 꼬마 도깨비였다!

"이런 흉측한 녀석이 다 있나!"

이반은 꼬마 도깨비를 쟁기에다 내동댕이치려고 손을 높이 들었다. 그러자 꼬마 도깨비가 비명을 질렀다.

"저를 해치지 마세요. 뭐든지 시키는 대로 할게요."

"네가 뭘 할 수 있는데?"

"시키시는 건 뭐든지 하겠습니다."

이반이 머리를 긁적이더니 말했다.

"배가 아픈데, 낫게 해줄 수 있겠니?"

"물론이지요."

"그럼 낫게 해줘."

꼬마 도깨비는 손톱으로 고랑을 파헤쳐 나무뿌리 세 개를 캐내고 그것을 이반에게 주며 말했다.

"이 뿌리 하나만 삼키면 어떤 병이든지 나을 거예요."

이반은 뿌리를 받아서 잘 가른 다음 하나를 삼켰다. 그러자 순식간에 복통이 가라앉았다. 꼬마 도깨비는 다시 한번 놓아달라고 사정했다.

"곧장 땅속으로 들어가 다시는 나오지 않겠습니다."

"좋아."

이반이 말했다.

"그럼 가거라. 하나님의 가호가 있기를!"

이반이 하나님을 언급하자마자 꼬마 도깨비는 돌멩이가 물속으로 가라앉듯 땅속으로 들어갔다. 도깨비가 들어간 자리에는 구멍 하나만 덩그러니 남았다.

이반은 나무뿌리 두 개를 모자 속에 넣고 다시 쟁기질을 시작했다. 남은 고랑을 끝까지 갈고 나서 쟁기를 돌려 집으로 돌아갔다. 말의 마구를 풀어주고 오두막에 들어서니 군인 시몬과 그의 아내가 식탁에 앉아 저녁을 먹고 있었다. 재산을 몰수당하고 겨우 감옥에서 도망쳐 나온 시몬이 아버지의 집에 얹혀살기 위해 온 것이었다.

시몬이 이반에게 말했다.

"너와 함께 살려고 왔다. 내가 다른 보직을 받을 때까지 나와 내 아내를 먹여다오."

"좋습니다. 우리와 함께 지내세요."

그런데 이반이 의자에 앉으려고 하자 시몬의 아내가 남편에게 이반의 몸에서 불쾌한 냄새가 난다며 불평했다.

"더러운 농부와 함께 식사를 할 수는 없어요."

그러자 시몬이 말했다.

"내 아내가 네게서 좋지 않은 냄새가 난다고 하는구나. 너는 밖에 나가서 먹는 게 좋겠다."

"그렇게 할게요. 어차피 저는 말에게 풀을 뜯겨야 해서 밖에서 밤을 지내야 하니까요."

이반은 빵 몇 조각과 외투를 집어 들고 말들과 함께 들판으로 갔다.

4

그날 밤 시몬을 맡은 도깨비는 자기 임무를 끝내고, 약속한 대로 이반을 망치는 일을 돕기 위해 이반의 도깨비를 찾아왔다. 하지만 아무리 살펴봐도 이반의 도깨비는 온데간데없고 땅에 구멍만 하나 덩그러니 뚫려 있었다.

'그 친구에게 뭔가 안 좋은 일이 생긴 게 분명해. 내가 그를 대신해서 임무를 완수해야겠어. 밭을 다 갈아놓은 걸 보니 그 바보 녀석은 지금쯤 목초지에 있는 것 같군.'

시몬의 도깨비는 목초지로 가서 이반의 건초지에 물을 가득 채워 진흙탕으로 만들어 놓았다.

말에게 풀을 뜯기고 새벽에 돌아온 이반은 낫을 갈아서 건초를 베러 갔다. 그런데 낫을 두어 번 휘두르니 날이 무뎌져 더 이상 베어지지 않는 것이었다. 날을 다시 갈아야 할 것 같았다. 그런 채로 한동안 애를 먹던 이반이 혼자 중얼거렸다.

"아무래도 안 되겠어. 집에 가서 숫돌을 가져다 날을 갈아야지. 가는 김에 빵도 한 덩이 가져와야겠군. 여기서 일주일쯤 버텨야 할 수도 있으니까. 건초를 다 벨 때까지 돌아가지 않을 거야."

이 말을 들은 꼬마 도깨비는 생각했다.

'이 바보 녀석 정말 대단하군. 이런 방법으로는 안 되겠어. 다른 꾀를 생각해 봐야지.'

집에 다녀온 이반은 낫을 갈아서 다시 건초를 베기 시작했다. 도깨비는 풀들 사이로 기어다니며 수시로 낫을 붙잡아 뾰족한 끝이 자꾸 땅에 박히게 했다. 이반은 작업이 몹시 힘들다고 느끼면서도 늪지의 작은 부분만 남기고 거의 다 벴다. 꼬마 도깨비는 늪지로 들어갔다.

'내가 손을 베이는 한이 있어도 여기는 건초를 베지 못하게 할 테다.'

드디어 이반이 늪지의 풀을 베기 시작했다. 하지만 풀이 굵어 보이지 않는데도 어쩐 일인지 낫질하기가 쉽지 않았다. 성질이 돋구어진 이반은 있는 힘껏 낫을 휘둘렀다. 결국 꼬마 도깨비는 포기했다. 휘둘리는 낫을 따라잡기도 힘들 뿐 아니라 어차피 성공할 수 없을 거라고 판단한 도깨비는 덤불 속으로 들어갔다. 그런데 이반이 휘두르는 낫에 덤불이 걸려들었고, 그 바람에 도깨비의 꼬리가 반이나 잘려 나갔다. 건초를 다 벤 이반은 여동생에게 갈고리로 건초를 긁어모으라고 한 뒤, 자기는 호밀을 베러 갔다. 하지만 이반이 낫을 들고 호밀밭으로 갔을 때는 꼬리 잘린 도깨비가 먼저 와서 호밀을 서로 얽어 놓아 낫질하는 게 거의 불가능하도록 만들어 놓은 뒤였다. 하지만 이반은 집으로 가서 작은 낫을 들고 나와 호밀을 베기 시작하더니 곧 밭 전체를 끝냈다.

"이제 귀리밭을 시작해야겠다."

꼬리 잘린 도깨비가 이 말을 들었다.

'호밀밭은 성공하지 못했지만, 귀리밭은 기필코 망쳐놓을 테다. 내일 아침까지만 기다려라.'

다음 날 아침 도깨비는 일찌감치 서둘러 귀리밭으로 갔다. 그런데 귀리가 이미 다 베어져 있는 게 아닌가! 땅에 떨어져 버리는 알곡을 조금이라도 적게 하려고 이반이 밤새 다 베어놓은 것이다. 꼬마 도깨비는 잔뜩 부아가 났다.

"내 꼬리를 자르고 손을 베이게 하더니 이제 아주 진을 빼려나 보군, 미련한 녀석. 이건 전쟁보다도 더 지독해. 이 저주받은 바보 녀석은 잠도 안 자는지, 도무지 따라잡을 수가 없네. 이제 그 녀석이 베어놓은 곡식더미에 들어가 썩게 하는 수밖에 없어."

꼬마 도깨비는 쌓아 놓은 호밀 더미로 들어가 헤집고 다녔다. 호밀이 썩기 시작했다. 그런데 호밀을 덥혀서 썩게 하는 동안 그 또한 몸이 따듯해지면서 자기도 모르게 잠들어 버리고 말았다.

이반은 말에 마구를 채우고 마르다와 함께 호밀을 실으러 갔다. 호밀을 두 번 정도 떠서 수레에 실은 이반은 또다시 뜨려고 갈퀴를 호밀 더미에 깊숙이 꽂다가 꼬마 도깨비의 등을 찌르고 말았다. 이반이 갈퀴를 들어 올리니 갈퀴 발 사이에 꼬마 도깨비가 걸려 있었다. 꼬리가 몽땅하게 잘려 나간 채 빠져나오려 발버둥 치고 있었다.

"이 흉측한 놈아, 왜 또 나타났느냐?"

"저는 다른 도깨비예요. 먼저 만나신 도깨비는 제 동료였고요, 저는 군인 시몬을 맡고 있었답니다."

"네가 누구든, 같은 운명에 처할 줄 알아라!"

시몬이 도깨비를 수레에 패대기치려 하자, 도깨비가 소리치며 애원했다.

"저를 내려주세요. 그러면 다시는 당신을 괴롭히지 않을 것이며, 시키시는 건 뭐든 하겠습니다."

"네가 뭘 할 수 있는데?"

"당신이 원하면 무엇으로든 군인을 만들어 낼 수 있습니다."

"그걸 어디다 쓰는데?"

"어디든 쓸 수 있지요. 그들은 뭐든 당신이 시키는 대로 하거든요."

"노래를 부를 수도 있나?"

"그럼요. 당신이 원한다면요."

"좋아, 그렇다면 몇 명 만들어 보렴."

그러자 꼬마 도깨비가 말했다.

"자, 이렇게 호밀 한 단을 잡고 곧게 세워서 땅을 두드린 다음 외치세요. '짚단아, 나의 종들아, 내가 명령하노라! 지푸라기 하나에 군인 한 명이 나타나게 하여라!'"

이반은 호밀을 한 단 잡고 땅을 두드린 다음 도깨비가 말한 대로 외쳤다. 그러자 호밀 단이 뿔뿔이 흩어지더니 가닥마다 각기 군인으로 변했다. 곧 나팔수와 북 치는 병사를 필두로 해서 연대 하나가 만들어졌다.

이반이 큰 소리로 웃으며 외쳤다.

"기가 막히는구나! 아주 훌륭해! 여자들을 즐겁게 할 수 있을 거야!"

"이제 저를 보내주세요."

꼬마 도깨비가 애원했다.

"안 돼. 군인들을 만들려면 탈곡한 짚을 사용해야지. 그러지 않으면 멀쩡한 알곡들을 낭비하게 되잖아. 이 군인들을 다시 호밀 단으로 만드는 방법을 알려줘. 탈곡해야 하니까."

꼬마 도깨비가 말했다.

"저를 따라 하세요. '군인들 하나하나가 다시 짚으로 변하거라! 종들아, 내가 명령하노라!'"

이반이 그대로 외치자, 병사들은 다시 호밀 단으로 변했다.

꼬마 도깨비가 또다시 애원하기 시작했다.

"이제 저를 보내주세요!"

"좋아."

이반은 꼬마 도깨비를 수레 옆면에 대고 손으로 잡은 다음 갈퀴에서 뽑아주었다.

"하나님의 가호가 너와 함께하기를."

이반의 입에서 하나님이라는 말이 나오자마자 꼬마 도깨비는 돌멩이가 물속으로 가라앉듯 땅속으로 사라졌다. 도깨비가 들어간 자리에는 구멍 하나만 덩그러니 남았다.

이반이 집으로 돌아오니 둘째 형 타라스가 아내와 식탁에 앉아 저녁을 먹고 있었다. 빚을 갚지 못하고 빚쟁이들을 피해 아버지 집으로 온 거였다. 타라스가 이반에게 말했다.

"이반, 내가 다시 사업을 시작할 때까지만 나와 아내를 여기 살게 해 다오."

"좋아요. 형만 좋다면 여기서 지내세요."

이반은 외투를 벗고 식탁에 앉았다. 그러자 타라스의 아내가 말했다.

"이런 얼뜨기하고는 식탁에 마주 앉을 수 없어요. 땀 냄새도 지독하고요."

그러자 타라스가 말했다.

"이반, 땀 냄새가 너무 심하구나. 밖에 나가서 먹도록 해라."

이반이 빵 몇 조각을 집어서 마당으로 나가며 말했다.

"그러죠. 어차피 말에게 풀 뜯기러 나가야 하는 시간이에요."

5

타라스를 맡은 꼬마 도깨비도 그날 밤에는 할 일이 없었던 터라 바보 이반 괴롭히는 일을 도우러 왔다. 옥수수밭에 나온 도깨비는 동료들을 찾으려 사방을 살폈지만 둘 다 보이지 않고 구멍 하나만 발견했을 뿐이었다. 도깨비는 목초지로 갔다. 늪지에 잘려 나간 도깨비 꼬리가 하나 떨어져 있었다. 그리고 호밀을 잘라낸 그루터기들 사이에 또 하나의 구멍이 뚫려 있었다.

'나쁜 일을 당한 게 틀림없어. 그들을 대신해서 내가 바보 녀석을 골려 주어야겠다.'

꼬마 도깨비는 이반을 찾아갔다. 이반은 옥수수 단을 다 쌓고 숲으로 가서 나무를 자르고 있었다. 한 집에 모여 살려니 너무 비좁다고 느낀 형들이 새집을 지어 달라고 했기 때문이었다.

숲으로 달려간 도깨비는 나무를 타고 올라가 나뭇가지 사이에 숨었다. 그리고 이반이 나무를 베어 쓰러뜨리지 못하도록 방해하기 시작했다. 이반은 나무가 깨끗하게 끊어지면서 쓰러지도록 밑동을 잘랐다. 그런데 쓰러지면서 삐딱하게 돌아가더니 다른 나뭇가지들 사이에 걸리는 것이었다. 이반은 긴 막대를 지렛대로 이용해 몹시 힘들게 나무를 쓰러뜨렸다. 그리고 또 한 그루를 자르기 시작했다. 이번에도 똑같은 현상이 벌어졌다. 이반은 안간힘을 써서 나무를 잘라 바닥에 눕혀 놓을 수 있었다. 세 번째 나무를 자를 때도 똑같은 일이 일어났다.

원래는 작은 나무 50그루 정도를 자를 생각이었는데, 그 반도 자르지 못한 채 날이 저물고 기운이 빠졌다. 이반의 몸에서 김이 피어올라 안개처럼 숲으로 퍼졌다. 그래도 이반은 일손을 놓지 않았다. 또 한 그루를 자르려고 밑동을 내리치는 순간 등에 통증이 느껴졌다. 도저히 서 있을 수가 없어진 이반은 도끼를 나무에 박아 놓고 잠시 쉬려고 앉았다.

이반이 일손을 놓은 것을 알아챈 꼬마 도깨비는 신바람이 났다.

'드디어 지쳤구나! 이제 포기할 거야. 이제는 내 마음대로 할 수 있겠지.'

꼬마 도깨비는 두 다리를 벌리고 나뭇가지를 타고 앉아서 키득거렸다. 그때 이반이 일어나더니 도끼를 뽑아 힘껏 휘두르면서 나무의 반대쪽을 내리쳤다. 그러자 나무가 단번에 쓰러졌다. 예상치 못한 상황에 다리를 오므릴 새도 없었던 도깨비는 쓰러지는 나무에 발을 끼고 말았다. 나뭇가지를 쳐내던 이반은 나무 끝에 눌린 꼬마 도깨비를 보고 깜짝 놀랐다.

"이 흉측한 놈아, 왜 또 여기 있는 거냐!"

"저는 다른 도깨비입니다. 당신의 형, 타라스를 따라다녔어요."

"네가 누구든 이제 운이 다한 줄 알아라."

이반이 도끼를 흔들며 이렇게 말했다. 도끼를 들어 꼬마 도깨비를 내리치려는데 그가 애원했다.

"저를 내리치지 마세요. 뭐든 시키시는 대로 할게요."

"넌 뭘 할 수 있는데?"

"당신이 원하는 만큼 돈을 만들어 드릴 수 있어요."

"좋아, 그럼 만들어 보렴."

꼬마 도깨비는 이반에게 돈 만드는 법을 가르쳐 주었다.

"이 참나무에서 이파리를 따서 손바닥에 놓고 문지르세요. 그러면 금화가 떨어질 거예요."

이반은 나뭇잎을 몇 장 따서 문질렀다. 그러자 손에서 금화가 떨어졌다.

"이거 재밌네. 사람들이 축제 때 즐기기 좋을 것 같아."

"이제 저를 보내주세요."

꼬마 도깨비가 사정했다.

"좋아."

이반은 지렛대로 나무를 들어 도깨비를 빼내 주었다.

"자, 이제 가거라! 하나님의 가호가 너와 함께하시도록 빌어주마."

이반이 하나님을 입에 올리자마자 꼬마 도깨비는 돌멩이가 물속에 떨어지듯 땅속으로 꺼져버렸다. 그 자리엔 구멍 하나만 덩그러니 남았다.

6

그렇게 해서 형제들은 새집을 짓고 따로 떨어져 살았다. 추수를 끝낸 이반은 맥주를 만들어 놓고 다가오는 축제일을 함께 지내자며 형제들을 초대했다. 하지만 형제들은 오고 싶어 하지 않았다.

"농부의 축제 따위는 관심 없어."

그래서 이반은 농부들과 그의 아내들을 불러 대접하면서 자신도 술이 거나하게 오르도록 마셨다. 그런 다음 거리에 빙 둘러서서 춤을 추는 무희들에게로 갔다. 그리고 여자들에게 자기를 위해 노래를 불러달라고 했다.

"그러면 내가 당신들이 지금까지 한 번도 본 적이 없는 걸 줄게요."

여자들은 웃으며 그를 칭송하는 노래를 불렀다. 노래가 끝나자 여자들이 말했다.

"자, 이제 당신이 약속한 선물을 주세요."

"바로 가져다 드리지요."

이반은 이렇게 말하고 씨앗 바구니를 들고 숲으로 달려갔다. 여자들은 웃으며 말했다.

"정말 바보구나!"

그리고 곧 다른 이야기를 이어가기 시작했다.

오래지 않아 이반이 돌아왔다. 바구니에는 뭔가 무거운 것이 가득 들어 있었다.

"드릴까요?"

"네! 주세요."

이반은 여자들에게 금화를 한 주먹씩 던져주었다. 여자들이 금화를 받기 위해 몸을 던지는 모습이라니! 주변에 서 있던 남자들도 금화를 주우려 모여들었고 서로 가진 것을 낚아채기도 했다. 한 노파는 사람들에게 깔려 거의 죽을 뻔했다. 이반이 껄껄 웃으며 말했다.

"이런 어리석은 사람들 같으니! 왜 할머니를 밟고 그래요? 진정하세요, 내가 더 드릴 테니까."

이반은 더 많은 금화를 뿌렸고 사람들은 계속 모여들었다. 가지고 온 것을 모두 뿌린 뒤에도 사람들은 더 달라고 했다.

"지금은 가진 게 없습니다. 다음에 더 드릴게요. 이제 춤을 춥시다. 노래도 불러주세요."

여자들이 노래를 부르기 시작했다.

"노래가 별로예요."

이반이 말했다.

"더 좋은 노래를 부르는 사람이 있으면 찾아와 볼래요?"

여자들이 물었다.

"제가 곧 보여드릴게요."

이반은 헛간으로 가서 곡식 한 단을 탈곡했다. 그런 다음 짚단을 세워 놓고 땅을 두드리며 외쳤다.

"짚단아, 나의 종들아, 내가 명령하노라! 지푸라기 하나에 군인

한 명이 나타나게 하여라!"

그러자 호밀 단이 흩어지면서 각기 병사들로 변했다. 북소리와 나팔 소리가 울리기 시작했다. 이반은 병사들에게 노래를 부르라고 명령했다. 그런 다음 병사들을 이끌고 거리로 나갔다. 그 광경을 본 사람들은 깜짝 놀랐다. 군인들이 연주와 노래를 마치자, 이반은 아무도 따라오지 못하게 하고 병사들을 다시 탈곡장으로 데려갔다. 그곳에서 병사들을 다시 호밀 단으로 변하게 한 뒤 헛간에 쌓아두었다. 그러고 나서 집으로 돌아온 이반은 마구간에 누워 잠이 들었다.

7

다음 날 아침, 그 이야기를 들은 군인 시몬이 이반을 찾아왔다.

"어디서 병사들을 데려왔는지 말해다오. 그들을 다시 어디로 데려갔느냐?"

"그게 왜 궁금하신데요?"

이반이 물었다.

"왜 궁금하냐고? 병사만 있으면 뭐든 할 수 있단 말이다. 왕국을 차지할 수도 있어."

이반은 어안이 벙벙해졌다.

"왜 진작 그런 말을 안 했어요? 형이 원하는 만큼 병사를 만들어 줄 수 있어요. 마르다와 내가 탈곡을 많이 해 두길 잘했네요."

이반은 형을 헛간으로 데려갔다.

"잘 들으세요. 제가 병사들을 만들면 곧바로 멀리 데려가셔야 합니다. 그들을 먹이려면 하루 만에 마을에 있는 음식이 동이 날 테니까요."

시몬이 그렇게 하겠다고 약속하자 이반은 병사를 만들기 시작했다. 탈곡장 바닥에 호밀 단을 두드리자, 중대 하나가 만들어지고, 또 한 번 두드리니 또 한 중대가 만들어졌다. 얼마나 많이 만들었는지 들판이 병사들로 가득 찼다.

"이 정도면 되겠어요?"

이반이 물었다.

시몬이 기뻐 어쩔 줄 모르며 말했다.

"이 정도면 충분해. 고맙다, 이반!"

"좋습니다. 더 필요하시면 다시 오세요. 제가 더 만들어 드릴게요. 요즘엔 짚단이 얼마든지 있으니까요."

시몬은 즉시 군대를 통솔해서 정렬시킨 다음 전쟁을 일으키기 위해 떠났다.

시몬이 시야에서 사라지기도 전에 뚱보 타라스가 왔다. 그도 어제 있었던 일에 대해 들은 것이다. 타라스가 말했다.

"금화가 어디서 났는지 말해다오! 나도 금화가 조금만 있으면 세상의 돈을 다 긁어모을 수 있을 것 같단 말이다."

이반이 깜짝 놀라며 말했다.

"왜 진작 말하지 않았어요. 형이 원하는 만큼 만들어 줄 수 있답니다."

타라스가 기뻐하며 말했다.

"우선 바구니 세 개에 가득 찰 만큼만 만들어다오."

"좋아요. 숲으로 가요. 말에 마구를 채워 데려가는 게 좋겠네요. 형이 다 가져오기 힘들 테니까요."

형제는 말을 타고 숲으로 갔고, 이반은 참나무 잎사귀를 비벼서 무더기의 금화를 만들었다.

"이 정도면 되겠어요?"

타라스가 기뻐 어쩔 줄 모르며 대답했다.

"우선은 이 정도로 충분할 것 같구나. 고맙다, 이반!"

"더 필요하시면 다시 오세요. 아직도 잎사귀들이 많으니까요."

뚱보 타라스는 수레에 가득 찬 금화를 가지고 장사를 하러 떠났다.

그렇게 해서 형제는 다시 집을 떠났다. 시몬은 전쟁하기 위해서, 타라스는 장사를 하기 위해서. 그리고 군인 시몬은 왕국을 차지하고, 뚱보 타라스는 장사로 많은 돈을 벌었다.

얼마 후 두 형제가 만나 시몬은 어떻게 해서 군사를 얻게 되었는지, 타라스는 어떻게 해서 돈을 벌었는지 그간의 이야기를 나누었다. 먼저 시몬이 타라스에게 말했다.

"나는 왕국을 정복하고 권세를 누리며 살고 있단다. 그런데 군사들을 유지하는 데 필요한 돈이 부족해."

그러자 뚱보 타라스가 말했다.

"나는 돈은 많이 벌었는데 그걸 지킬 사람이 없어서 문제예요."

군인 시몬이 말했다.

"우리 이반에게 가자. 내가 군사를 좀 더 만들어 달라고 해서 너에게 줄 테니 돈을 지키게 하렴. 너는 이반에게 돈을 좀 더 만들어 달라고 해서 나를 다오. 그럼 나는 그 돈으로 군사들을 먹이면 될 것이다."

두 형제는 말을 타고 이반에게 갔다.

"동생아, 군사가 부족하구나. 짚단 두 개 정도만 더 만들어주렴."

이반이 고개를 저으며 말했다.

"안 됩니다! 더 이상 군사를 만들지 않겠어요."

"네가 더 만들어 주겠다고 하지 않았느냐."

"그랬지요. 하지만 만들지 않겠어요."

"바보 녀석아, 왜 안 만들겠다는 거냐?"

"형의 군사들은 사람을 죽이니까요. 얼마 전에 길가의 밭을 가는데 한 여인이 수레에 시신을 싣고 울면서 가더라고요. 그래서 누가 죽었느냐고 물었더니 그녀가 대답하더군요. '시몬의 군사들이 전쟁 중에 내 남편을 죽였어요'라고 말이죠. 저는 군사들이 노래와 연주만 하는 줄 알았어요. 그런데 사람을 죽이다니. 형에게 더 이상 군사를 만들어 줄 수 없어요."

한 번 마음을 굳힌 이반은 끝까지 군사를 만들지 않았다.

뚱보 타라스도 이반에게 금화를 좀 더 만들어 달라고 사정했다. 하지만 이반은 고개를 저었다.

"아니요. 더 만들지 않겠습니다."

"네가 약속하지 않았니?"

"그랬지요. 그래도 만들 수 없어요."

"바보야, 왜 안 만들겠다는 거냐?"

"형의 금화 때문에 미하일의 딸이 젖소를 잃어버렸거든요."

"어떻게?"

"그냥 빼앗아 간 거죠! 미하일의 딸은 젖소를 한 마리 기르고 있었어요. 그녀의 아이들이 그 젖소의 젖을 마셨죠. 그런데 얼마

전에 아이들이 제게 와서 우유를 좀 달라고 하는 거예요. 그래서 내가 '너희 젖소는 어쩌고?'하고 물었죠. 그랬더니 아이들이 말하더군요. '타라스 아저씨네 관리인이 엄마에게 금화 세 닢을 주니까 엄마가 젖소를 내줬어요. 그래서 이제 우리 집에는 우유가 없어요'라고 말이에요. 나는 형이 금화를 놀이에 사용할 줄 알았어요. 그런데 그걸로 아이들의 젖소를 가져가다니요. 그래서 더 이상 형에게 돈을 만들어 주지 않겠다는 거예요."

한 번 마음을 굳힌 이반은 절대로 돈을 만들지 않았고, 형들은 할 수 없이 발길을 돌려야 했다. 두 형제는 돌아가는 길에 각자가 당면한 문제를 해결할 방법을 궁리해 보았다. 시몬이 말했다.

"내가 방법을 말할 테니 들어보아라. 너는 나에게 군사를 먹여 살릴 수 있는 돈을 주고, 나는 너에게 왕국의 반과 군사를 주어서 네 돈을 지키게 하는 거다."

타라스는 형의 제안에 동의했다. 그렇게 해서 형제는 자기들이 가진 것을 나누고, 둘 다 재산을 가지고 왕이 되었다.

8

이반은 여전히 집에서 부모님을 모시고 벙어리 여동생과 농사를 지으며 살았다. 그러던 중에 이반이 밖에서 키우던 개가 병이 들어 거의 죽게 되었다. 개를 가엾게 여긴 이반은 마르다에게 빵을 좀 얻어 모자에 넣어 가서 개에게 던져주었다. 그때 모자의 찢어진 틈으로 작은 뿌리 하나가 땅에 떨어졌고, 개는 빵과 함께 뿌리까지 주워 먹었다. 그런데 뿌리를 삼키자마자 벌떡 일어나더니 뛰어다니며 놀기 시작하는 것이었다. 예전의 활력을 되찾은 듯 꼬리를 흔들고 짖기도 했다.

그 모습을 본 이반의 부모님이 깜짝 놀라며 물었다.

"개를 어떻게 치료한 거냐?"

이반이 대답했다.

"제게 어떤 병도 낫게 하는 작은 뿌리가 두 개 있었어요. 그중 하나를 개가 먹은 겁니다."

그즈음 그 나라의 공주도 병이 나서 앓고 있었다. 왕은 모든 도시와 마을에 방을 붙이고, 공주를 낫게 하는 사람에게 큰 상을 내릴 것이며, 미혼인 남자라면 공주와 결혼하게 할 것이라고 알렸다. 이반의 마을에도 그 소식이 전해졌다.

이반의 아버지와 어머니가 이반을 불렀다.

"왕께서 하신 말씀을 들었느냐? 네게 어떤 병도 낫게 할 수 있는 뿌리가 있으니 어서 가서 공주님을 낫게 해 드려라. 그러면 너는 평생을 행복하게 살 수 있을 게 아니냐."

"그렇게 하겠습니다."

이반은 떠날 준비를 했고, 부모님은 이반에게 가장 좋은 옷을 입게 했다. 그런데 문밖을 나서자마자 한쪽 팔을 못 쓰는 거지 여인을 만났다.

"당신이 어떤 병이든 고쳐줄 수 있다고 들었습니다. 제발 제 팔을 고쳐주십시오. 지금은 혼자서 신발도 신을 수 없습니다."

"알겠습니다."

이반은 뿌리를 꺼내 거지 여인에게 주고 삼키라고 했다. 여인은 뿌리를 삼켰고, 곧 다 나았다. 팔을 마음대로 움직일 수 있게 된 것이다.

이반이 왕을 만나러 가는 길을 배웅하기 위해 나온 아버지와 어머니는 이반이 그 뿌리를 거지 여인에게 주어서 이제 공주님에게 뿌리를 드릴 수 없게 되었다는 말을 듣고 꾸짖기 시작했다.

"거지 여인은 가엾게 여기면서 공주님을 걱정하는 마음은 없단 말이냐!"

하지만 공주님을 걱정하는 마음도 가지고 있었던 이반은 말에 마구를 채우고 수레에 짚단을 실었다. 그리고 짚단 위에 앉아 출발하려고 했다.

"어딜 가려는 거냐, 이 어리석은 녀석아?"

"공주님을 낫게 해드리려고요."

"하지만 뿌리가 남아 있지 않다면서?"

"걱정 마세요."

이반은 이렇게 말하고 길을 떠났다.

이반은 왕이 사는 성으로 말을 달렸다. 그런데 그가 성의 문턱을 들어서자마자 공주의 병이 말끔히 나았다.

왕은 크게 기뻐하면서 이반을 가까이 부르고 좋은 옷으로 갈아입혔다.

"내 사위가 되어라."

왕이 말했다.

"좋습니다."

이반은 공주와 결혼했다. 그런데 결혼하고 얼마 안 되어 왕이 죽는 바람에 이반이 왕위에 올랐다. 이렇게 해서 세 형제 모두 왕이 되었다.

9

세 형제는 각자 나라를 다스리며 살았다. 만형인 군인 시몬의 나라는 번성했다. 시몬은 짚으로 만든 군사에 더하여 진짜 군사도 징집했다. 나라 전체에 열 가구당 한 명의 군사를 내도록 명령했으며, 모든 징집병은 키가 커야 하며 얼굴을 포함해서 신체가 말끔해야 한다는 조건을 달았다. 그렇게 모은 군사들을 훈련하고, 누구든 그에게 반대하는 자가 있으면 바로 군사들을 보내 해결했다. 그렇게 하니 모두가 그를 두려워하게 되었고, 그의 삶은 편안하고 안락했다. 무엇이든 그의 눈에 들거나 그가 원하면 그의 것이나 다름없었다. 군사들을 보내기만 하면 그가 원하는 게 무엇이든 가지고 돌아왔다.

뚱보 타라스도 안락한 삶을 누렸다. 이반이 만들어 준 돈을 헛되이 날려버리지 않고 큰돈으로 불렸다. 또한 왕국에 법과 질서를 도입했다. 자기 돈은 금고에 넣어 두고 백성에게 세금을 징수했다. 인두세를 거두고, 걸어 다니거나 말을 타고 다니면 통행세를 거뒀다. 신발, 양말, 옷을 수선하는 데도 세금을 매겼다. 타라스도 무엇이든 원하는 게 있으면 손에 넣었다. 돈이 필요한 백성들은 그에게 뭐든 바쳤으며, 그를 위해 일하겠다고 나섰다.

이반의 삶도 그리 나쁘지 않았다. 장인의 장례를 치르자마자 자기가 입던 온갖 고급 옷들을 벗어 아내에게 주며 궤짝에 넣어 두라고 일렀다. 그리고는 예전에 입던 삼베 셔츠와 반바지, 농부의 신발을 신고 일을 하기 시작했다.

“이렇게 사는 건 너무 지루해. 점점 살도 찌고 입맛도 없는 데다 잠도 잘 오지 않아."

이반은 부모님과 벙어리 여동생을 데려다 함께 살면서 예전처럼 일했다. 그러자 주변에서 만류했다.

"당신은 왕이십니다!"

"그렇소. 하지만 왕도 먹어야 하니까."

신하 중 한 명이 와서 말했다.

"급료를 지급할 돈이 없습니다."

"괜찮소. 그렇다면 급료를 주지 마시오."

"그러면 아무도 왕을 위해 일하지 않을 것입니다."

"좋소. 나를 위해 일하지 말라고 하시오. 그러면 다들 시간이 많아져서 농사일을 할 수 있을 테니까. 사람들에게 거름을 실어 나르라고 하세요. 치워야 할 것들이 많습니다."

심판을 받기 위해 이반을 찾아오는 사람들도 있었다.

"저자가 내 돈을 훔쳤습니다."

이반이 말했다.

"괜찮소. 그건 저 사람이 돈이 필요하다는 뜻이니까."

이러다 보니 백성들도 이반이 바보라는 걸 알게 되었다. 이반의 아내가 말했다.

"백성들이 당신을 바보라고 말한답니다."

"괜찮소."

이반이 대답했다.

이반의 아내는 곰곰이 생각해 보았다. 그러나 그녀 역시 바보였다.

"제가 어떻게 당신을 거역할 수 있겠어요? 바늘 가는 데 실간다는 말도 있는데요."

그녀도 왕비의 옷을 벗어 궤짝에 넣고 벙어리 마르다를 찾아가 농사일을 배워 남편을 돕기 시작했다.

영리한 사람들은 모두 떠나고 이반의 왕국에는 바보들만 남았다. 돈 가진 사람은 아무도 없었으므로 살기 위해서는 일을 해야 했다. 일을 해서 스스로 먹을 것을 얻고, 다른 사람들을 먹였다.

10

늙은 악마는 세 꼬마 도깨비가 이반의 형제들을 망하게 했다는 소식이 들려오기만을 기다리고 또 기다렸다. 하지만 아무런 소식도 전해지지 않았으므로 직접 나가 확인해 보기로 했다. 사방을 돌아다니며 아무리 찾아도 세 꼬마 도깨비는 보이지 않고, 땅에 구멍 세 개만 덩그러니 뚫려 있었다.

'모두 실패한 게 틀림없어. 내가 직접 나서야겠다.'

늙은 악마는 세 형제가 사는 집으로 갔다. 하지만 그들은 더 이상 옛집에 살고 있지 않았다. 형제들이 각기 왕국을 다스리며 살고 있다는 사실을 알게 된 늙은 악마는 몹시 분개했다.

'내 손으로 끝장을 보고 말리라.'

악마는 제일 먼저 시몬에게 갔다. 하지만 본래의 모습으로 간 게 아니라 장군으로 둔갑해서 말을 타고 시몬의 성을 찾았다.

"시몬 왕께서 전쟁에 능하시다는 소문을 듣고 왔습니다. 저 또한 그 분야에 경험이 많은 터라 왕을 위해 봉사하고 싶습니다."

시몬은 그에게 몇 가지 질문을 하고 나서 그가 현명한 사람이라는 판단이 서자, 신하로 받아들였다.

새로운 장군은 왕에게 강력한 군대를 키우는 방법을 가르치기 시작했다.

"우선 군사를 좀 더 징집하셔야 합니다. 전하의 왕국에는 놀고 먹는 사람이 많습니다. 젊은이들을 모두 징집하십시오. 그러면 군사가 다섯 배로 늘어날 것입니다. 두 번째로 새로운 총과 대포를 준비해야 합니다. 제가 한 번에 100발을 쏠 수 있는 총을 도입하겠습니다. 총알이 완두콩처럼 무더기로 튀어 나가는 총입니다. 또한 불을 뿜는 대포도 도입할 것입니다. 사람이든 말이든 벽이든 모두 불에 태워버리는 대포입니다!"

시몬은 새 장군의 말을 듣고 나라 안의 모든 청년은 예외 없이 군에 입대하라고 명령했다. 그리고 무기 공장을 지어서 개량된 총과 대포를 대량 생산하도록 했다. 그리고 곧장 이웃 나라와 전쟁을 선포했다. 전쟁터에서 적군과 마주한 시몬은 총탄을 퍼붓고 대포를 쏘라고 명령했다. 그리고 일격에 적군의 반을 불태우거나 불구로 만들어버렸다. 겁에 질린 이웃 왕은 항복하고 왕국을 내주었다. 시몬은 무척 기뻐하며 말했다.

"이제 인도를 정복해야겠다."

하지만 이미 시몬에 관한 소문을 들은 인도의 왕은 시몬의 군대가 개발한 무기를 모두 따라서 개발하고, 거기에 더해 몇 가지 다른 무기들을 고안했다. 게다가 인도의 왕은 젊은이들만 징집한 게 아니라 결혼하지 않은 여성들도 모두 징집해서 시몬의 군대보다 훨씬 더 큰 규모의 군대를 갖추었다. 시몬의 군사가 가진 총과 대포를 그대로 모방해서 갖추고, 거기에 더해서 공중을 날아가서 폭탄을 터트리는 무기까지 개발했다.

시몬은 이전에 싸운 나라를 무찌른 것처럼 인도도 가볍게 무찌를 수 있을 것이라 기대하며 전쟁터로 향했다. 그러나 인도의 왕은 시몬의 군사가 사정거리 안에 들어갈 기회조차 주지 않고 여군을 동원해서 공중으로 폭탄을 날리게 했다. 인도의 여군들은 바퀴벌레에 약을 살포하듯 폭탄을 퍼부었다. 시몬의 군사들은 뿔뿔이 흩어져 달아나고 시몬 혼자 남았다. 마침내 인도의 왕은 시몬의 왕국을 차지했고 시몬은 사력을 다해 도망쳤다.

시몬을 해치운 늙은 악마는 타라스를 찾아갔다. 이번에는 상인으로 둔갑해서 타라스의 왕국에 터를 잡은 후 상점을 열고 돈을 쓰기 시작했다. 모든 물건을 후한 값에 사들이니 모두가 새 상인을 찾아가 물건을 넘기고 돈을 받아 갔다. 주머니에 돈이 풍족해지니, 백성들은 세금을 제때 내는 것은 물론 그동안 밀린 세금까지 자진해 내서 타라스 왕을 기쁘게 했다.

"새 상인 덕분에 금전 사정이 전에 없이 좋아졌어. 앞으로는 더 호의호식하며 살 수 있겠는걸."

타라스는 새로운 계획들을 세우고 새 궁전을 짓기 시작했다. 높은 품삯을 책정하고 백성들에게 나무와 돌을 날라와 일을 하라고 명했다. 그러면서 백성들이 예전처럼 구름같이 몰려올 것이라 기대했다. 하지만 놀랍게도 백성들은 나무와 돌을 가지고 새 상인에게 몰려갔다. 일꾼들도 새 상인의 상점에서 일하고 싶어 했다. 타라스 왕이 품삯을 올려 잡으면 새 상인은 그보다 더 높은 품삯을 제시했다. 새 상인은 그렇게 매사에 타라스 왕보다 한발 앞서갔다.

왕의 새 궁전 건축 공사는 도무지 진척되지 않았다.

가을이 되자 타라스 왕은 정원을 만들려고 나무 심을 사람들을 구했다. 하지만 아무도 오지 않았다. 모두 새 상인의 집에 연못 파는 일을 하러 간 것이다. 겨울이 되자 타라스 왕은 담비 모피로 새 외투를 만들고 싶어졌다. 하지만 왕의 심부름으로 담비 모피를 사러 갔던 신하가 빈손으로 돌아와 말했다.

"담비 모피를 구할 수 없었습니다. 새 상인이 모피를 모두 사들였다고 합니다. 비싼 값에 사들여 모피 카펫을 만들었다고 합니다."

타라스 왕은 종마도 몇 마리 사고 싶었다. 하지만 종마 사러 갔던 신하도 빈손으로 돌아와 말했다.

"좋은 종마는 새 상인이 모두 가지고 있습니다. 그는 종마들을 이용해 연못에 물을 채우고 있다고 합니다."

왕이 하는 일은 번번이 가로막혔다. 아무도 왕을 위해 일하려고 하지 않았다. 모두가 새 상인이 시키는 일을 하기에 바빴다. 그리고 상인에게서 받은 돈으로 왕에게 세금을 바쳤다. 타라스 왕은 엄청난 액수의 세금을 거둬들이게 되었지만, 돈을 쌓아둘 곳이 없었다. 그의 삶은 점점 피폐해졌다. 타라스 왕은 더 이상 계획을 세우지 않았다. 하루하루 살아가는 것으로 만족해야 했다. 하지만 그것조차 점점 힘들어졌다. 모든 게 부족해지기 시작했기 때문이다. 그를 위해 일하던 요리사, 마부, 시종들이 그를 떠나 새 상인에게로 갔다. 얼마 지나지 않아 식량도 부족하게 되었다. 시장에 사람을 보내도 남은 게 없다며 빈손으로 돌아왔다. 새 상인이 식자재를 모두 사 버렸기 때문이다. 백성들은 여전히 세금을 바쳤다.

화가 난 타라스 왕은 상인을 나라 밖으로 내쫓아 버렸다. 하지만 상인은 국경 바로 너머에 터를 잡고 전과 다름없이 사업을 이어갔다. 상인에게 가서 돈을 벌기 위해 백성들은 왕 대신 상인에게 모든 걸 갖다 바쳤다.

타라스 왕의 처지는 점점 나빠졌다. 며칠 동안 음식을 먹지 못했을 뿐 아니라 소문에 의하면 상인이 왕도 사버릴 거라고 했다! 타라스 왕은 두려워졌다. 어떻게 해야 할지 방도가 떠오르지 않았다.

그때 군인 시몬이 그를 찾아왔다.

"나를 좀 도와다오. 인도의 왕이 내 나라를 점령했다."

하지만 타라스 자신도 곤경에 빠져 있지 않은가. 타라스가 말했다.

"나도 이틀째 굶었답니다."

11

두 형제를 모두 해치운 늙은 악마는 이반에게 갔다. 이번에는 장군으로 둔갑하고 이반에게 가서 군대를 키워야 한다고 설득했다.

"군대가 없으면 왕이라고 할 수 없지요. 명령만 내리시면 제가 전하의 백성 중에서 군사를 징집해 군대를 만들겠습니다."

이반이 그의 말을 듣고 대답했다.

"좋소. 군대를 만드시오. 노래를 잘 부를 수 있도록 가르치시오. 나는 군사들이 노래하는 걸 듣고 싶소."

악마는 이반의 나라를 돌아다니며 군사를 징집했다. 군대에 들어오는 사람에게는 술 한 병과 고급스러운 빨간 모자를 주겠다고 했다.

사람들이 웃으며 말했다.

"술은 우리에게도 많습니다. 직접 만드니까요. 그리고 모자는 여자들이 종류별로 만들어 주지요. 줄무늬에 술 달린 모자도 만들어 주는걸요."

결국 아무도 군대에 들어오려고 하지 않았다.

늙은 악마가 이반에게 와서 말했다.

"어리석은 백성들이 자진해서 군대에 들어올 것 같지는 않습니다. 강제로라도 들어오게 해야지요."

"좋소. 해 보시오."

늙은 악마는 모든 백성이 군에 입대해야 한다고 발표했다. 거부하는 자는 왕이 사형에 처할 것이라고 했다.

사람들이 장군을 찾아와 말했다.

"군대에 들어가지 않으면 사형에 처할 것이라고 하면서, 입대하면 어떻게 된다는 말은 하지 않았습니다. 우리가 듣기로는 군인이 되면 죽는다고 하던데요."

"그렇다. 때로는 그럴 수도 있다."

그러자 사람들이 납득하기 어려운 표정을 지었다.

"입대하지 않겠습니다. 집에서 죽는 게 나을 것 같네요. 어차피 죽게 될 거잖아요."

"어리석은 놈들! 너희는 정말 바보들이로구나!"

악마가 한탄하듯 말했다.

"군인이 되면 죽을 수도 있고, 죽지 않을 수도 있다. 하지만 군에 입대하지 않으면 이반 왕이 반드시 사형에 처할 것이다."

악마의 말을 납득할 수 없었던 백성들은 바보 왕 이반을 찾아가 물었다.

"장군님께서 저희 모두 군대에 입대해야 한다고 하셨습니다. '군인이 되면 죽을 수도 있고 죽지 않을 수도 있지만, 군에 입대하지 않으면 이반 왕께서 반드시 사형에 처할 것이다'라고 하면서요. 그 말이 사실인가요?"

그러자 이반이 큰 소리로 웃으며 말했다.

"나 한 사람이 어떻게 여러분 모두를 사형에 처하겠소? 내가 바보가 아니라면 설명을 잘 해줄 수 있을 텐데, 나도 잘 이해가 안 되어서 말이오."

"그렇다면 군대에 들어가지 않겠습니다."

"괜찮소. 들어가지 마시오."

백성들은 장군을 찾아가 입대하지 않겠다고 말했다. 어쩔 수 없다고 생각한 늙은 악마는 타라칸의 왕을 찾아가 그의 마음을 흔들었다.

"전쟁을 일으켜 이반의 왕국을 정복하세요. 그 나라엔 돈은 많이 없지만 곡식과 가축 등이 아주 풍족합니다."

타라칸 왕은 전쟁 준비를 시작했다. 대규모의 군사를 소집하고 총과 대포를 공급한 다음 국경을 넘어 이반의 왕국으로 쳐들어갔다.

백성들이 이반에게 와서 말했다.

"타라칸의 왕이 쳐들어오고 있습니다."

"괜찮습니다. 오라고 하세요."

국경을 넘은 타라칸 왕은 정찰병을 보내 이반의 군대를 살피게 했다. 하지만 아무리 찾아도 군대가 보이지 않았다. 어디선가 군인이 하나라도 나타날지 몰라 기다렸지만 한 명도 보이지 않았다. 싸울 상대가 아예 없었다. 타라칸의 왕은 군사들을 보내 마을 하나를 점령하게 했다. 군사들이 마을에 당도하자 마을 사람들이 남녀노소 할 것 없이 몰려 나와 눈을 동그랗게 뜨고 군사들을 구경했다. 군사들은 곡식과 가축을 약탈하기 시작했다. 하지만 마을 사람들은 아무런 저항도 하지 않고 가져가게 두었다. 군사들은 또 다른 마을로 갔다. 거기서도 똑같은 상황이 벌어졌다.

그렇게 하루가 지나고 이틀이 지났다. 어디를 가든 그런 식이었다. 사람들은 군사들이 무엇을 가져가든 저항하지 않고 내버려 두었다. 오히려 군사들에게 함께 살자고 청했다.

"가여운 사람들. 당신네 나라에서 사는 게 힘들면 여기에 와서 함께 살지 그래요?"

군사들은 마을을 사방으로 헤집고 다니며 행군하고 또 행군했지만 군대는 어디에도 없었다. 어디를 가나 농사지어서 먹고 나누며, 군사들에게 함께 살자고 청하는 사람들뿐이었다. 전의를 상실한 타라칸의 군사들은 왕에게 와서 말했다.

"여기서는 싸울 수가 없습니다. 다른 곳으로 데려가 주십시오. 전쟁하는 건 좋습니다. 하지만 이게 뭡니까? 이건 완두콩 수프를 칼로 베는 것 같습니다! 여기서는 더 이상 싸울 수 없습니다."

몹시 화가 난 타라칸 왕은 군사들에게 나라 전체를 짓밟으라고 명령했다. 마을을 파괴하고 곡식과 가옥을 불태우고 가축을 죽이라고 명했다.

"명령에 복종하지 않으면 너희 모두 사형에 처할 것이다."

군사들은 겁에 질려 가옥과 곡식을 불태우고 가축을 죽였다. 하지만 바보 백성들은 여전히 저항하지 않고 울기만 했다. 나이 든 남자도 울고 나이 든 여자도 울고 젊은이들도 울었다.

"왜 우리에게 이런 가혹한 짓을 하는 겁니까? 좋은 물건과 가축을 왜 헛되이 없애는 거예요? 당신들에게 필요한 거면 가져가면 되지 않아요?"

더 이상 그런 짓을 계속할 수 없었던 군사들은 뿔뿔이 흩어져 달아나 버렸다.

12

늙은 악마도 두 손 들 수밖에 없었다. 군사들을 가지고는 이반을 무너뜨릴 수 없다고 판단한 악마는 말끔한 신사로 둔갑해서 다시 이반의 왕국에 터를 잡았다. 뚱보 타라스를 무너뜨린 것처럼 돈으로 이반을 이겨볼 생각이었다.

"전하에게 도움이 되고자 합니다. 사리를 분별하고 합리적으로 사고하는 법을 가르치고 싶어요. 전하의 왕국에 집을 짓고 사업을 시작하겠습니다."

"좋습니다. 원한다면 와서 우리와 함께 사세요."

다음 날 아침 신사는 금화가 든 큰 자루와 종이 한 장을 들고 마을 광장으로 갔다.

"여러분은 모두 돼지처럼 살고 있습니다. 인간답게 사는 법을 가르쳐 드리겠어요. 여기 그려진 대로 집을 지어주십시오. 여러분은 일을 하는 겁니다. 방법은 제가 가르쳐 드리지요. 그리고 품삯은 금화로 드리겠습니다."

신사는 사람들에게 금화를 보여주었다.

어리숙한 마을 사람들은 깜짝 놀랐다. 그들 중에는 돈을 쓰는 사람이 없었기 때문이다. 그때까지 사람들은 필요한 것이 있으면 서로 바꾸고, 갚아야 할 것이 있으면 일을 해주었다. 그러니 휘둥그레진 눈으로 금화를 볼 수밖에 없었다.

"정말 멋진 물건이야!"

마을 사람들은 금화를 얻으려고 자기 물건을 가져오거나 일을 해주었다. 늙은 악마는 타라스의 왕국에서처럼 금화를 후하게 내주었고, 사람들은 금화를 얻기 위해 무엇이든 가져와 바꾸고 무슨 일이든 했다.

늙은 악마는 몹시 기뻐하며 혼자 생각했다.

'이번에는 일이 제대로 되어가는군. 곧 타라스처럼 바보 녀석도 무너뜨릴 거야. 녀석의 육신과 영혼을 돈으로 몽땅 사버릴 테니까.'

그런데 마을 사람들은 금화를 받자마자 목걸이로 만들어 걸고 다니라며 여자들에게 주어버렸다. 아가씨들은 금화를 머리 장식으로 쓰고, 아이들은 길에서 금화 조각을 가지고 놀았다. 모두 금화를 어느 만큼 가지게 되자 더 이상 받지 않으려고 했다. 하지만 신사의 집은 아직 반도 지어지지 않았으며, 그해에 필요한 곡식과 가축도 마련되지 않았기 때문에 신사는 자기 집에 와서 일해 줄 사람을 구한다고 다시 한번 공고했다. 누구든 와서 일을 해주면 전보다 더 많은 금화를 주겠다고 했다.

하지만 일을 하겠다고 오는 사람도, 곡식이나 가축을 가져오는 사람도 없었다. 가끔 어린아이들이 달려와서 달걀을 금화와 바꿔 갈 뿐 아무도 찾아오는 사람이 없다 보니 집에 먹을 수 있는 음식이라곤 찾아볼 수가 없었다. 배가 고파진 늙은 악마는 저녁거리를 얻거나 사려고 마을을 돌아다녔다. 어느 한 집에 들어가 금화 한 닢을 줄 테니 닭 한 마리만 팔라고 했지만 주인 여자는 받으려고 하지 않았다.

"우리 집에도 금화가 많아요."

이번에는 어느 과붓집에 찾아가 청어 한 마리를 주면 금화 한 닢을 주겠다고 했다.

"나는 필요 없습니다. 그걸 가지고 놀 아이들도 없는걸요. 나도 신기해서 받아 놓은 금화가 벌써 세 닢이나 있고요."

농가에 찾아가 빵을 얻으려 했지만, 농부 역시 금화를 받지 않으려고 했다.

"금화는 필요 없습니다. 하지만 '그리스도의 은총에 기대서' 자선을 청하시는 거라면 잠깐만 기다리세요. 아내에게 말해서 빵을 조금 잘라 드리도록 하겠습니다."

농부의 말이 끝나자마자 악마는 줄행랑을 쳤다. 그리스도의 이름으로 뭔가를 받는 것은 물론이고, 그 이름이 언급되는 걸 듣는 것만으로도 온몸이 칼에 찔리는 것만큼 고통스러웠기 때문이다.

결국 악마는 빵을 얻지 못했다. 모두가 금화를 가지고 있었기 때문에 돈을 받기 위해 뭔가를 주려고 하지 않았다. 마을 사람들은 한결같이 말했다.

"다른 걸 가져오든가 와서 일을 하세요. 아니면 자선을 베풀어

달라고 청하든지요."

그러나 늙은 악마는 돈 말고는 가진 게 없었다. 일은 전혀 관심 밖이었고, 그리스도의 은총에 기대어 뭔가를 바란다는 것은 그가 도저히 할 수 없는 일이었다. 늙은 악마는 몹시 분개했다.

"돈을 준다는데 뭘 더 바라는 거요? 금화만 있으면 뭐든 살 수 있는데. 사람을 사서 무슨 일이든 시킬 수도 있단 말이오."

하지만 어리숙한 마을 사람들은 악마의 말을 귀담아듣지 않았다.

"아니요, 우리는 돈이 필요하지 않습니다. 돈을 지급할 일도 없고 세금도 안 내는걸요. 그런데 돈이 왜 필요하겠어요?"

결국 늙은 악마는 저녁도 못 먹고 잠자리에 들었다.

바보 이반도 늙은 악마의 처지에 관한 이야기를 듣게 되었다. 사람들이 그를 찾아가 이야기한 것이다.

"어떻게 하면 좋겠습니까? 말끔한 신사가 마을에 나타났는데, 먹고 마시는 걸 좋아하고 옷도 잘 입으면서 일하기는 싫어합니다. '그리스도의 은총으로' 적선을 구하려 하지도 않고요. 그러면서 만나는 사람마다 금화를 주겠다고 합니다. 처음에는 사람들이 그가 원하는 걸 주고 금화를 받았습니다. 그런데 지금은 그에게 뭔가를 주고 금화를 받으려는 사람이 없습니다. 그를 어찌하면 좋겠습니까? 머지않아 굶어 죽게 생겼는데요."

사람들의 말을 귀 기울여 듣고 난 이반이 말했다.

"괜찮습니다. 우리가 그를 먹여야지요. 양치기처럼 마을 사람들의 집에 차례로 머물게 합시다."

그 외에는 방도가 없었다. 늙은 악마는 별수 없이 마을 사람들의 집에 돌아가며 묵기 시작했다.

그러다 보니 이반의 궁전에 올 차례가 되었다. 늙은 악마가 저녁을 먹으러 올 때쯤 이반의 벙어리 여동생 마르다가 식사 준비를 하고 있었다.

마르다는 게으른 마을 사람들이 자기 할 일은 안 하고 일찌감치 와서 식량만 축내는 경우를 많이 보아온 터라 손만 봐도 그가 나태한 사람인지 아닌지 알 수 있었다. 그래서 손이 거칠고 굳은살이 박인 사람은 식탁에 앉히고 제대로 된 음식을 내주지만, 그렇지 않은 사람에게는 먹고 남은 음식만 주었다.

늙은 악마가 식탁에 앉자, 벙어리 마르다는 그의 손을 자세히 들여다보았다. 굳은살이 박인 곳이라곤 찾아볼 수 없는 말끔하고 보드라운 손에 손톱마저 길었다. 마르다는 못마땅하다는 듯 투덜거리며 악마를 식탁에서 일어나게 했다. 그러자 이반의 아내가 악마에게 말했다.

"기분 나빠하지 마세요. 제 시누이는 손에 굳은살이 박이지 않은 사람은 식탁에 앉히지 않는답니다. 그렇지만 잠시 기다리면 사람들이 먹고 남긴 것을 먹을 수 있을 거예요."

늙은 악마는 왕의 궁전에서 자기를 돼지처럼 먹이려 한다는 사실이 몹시 불쾌했다. 악마가 이반에게 말했다.

"모든 사람이 손으로 일해야 한다는 법은 말이 안 됩니다. 그런 법을 만들다니 현명하지 못하신 것 같군요. 사람이 어디 손으로만 일을 하나요? 영리한 사람들은 무엇으로 일을 한다고 생각하세요?"

이반이 대답했다.

"우리 같은 바보들이 어떻게 알겠소? 우리는 대부분 손과 허리로 일을 하는데."

"그건 모두 어리석어서 그런 겁니다! 제가 머리로 일하는 법을 가르쳐 드리겠습니다. 깨우치고 나면 손으로 일하는 것보다 머리를 써서 일하는 게 훨씬 더 큰 이득을 남긴다는 걸 아시게 될 겁니다."

그러자 이반이 깜짝 놀라며 말했다.

"정말 그렇다면 우리를 바보라고 하는 게 일리가 있구려!"

늙은 악마가 말을 이었다.

"그렇지만 머리로 일하는 게 쉽지는 않습니다. 저는 전하의 궁전에 와서 손에 굳은살이 박이지 않았다는 이유로 아무것도 얻어먹지 못했습니다. 그건 머리로 일하는 게 백배는 더 어렵다는 걸 몰라서 그러는 겁니다. 어떨 때는 머리가 쪼개질 것 같을 때도 있다니까요."

이반은 깊은 생각에 잠겼다.

"그런데 왜 스스로 괴롭히는 거요? 머리가 쪼개질 것 같은 게 좋은 거요? 차라리 손과 허리로 쉬운 일을 하는 게 더 낫지 않소?"

그러자 악마가 말했다.

"그게 다 전하 왕국의 어리석은 사람들을 위해서랍니다. 제가 그렇게 머리가 아프도록 고심하지 않았으면 이곳 사람들 모두 어리석은 채로 살아가야 했을 겁니다. 하지만 제가 머리를 써서 일한 덕분에 사람들을 가르칠 수 있게 된 거죠."

이반이 크게 감탄하며 말했다.

"우리를 가르쳐 주시오! 그러면 손이 뻐근해졌을 때 잠시 쉴 겸

머리로 일을 할 수 있을 게 아니오."

악마는 사람들을 가르치겠다고 약속했다. 이반은 멋쟁이 신사가 머리로 일하는 법을 가르쳐 줄 것이라고 온 백성에게 전했다. 그리고 머리로 일하면 손으로 일하는 것보다 더 많은 결실을 낼 수 있다고 하니 모두 와서 배우라고 했다.

이반의 왕국에는 높은 탑이 하나 있었는데 등잔이 달린 맨 꼭대기까지 가려면 많은 계단을 올라가야 했다. 이반은 모두가 신사를 볼 수 있게 하려고 그 탑 꼭대기로 데리고 갔다.

신사가 탑 꼭대기에 서서 설명을 시작하자 사람들이 그의 이야기를 듣기 위해 모여들었다. 그들은 신사가 정말로 손을 쓰지 않고 머리로 일하는 법을 가르쳐 줄 것으로 기대했다. 하지만 늙은 악마의 말을 한참 듣다 보니 일하지 않고도 살 수 있다는 얘기였다. 신사의 이야기가 전혀 도움이 안 된다고 생각한 사람들은 의아해하며 서로 마주 보다가 슬슬 자리를 떠나 자기 할 일을 하러 갔다.

늙은 악마는 탑 위에 온종일 서 있었고, 다음 날도 하루 종일 연설했다. 그러자 배가 몹시 고파졌지만, 아둔한 마을 사람들은 탑 위까지 먹을 걸 가져다줄 생각 같은 건 아예 하지 않았다. 두 손을 쓰지 않고 머리로 일할 정도라면 빵 정도는 쉽게 찾아 먹을 수 있을 거라 짐작한 것이다.

늙은 악마는 그러고도 하루 더 탑 위에 서서 연설을 이어갔다. 사람들은 다가와서 잠시 듣다가 곧 다시 흩어지곤 했다. 이반이 신하에게 물었다.

"신사가 머리로 일하는 걸 보여주었느냐?"

"아직 보여주지 않았습니다. 여전히 열심히 떠들기만 합니다."

늙은 악마는 탑 위에서 하루를 더 버티고 기력을 잃어가기 시작했다. 선 채로 비틀거리다가 등잔을 걸어 놓은 기둥에 머리를 부딪혔다. 모여 있던 사람 중 하나가 그걸 보고 왕비에게 알렸다. 왕비는 들에서 일하고 있는 이반에게 달려가 그 사실을 알렸다.

"어서 가보세요. 신사가 드디어 머리로 일을 하기 시작했답니다."

이반이 반색하며 물었다.

"정말이오?"

이반은 말을 타고 탑으로 달려갔다. 그즈음 허기져 기진맥진한 늙은 악마는 계속 비틀거리며 기둥에 머리를 찧고 있었다. 그러다가 이반이 도착하는 순간 비틀거리며 쓰러져 계단을 굴러떨어지기 시작했다.

쿵, 쿵, 쿵, 쿵.

마치 계단을 세듯이 하나하나에 머리를 부딪히며 바닥까지 구르는 것이었다! 그걸 본 이반이 말했다.

"아, 신사의 말이 사실이었구나. '어떨 때는 머리가 쪼개지는 것 같다'고 하더니, 이건 굳은살 박이는 것보다 더 힘들 것 같아. 저러고 나면 머리가 부어오르겠는걸."

계단 아래까지 굴러떨어진 악마는 마지막으로 땅바닥에 머리를 박았다. 이반은 신사가 일을 얼마나 많이 했는지 보려고 다가갔다. 그 순간 갑자기 땅이 갈라지더니 늙은 악마는 땅속으로 꺼지고, 그 자리에 구멍 하나만 덩그러니 남았다.

이반이 머리를 긁적이며 말했다.

"이런 흉측한 일이 있나. 멋진 신사도 그 꼬마 도깨비들과 한패

였어! 아마 그 녀석들의 아비였던 것 같아."

이반은 지금도 살아 있으며 그의 왕국에는 백성들이 모여든다. 이반의 형제들도 와서 함께 지내길 원해서 이반이 그들을 먹여 살리고 있다. 누구든 찾아와 "먹을 걸 좀 주십시오!"라고 하면 이반은 언제나 이렇게 말한다.

"좋습니다. 우리와 함께 지내세요. 우리는 모든 게 풍족하니까요."

이반의 왕국에는 특이한 관습이 하나 있는데 손에 굳은살이 박인 사람은 식탁에 앉아서 음식을 대접받지만, 그렇지 않으면 다른 사람이 먹고 남긴 음식을 먹어야 한다는 것이다.

사람에게는 얼마만큼의 땅이 필요한가

1

한 여자가 시골에 사는 동생을 찾아왔다. 언니는 상인과 결혼해서 도시에 살고 동생은 농부와 결혼해 시골에 살았다. 자매가 차를 마시며 담소를 나누던 중에 언니가 도시 생활의 좋은 점들을 자랑하기 시작했다. 생활하기에는 얼마나 편리한지, 얼마나 옷을 근사하게 차려입는지, 아이들이 얼마나 좋은 옷을 입고 좋은 음식을 먹고 마시는지 구구절절 늘어놓고, 극장이나 산책로 외에 즐길 거리도 너무 많다고 했다.

언니의 말을 듣고 기분이 상한 동생은 장사로 먹고사는 일을 비하하면서 농촌 생활이 좋다고 응수했다.

"나는 언니처럼 살기보다는 지금 이대로가 좋아."

동생이 말했다.

"사는 게 좀 거칠기는 하지만 걱정거리는 없잖아. 언니네 사는 방식은 우리보다 세련되고 돈도 필요 이상으로 많이 벌지만, 그러다가 한순간에 다 날려버리기도 하지. '잃음과 얻음은 한 배에서 나온 형제와 같다'라는 말은 언니도 알 거야. 부자였다가 한순간에 거지가 되어 빵을 구걸하는 사람도 자주 보니까. 그에 비하면 우리는 안전해. 농사를 지으며 살면 단번에 부자가 되지는 못해도 오래도록 안정을 누릴 수 있거든. 우리는 부자로 살지는 못해도 언제나 먹을 건 풍족할 거야."

그러자 언니가 비웃는 듯 말을 받았다.

"풍족하다고? 그래, 돼지하고 송아지하고 서로 나눠 먹으며 사는 게 좋다면 그렇겠지! 하지만 우아하고 교양 있는 삶에 대해선 뭘 아는데? 네 남편이 노예처럼 열심히 일하면 뭘 해, 이렇게 평생 똥구덩이에서 살다가 죽을 텐데. 네 아이도 마찬가지고."

"그래, 그게 어때서?"

동생이 받아쳤다.

"농사일이라는 게 힘들고 거칠기는 하지. 반면에 그만큼 든든하잖아. 누구한테 굽신거릴 필요도 없고. 그런데 언니가 사는 도시는 사방에 유혹 거리야. 오늘은 모든 게 완벽한 것 같다가도 내일 어느 사악한 인간이 언니 남편을 도박으로, 술로, 여자로 유혹해서 허물어뜨릴 수도 있어. 실제로 그런 일들이 자주 일어나지 않아?"

그 집의 가장인 파홈은 화덕 위에 누워 자매의 이야기를 듣고 있었다.

"맞는 말이네. 어렸을 때부터 열심히 땅을 일구느라 우리 농부들은 딴생각할 틈이 없어. 다만 한 가지 아쉬운 건 그래도 땅을 넉넉히 가지지 못했다는 거지. 내게 넓은 땅만 있으면 악마도 두렵지 않을 텐데 말이야!"

자매는 차를 다 마시고 드레스에 관해서 좀 더 얘기를 나누다가 찻잔을 정리하고 잠자리에 들었다.

그날 화덕 뒤에는 악마가 앉아 있었고, 그도 자매의 이야기를 들었다. 그리고 파홈이 아내의 말에 솔깃해서 자기도 땅이 많으면 악마도 두렵지 않을 거라고 말한 걸 듣고 신이 났다.

"좋아, 한번 겨뤄 보자. 내가 충분한 땅을 주마. 그리고 그 땅으로 너를 내 손아귀에 넣을 것이다."

2

마을에서 가까운 곳에 300에이커 정도의 땅을 가진 부인이 살았다. 마을 농부들과도 좋은 관계를 유지하며 살았는데, 늙은 군인을 관리인으로 들이자, 그가 농부들에게 과도한 벌금을 매기기 시작했다. 파홈이 아무리 신경을 써도 그의 말이 지주의 귀리밭에 들어가거나 암소가 지주의 채소밭에 들어가는 일이 생겼고, 파홈은 그때마다 벌금을 물어야 했다. 이번에는 송아지가 지주의 풀밭에 가서 풀을 뜯었다.

파홈은 벌금을 낼 때마다 투덜거렸고, 잔뜩 부아가 난 채 집으로 돌아가 가족들에게 화풀이했다. 그해 여름 내내 파홈은 그 관리인 때문에 곤욕을 치렀다. 그러다 보니 가축을 축사에 넣어 두어야 하는 겨울이 되자 기쁘기까지 했다. 목초지에서 풀을 뜯게 하는 대신 사료를 사서 대야 하는 게 좀 아깝기는 했지만, 적어도 벌금 걱정은 안 해도 되니 살 것 같았다.

그해 겨울, 지주가 땅을 팔려고 한다는 소문이 돌았다. 대로에 있는 여인숙 주인이 땅을 사려고 한다는 말도 들려왔다. 농부들은 몹시 불안해졌다.

"여인숙 주인이 땅을 차지하면 지금 관리인보다 더 지독하게 벌금을 뜯어갈 거야. 우리 모두 그 땅에 의지해서 살고 있는데 말이야."

농부들은 지주를 찾아가 여인숙 주인보다 비싼 값을 제시하며 땅을 여인숙 주인에게 팔지 말아 달라고 부탁했다. 지주는 농부들의 말을 듣고 땅을 그들에게 팔기로 했다. 농부들은 마을 공동체가 전체 땅을 사서 공동으로 관리하는 방법을 모색하기로 했다. 그리고 두 번이나 만나 논의를 했지만, 결론을 내릴 수 없었다. 악마가 그들 사이에 끼어 훼방을 놓아 합의에 이를 수 없게 만든 것이다. 결국 농부들은 각자 형편껏 땅을 사기로 했고, 지주도 이에 동의했다.

얼마 지나지 않아 이웃집 농부가 50에이커를 사기로 했다는 소리가 들려왔다. 지주가 땅값의 반만 현찰로 받고 나머지 반은 일 년 후에 받기로 했다는 것이다. 그 소문을 들은 파홈은 그 농부가 부러우면서 샘이 났다.

"저것 봐, 땅이 전부 팔리게 생겼어. 나는 한 평도 못 사게 될 거라고."

파홈이 아내에게 투덜거렸다.

"모두가 땅을 사는데 우리도 20에이커 정도는 사야 하지 않겠소. 점점 살기가 힘들어지고 있어. 저 관리인 녀석이 우리를 벌금으로 죽이려 들어서 말이오."

부부는 머리를 맞대고 땅을 살 방도를 궁리했다. 저축해 둔 돈이 100루블 정도 되었다. 그 돈에 망아지 한 마리를 팔고, 벌통의 절반을 팔아서 보탰다. 그리고 아들 하나를 남의 집에 일꾼으로 보내면서 임금을 선불로 받고, 나머지는 동서에게 빌려서 땅값의 반을 마련했다.

그렇게 돈을 준비한 파홈은 숲을 끼고 있는 40에이커의 땅을 골라 두고 지주에게 흥정을 붙이러 갔다. 지주와 합의를 본 파홈은 계약금을 치르고 시내에 가서 계약서에 서명했다. 땅값의 반은 선불로 치르고 나머지는 2년 안에 갚는다는 내용이었다.

그렇게 해서 파홈은 자기 땅을 갖게 되었다. 씨앗을 빌려 그 땅에 뿌렸는데 수확이 좋아서 지주와 동서에게 진 빚을 모두 갚을 수 있었다. 이제는 온전한 땅 주인이 된 것이다. 자기 땅을 갈아서 씨를 뿌리고, 자기 땅에서 건초를 만들고, 자기 땅에서 자라는 나무를 자르고, 자기 풀밭에서 가축에게 풀을 먹일 수 있었다. 자기 소유의 밭에 나가 땅을 갈고 쑥쑥 자라는 곡식과 목초지를 바라볼 때면 그의 가슴엔 기쁨이 벅차올랐다. 그의 땅에서 자라는 풀과 그의 땅에서 피어나는 꽃들은 다른 어느 곳에서 자라는 초목과도 달라 보였다. 전에 그곳을 지나다닐 때는 다른 땅들과 다를 바 없던 땅이 이제는 완전히 다르게 보였다.

3

파홈은 흡족했다. 이웃집 농부들이 그의 밭과 목초지를 함부로 밟고 다니지만 않았으면 모든 게 평화로웠을 것이다. 처음에는 파홈도 조심해 달라고 정중하게 부탁했다. 하지만 상황은 달라지지 않았다. 마을 목동들은 그의 목초지에 소를 놓아 먹였고, 야간에 풀을 뜯는 말들이 그의 밭에 들어가는 일도 생겼다. 파홈은 몇 번이고 조용히 이웃 소와 말들을 내보내고, 그들의 주인을 이해하려고 노력했다. 오랫동안 누구를 고소할 생각은 하지 않았다. 그러다가 끝내 인내심이 한계에 다다랐을 때 지방 법원을 찾아가 불만을 신고했다. 물론 파홈도 농부들이 땅이 부족해서 그런 일이 생기는 것일 뿐, 나쁜 의도가 있어서 그런 게 아니라는 건 알았다. 그렇지만 한편으로는 이런 생각도 들었다.

'이대로 계속 넘어갈 수는 없어. 이러다간 내 땅이 전부 망가질 거라고. 이참에 따끔하게 버릇을 고쳐줘야 해.'

파홈은 이웃 농부들을 하나씩 고소해서 따끔하게 혼내주었고, 그들 중 몇 명은 벌금을 물었다. 얼마쯤 시간이 지나자, 이웃 농부들도 파홈에게 앙심을 품기 시작했다. 가끔은 일부러 가축을 그의 땅에 들여보내기도 하고, 어떤 사람은 밤중에 파홈의 숲에 들어가 어린 피나무를 다섯 그루나 베어 껍질을 벗겨가기도 했다. 어느 날 파홈이 숲을 지나는데 뭔가 허연 게 보이는 것이었다. 가까이 다가가서 보니 껍질이 벗겨진 나무 둥치들이 바닥에 뒹굴고 나무가 서 있던 자리에는 그루터기만이 남아 있었다. 파홈은 몹시 분노했다.

"한두 그루만 잘라도 나쁜 짓인데, 무더기로 베어놓았어. 어떤 놈인지 잡기만 하면 단단히 대가를 치르게 할 테다."

파홈은 누구의 짓인지 생각해 내려고 머리를 쥐어짰다. 그러다가 결론을 내렸다.

"시몬의 짓이 분명해. 그런 짓을 할 사람은 그자밖에 없어."

파홈은 사태를 파악하기 위해 시몬의 집으로 갔다. 하지만 아무것도 발견하지 못한 채 그와 감정만 돋우고 돌아왔다. 그렇지만 시몬의 짓일 거라는 확신이 더욱 굳어진 파홈은 그를 고소했고, 시몬은 법정에 불려 나갔다. 재판이 열리고 재심까지 갔지만 유죄를 증명할 만한 증거가 없었기 때문에 시몬은 무죄를 선고받았다. 더욱 분개한 파홈은 화살을 촌장과 판사들에게 돌렸다.

"당신들은 도둑놈의 사탕발림에 넘어간 거요. 당신들이 정직하다면 도둑놈을 풀어줄 리가 없지."

파홈은 판사들과도 싸우고 이웃 농부들과도 싸웠다. 그의 집을 불태워 버리겠다는 협박까지 들려왔다. 이제 파홈은 많은 땅을 가지게 되었지만, 공동체에서 그의 입지는 나빠졌다.

그즈음 새 땅을 찾아 이주하는 사람들이 많아진다는 소문이 돌기 시작했다.

"나는 내 땅을 떠날 필요가 없어. 하지만 다른 사람들이 떠나고 나면 사는 게 좀 더 여유로워지겠지. 그들의 땅까지 사서 내 영지를 넓혀야겠군. 그럼 사는 게 좀 더 풍족해지겠지. 사실 아직은 땅이 비좁아서 여유롭지는 못해."

하루는 파홈이 집에 있는데 지나가던 농부가 들렀다. 하룻밤 묵고 가기로 해서 함께 저녁을 먹으며 이런저런 이야기를 하던 파홈은 농부에게 어디서 오는 길인지 물었다. 농부는 볼가 강 건너 동네에서 오는 길이며 거기서 일을 한다고 했다. 이야기가 꼬리를 물고 이어지다 보니 자기 동네에서도 많은 사람이 그리로 가서 정착했다는 말까지 나왔다. 그 마을 공동체에 가입해서 한 사람당

25에이커를 무상으로 받았다는 것이다. 땅이 비옥해서 호밀을 심으면 말의 키 높이만큼 자란다고 했다. 게다가 호밀 줄기가 어찌나 굵은지 낫질 다섯 번만 하면 한 단이 된다고 했다. 어떤 농부는 빈손으로 그곳에 와서 정착했는데 지금은 말 여섯 마리와 암소 두 마리를 가지게 되었다고 했다.

그 말을 들은 파홈의 마음에 욕망이 불타오르기 시작했다.

'다른 동네에서 그렇게 잘살 수 있는데 왜 이 좁은 곳에서 전전긍긍하며 살아야 해? 여기 있는 땅과 농장을 팔고 그곳에 가서 새로 시작하자. 여긴 너무 바글거려서 늘 부대끼고 문제가 많잖아. 우선 나 혼자 가서 그곳 상황을 좀 파악하는 게 좋겠다.'

여름이 가까워질 때쯤 파홈은 채비하고 길을 떠났다. 증기선을 타고 볼가 강을 건너 사마라로 간 다음, 거기서부터 300마일을 걸어서 그 마을에 도착했다. 마을은 농부의 말 그대로였다. 농부들은 모두 충분한 땅을 가지고 있었으며 농가마다 공동체로부터 25에이커의 경작지를 받아 무상으로 사용할 수 있었다. 그 외에도 돈만 있으면 1에이커에 2실링씩 주고 원하는 만큼 살 수 있었다.

이것저것 자세히 알아본 파홈은 가을이 시작될 무렵 집으로 돌아와 가진 걸 처분하기 시작했다. 땅을 팔아 이윤을 남기고, 농장과 가축도 팔고 공동체에서도 탈퇴했다. 그러고는 봄이 되기만을 기다려 가족들을 데리고 새로운 정착지로 떠났다.

4

파홈은 가족들과 새 정착지에 도착하자마자 큰 마을의 공동체에 가입 신청을 했다. 마을 어른들을 대접하고 필요한 서류들을 받았다. 공동체에서는 파홈과 그의 아들들이 경작할 수 있도록 5명 몫의 땅을 주었다. 이는 125에이커(한 덩어리로 된 큰 땅이 아니고 몇 군데에 나뉘어 있었다)에 해당하는 넓이였으며, 그에 더하여 마을 공동 소유의 목초지도 사용할 수 있었다. 파홈은 필요한 건물을 짓고 가축을 사들였다. 공동체에서 받은 땅만 해도 전 동네에서 가졌던 것에 세 배나 되었다. 땅도 비옥해서 수확도 전보다 열 배는 불어난 것 같았다. 경작지와 더불어 목초지도 충분히 넓었으므로 가축도 원하는 만큼 기를 수 있었다.

처음 도착해서 집을 짓고 정착하느라 바쁠 때는 모든 게 즐겁고 만족스러웠다. 그런데 그곳 삶에 익숙해지자 아직 충분한 땅을 가지지 못했다는 생각이 들기 시작했다. 첫해에는 공동체에서 받은 땅에 밀을 심었는데 수확이 좋았다. 계속해서 밀을 심고 싶었으나 그러기에는 공동체 땅이 부족하고, 그가 가진 다른 땅에는 밀을 심을 수 없었다. 그 지역에서는 미개간지나 휴한지에만 밀을 파종했기 때문이다. 밀 농사를 1, 2년 짓고 나면 그 땅은 다시 목초가 덮여 무성해질 때까지 쉬게 했다. 그런 땅을 원하는 사람은 많았지만, 모두에게 차례가 갈 만큼 많지는 않았다. 그 때문에 간혹 다툼을 벌이는 일도 있었다. 돈이 있는 사람은 밀을 기르려 했고, 가난한 사람은 중개인에게 세를 주어 세금 낼 돈을 마련하려는 목적이 있었다. 파홈은 밀을 좀 더 기르고 싶었다. 그래서 중개인에게 1년간 사용하기로 하고 땅을 빌렸다. 그리고 밀을 심어 좋은 결실을 맺었다. 그런데 땅이 마을에서 너무 멀리 있었기 때문에 수확한 밀을 수레에 싣고 10마일이나 되는 거리를 날라야 했다. 시간이 지나면서 파홈은 어떤 농부들은 개인 농장을 가지고 살면서 농사도 짓고 중개도 하면서 재산을 불린다는 걸 알게 되었다. 그러자 이런 생각이 들었다.

"나도 내 땅을 사서 농장을 지으면 상황이 완전히 달라질 텐데 말이야. 그러면 모든 게 더할 나위 없이 완벽할 것 같아."

그때부터 땅을 사야겠다는 생각이 파홈의 머릿속에 맴돌았다. 해마다 풍작을 하면서 돈이 모이기 시작했다. 그것으로 만족하며 살 수도 있었다. 하지만 파홈은 매년 남의 땅을 빌어 농사짓느라 전전긍긍하는 데에 싫증이 났다. 어디든 괜찮은 땅이 나왔다 싶으면 농부들이 득달같이 달려들어 차지해 버렸기 때문에 약삭빠르지 못하면 그마저도 차례가 오지 않았다. 3년째 되던 해에는 어느 중개인과 함께 농부들 소유의 목초지를 빌렸다. 쟁기질까지 끝내 놓았는데 분쟁이 생기면서 농부들이 재판을 걸어오는 바람에 그간의 노고가 물거품이 되었다.

'만약 내 땅이었더라면 내 마음대로 할 수 있었을 것이고, 이렇게 마음 상할 일도 없었을 거야.'

매입할 만한 땅을 찾던 파홈은 우연히 한 농부를 만나게 되었다. 그는 1,300에이커의 땅을 샀다가 상황이 안 좋아져서 급히 싼 값에 되팔려는 중이었다. 파홈은 그를 만나 한참 흥정을 벌인 끝에 1,500루블로 가격을 정하고, 반은 현금으로 바로 주고 나머지는 나중에 주기로 합의를 보았다. 그렇게 일이 마무리되어 갈 무렵, 한 중개인이 지나가다가 말 먹이를 얻으러 파홈의 집에 들렀다가 파홈과 차 한 잔 마시며 이야기를 나누게 되었다. 그는 멀리 떨어진 바시키르인들의 고장에서 돌아오는 길인데, 그곳에 1만

3,000에이커의 땅을 1,000루블에 샀다고 했다. 파홈은 그에게 자세히 물어보았다.

"촌장들과 친해지기만 하면 돼요. 나는 100루블 정도를 썼지요. 차 한 상자와 실내용 가운, 카펫을 선물하고, 술을 좋아하는 촌장들에게는 포도주도 주었어요. 그 덕에 1에이커에 2펜스도 안 되는 값을 치르고 땅을 샀답니다."

중개인은 파홈에게 부동산 권리 증서를 보여주며 말했다.

"땅이 강 가까이 있는 데다 전체가 미개간지랍니다."

파홈이 점점 궁금증을 쏟아내자, 중개인이 말을 이었다.

"일 년을 걸어도 다 밟지 못할 정도로 넓답니다. 모두 바시키르인들의 땅이죠. 게다가 사람들이 양처럼 순하고 단순해서 거의 공짜로 땅을 차지할 수 있어요."

그 말을 듣고 파홈이 생각했다.

"그렇다면 내가 가진 천 루블로 왜 고작 1,300에이커의 땅을 사고 빚은 빚대로 짊어지겠어. 그 돈을 가지고 그곳에 가면 10배 이상 되는 땅을 살 수 있는데 말이야."

5

바시키르인들의 마을로 가는 길을 자세히 물어본 파홈은 중개인이 가자마자 자기도 채비하고 길을 떠났다. 아내는 집안일을 돌보아야 했으므로 집에 남게 하고 대신 하인을 한 명 데리고 갔다. 가는 길에 시내에 들러 중개인이 귀띔해 준 대로 차 한 상자와 포도주, 그 외에 몇 가지 선물을 샀다. 두 사람은 걷고 또 걸어

300마일 정도를 갔다. 그리고 7일째 되는 날 바시키르인의 텐트촌에 다다랐다. 모든 게 중개인이 말한 그대로였다. 바시키르인들은 강가 초원 지대에 펠트 천막을 치고 살았는데 땅을 경작하지도 않고 빵도 먹지 않았다. 가축과 말들은 무리 지어 초원에서 풀을 뜯게 하고, 망아지는 텐트 뒤에 묶어 놓고 어미 말을 하루에 두 번 데려다주었다. 암말의 젖으로는 쿠미스(말의 우유로 만든 술로 주로 아시아 유목민들이 만들어 마신다 - 역자)를 만들었는데, 쿠미스 만드는 일과 치즈 만드는 일은 여자들의 몫이었다. 남자들이 하는 일이라고는 쿠미스나 차를 마시거나 양고기를 먹고, 피리를 부는 일이 전부였다. 대다수가 살집이 있고 명랑했으며, 여름 내내 일하는 모습은 볼 수 없었다. 무지하고 러시아어도 전혀 할 줄 몰랐지만 모두 선한 사람들이었다.

바시키르인들은 파홈을 보자마자 텐트 밖으로 나와 그를 에워쌌다. 파홈은 통역해 줄 사람을 찾아 땅을 사고 싶어 왔다는 뜻을 전했다. 바시키르인들은 반색하며 파홈을 제일 근사한 텐트로 데려가 카펫 위에 놓인 방석 위에 앉게 하고 자기들도 둘러앉았다. 그런 다음 차와 쿠미스를 내오고 양을 잡아 양고기를 대접했다. 파홈은 수레에 싣고 온 선물을 꺼내 바시키르인들에게 나누어 주고, 차도 나누어 주었다. 바시키르인들은 몹시 기뻐하면서 자기들끼리 한참 뭔가를 의논하더니 통역사를 통해 전했다.

"당신이 마음에 든다고 전하랍니다. 손님이 오면 최선을 다해 대접하고, 선물을 받으면 반드시 보답하는 게 우리의 관습이라는 말도 전하라고 합니다. 당신이 우리에게 선물을 주었으니 이제 우리가 가진 것 중에 당신이 원하는 것을 말씀하시면 드리겠습니다."

파홈이 대답했다.

"여기서 제가 가장 원하는 것은 땅입니다. 우리 동네는 사람이 많아 땅이 부족하고 토양도 척박해졌습니다. 그런데 여기는 땅도 넓고 토양도 좋군요. 이런 땅은 본 적이 없습니다."

통역사의 말을 전해 들은 바시키르인들은 또다시 뭔가 의논하기 시작했다. 파홈은 그들이 뭐라고 하는지 이해할 수는 없었지만, 큰 소리로 웃고 떠드는 걸로 보아 즐거워하는 것 같았다. 잠시 후 통역사가 그들의 의견을 전해주었다. 바시키르인들은 조용히 파홈의 표정을 살폈다.

"당신의 선물에 대한 보답으로 원하시는 만큼의 땅을 드리겠다고 합니다. 원하시는 땅을 손으로 가리키기만 하면 당신의 땅이 되는 겁니다."

잠시 후 이야기를 이어가던 바시키르인들이 논쟁을 벌이기 시작하는 것 같았다. 파홈은 무엇 때문에 그러는지 물었다. 통역관의 말에 의하면 지금 촌장이 출타 중인데, 몇 명은 땅에 관한 문제이니만큼 촌장이 돌아오면 물어보고 결정해야 한다고 주장하는 반면, 다른 사람들은 그때까지 기다릴 필요가 없다고 한다는 것이었다.

6

바시키르인들이 한창 논쟁을 벌이는데 한 남자가 나타났다. 여우 털로 만든 커다란 모자를 쓰고 있었는데, 그를 보자 바시키르인들은 조용해지더니 모두 자리에서 일어섰다. 통역관이 말했다.

"이분이 촌장님이십니다."

파홈은 얼른 제일 좋은 실내복과 차 5파운드를 집어 촌장 앞에 내놓았다. 촌장은 선물을 받고는 제일 상석인 듯한 자리로 가서 앉았다. 곧 바시키르인들이 뭔가 보고하기 시작했다. 촌장은 한동안 듣고 있더니 머리를 끄덕여 조용히 하라는 신호를 보냈다. 그러고는 파홈을 향해 러시아어로 말했다.

"좋소. 어디든 원하는 땅을 선택하시오. 우리에겐 넓은 땅이 있으니까."

촌장의 말을 듣고 파홈이 생각했다.

'어떻게 원하는 만큼 가지라는 거지? 확실하게 하려면 권리증서를 줘야지. 그러지 않으면 이제 내 땅이라고 했다가 나중에 다시 빼앗아 갈 수도 있잖아.'

파홈이 말했다.

"친절하신 말씀 감사합니다. 촌장님의 마을에는 넓은 땅이 있으나 저는 아주 조금만 원합니다. 그렇지만 어느 부분이 제 땅인지는 확실하게 하고 싶습니다. 땅을 측정해서 소유권을 제게 넘겨주실 수 있을까요? 살고 죽는 건 하나님께 달려 있는데, 촌장님께서 제게 주셔도 다음 대에서 자손들이 다시 빼앗아 갈 수도 있으니까요."

"옳은 말이오. 소유권을 넘겨주겠소."

"중개인이 이곳에 다녀갔다고 들었습니다. 촌장님께서 그에게 땅을 주시면서 부동산 권리 증서에 서명해 주셨다고요. 저도 똑같이 해주시면 좋겠습니다."

촌장은 파홈의 말뜻을 알아들었다.

"좋소. 그건 어렵지 않은 일이오. 우리 마을에 서기가 있으니 함께 시내에 가서 권리증서에 도장을 찍읍시다."

"땅값은 어떻게 되나요?"

파홈이 물었다.

"땅값은 언제나 똑같소. 하루에 1,000루블이오."

파홈은 촌장의 말을 얼른 알아듣지 못했다.

"하루라고요? 그런 단위도 있습니까? 그게 몇 에이커나 되는데요?"

"어떻게 계산하는지는 우리도 모르오. 우리는 하루 단위로 땅을 파니까. 당신이 하루에 걸어서 돌 수 있는 넓이만큼 당신 땅이 되는 거요. 가격은 하루에 1000루블이고."

파홈은 깜짝 놀랐다.

"그렇지만 하루라면 꽤 넓은 땅을 돌 수 있는데요."

그러자 촌장이 웃음을 지었다.

"그러면 그만큼이 당신 땅이 되겠지. 하지만 한 가지 조건이 있소. 하루 안에 당신이 출발한 자리로 돌아오지 못하면 당신이 치른 땅값은 돌려받지 못하게 되오."

"제가 지나간 자리는 어떻게 표시하지요?"

"당신이 원하는 지점으로 함께 가서 우리가 거기서 기다릴 거요. 당신은 삽 한 자루 들고 출발해서 필요하다고 생각되는 지점에 표시하면서 돌면 되는 거요. 방향을 틀 때마다 땅을 파고 잔디를 몇 삽 떠서 쌓아두시오. 그러면 나중에 우리가 구덩이를 따라 쟁기로 땅을 일구면서 지나갈 거요. 당신이 원하는 만큼 크게 돌아도 좋소. 하지만 해가 지기 전에 출발했던 지점으로 돌아와야 하오. 당신이 돌아온 만큼 당신 땅이 될 거요."

파홈은 기뻐서 날아갈 것 같았다. 다음 날 아침 일찍 출발하기로 하고, 쿠미스와 양고기를 먹으며 조금 더 이야기를 나눴다. 그리고 또다시 차를 마시다 보니 날이 저물었다. 바시키르인들은 파홈을 위해 깃털 침대를 내주고, 다음 날 동틀 무렵 모여서 해 뜨기 전에 정해진 지점에 가기로 하고 자기들도 잠자리를 찾아 뿔뿔이 흩어졌다.

7

파홈은 깃털 침대에 누워서도 잠이 오지 않았다. 땅에 관한 이런저런 궁리가 끝없이 펼쳐졌기 때문이다.

"아주 넓은 구역을 표시할 거야! 하루에 35마일은 거뜬히 돌 수 있으니까. 요즘엔 하루가 길잖아. 둘레가 35마일이면 그 면적이 얼마나 넓겠어! 안 좋은 땅은 팔아버리든가 농부들에게 세를 주고, 제일 좋은 땅을 골라 농사를 지어야지. 소도 두 마리 사고 일꾼도 두 명 더 쓸 거야. 150에이커 정도는 경작하고 나머지는 목초지로 만들어 소를 놓아 먹여야지."

결국 뜬눈으로 밤을 새우고 동트기 직전에 잠들었는데, 눈을 감자마자 꿈을 꿨다. 같은 텐트 안에 누워 있는 것 같았는데 누군가 밖에서 낄낄거리는 소리가 들려왔다. 누굴까 궁금해서 나가보았더니 바시키르의 촌장이 텐트 앞에 앉아 허리를 붙잡고 데굴데굴 구르며 웃고 있었다. 파홈이 다가가 물었다.

"왜 웃는 겁니까?"

그 순간 다시 보니 촌장이 아니라 최근에 그의 집에 들렀던 중개인이었다.

"여기 온 지 오래되셨소?"

이렇게 물으려는 순간, 파홈은 그가 중개인이 아니라 파홈이 예전 집에 살 때, 볼가 강 건너에서 왔다며 들렀던 농부라는 사실을 깨달았다. 하지만 곧 농부는 발굽을 가지고 뿔 달린 악마의 모습으로 변했다. 허리를 부여잡고 낄낄거리는 악마 앞에는 맨발의 한 남자가 바지와 셔츠만 입은 채 엎어져 있었다. 파홈은 엎어져 있는 남자가 누구인지 확인하려고 자세히 들여다보았다. 그 남자는 죽어 있었는데 바로 파홈 자신이었다! 파홈은 소스라치게 놀라며 꿈에서 깨어났다.

'별 이상한 꿈을 다 꾸는군.'

이렇게 생각하며 주위를 두리번거리는데 문틈으로 동이 트는 게 보였다.

'이제 사람들을 깨워야겠다. 출발해야 할 시간이야.'

파홈은 수레에서 자는 하인을 깨워 말에 마구를 채우라고 이르고는 바시키르인들을 부르러 갔다.

"땅을 재러 갈 시간입니다."

바시키르인들이 모이고 촌장도 나왔다. 그들은 쿠미스를 마시며 파홈에게도 차를 권했으나 파홈은 기다릴 수가 없었다.

"늦기 전에 어서 갑시다. 출발할 때가 됐어요."

8

바시키르인들도 준비를 마치고 다 같이 출발했다. 말에 탄 사람도 있었고 마차를 타고 가는 사람도 있었다. 파홈은 삽 하나를 가지고 하인과 함께 그의 작은 마차를 타고 갔다. 초원에 도착하니 아침 햇살이 비치기 시작했다. 바시키르인들이 시칸이라고 부르는 작은 언덕을 오른 후 모두 말과 마차에서 내려 한곳에 모였다. 촌장이 파홈에게 다가오더니 평야를 향해 두 팔을 벌렸다.

"보시오. 눈에 보이는 곳이 전부 다 우리 땅이오. 이 땅을 당신이 원하는 만큼 가질 수 있소."

파홈의 눈이 반짝였다. 전체가 처녀지여서 손바닥을 펼친 것처럼 평평하고 양귀비 씨앗처럼 검었다. 우묵하게 파인 구덩이마다 갖가지 풀들이 가슴 높이만큼 자라 있었다.

촌장이 여우 털모자를 벗어 땅에 내려놓으며 말했다.

"이 모자를 표지로 삼읍시다. 여기서 출발해서 여기로 돌아오시오. 당신이 둘러오는 곳은 모두 당신 땅이 되는 거요."

파홈은 가지고 온 돈을 꺼내 모자 위에 올려놓았다. 그런 다음 외투를 벗고 조끼만 입은 채 허리띠를 아랫배에 다시 단단히 묶었다. 그런 다음 작은 빵 봉지 하나는 조끼 안쪽 가슴에 넣고 물통은 허리띠에 매달고 장화는 끝까지 올려 신은 뒤, 하인에게서 삽을 넘겨받고 출발 자세를 취했다. 그런 채로 잠시 어느 방향으로 갈 것인지 고민했다. 어느 쪽을 바라보나 마음이 끌렸다.

'어느 방향이든 상관없는 것 같으니 해 뜨는 방향으로 가자.'

파홈은 동쪽을 향하고 서서 천천히 몸을 풀며 지평선 위로 해가 떠오르기를 기다렸다.

'해가 뜨자마자 떠나야 해. 선선할 때 걷기가 수월할 테니까.'

지평선 위로 햇살이 퍼지기 시작했을 때 파홈은 이미 삽을 둘러메고 초원을 향해 언덕을 내려가고 있었다.

처음에는 느리지도 빠르지도 않게 걸었다. 1,000야드쯤 간 뒤에 멈춰 서서 구덩이를 파고, 잘 보이도록 잔디를 몇 겹이나 포개 얹었다. 그러고 나서 다시 걸었다. 몸이 좀 풀리자 걷는 속도를 조금 높였다. 그렇게 얼마쯤 가다가 또다시 구덩이를 팠다.

뒤를 돌아보았다. 햇살이 눈부신 가운데 언덕과 그 위에 서 있는 사람들, 반짝이는 마차 바퀴들이 선명하게 보였다. 대략 짐작해서 3마일 정도 걸어온 것 같았다. 날이 조금씩 더워지고 있었다. 조끼를 벗어 어깨에 걸치고 다시 걸었다. 이제 제법 덥다 싶어 하늘을 올려다보니 해의 위치로 보아 아침 먹을 시간쯤 된 것 같았다.

"일단 첫 단계는 해냈어. 그렇지만 하루치의 거리를 넷으로 나눠야 하니 아직 방향을 틀기에는 너무 일러. 일단은 장화나 좀 벗자."

파홈은 이렇게 혼자 중얼거리고 잠시 앉아서 장화를 벗어 허리띠에 끼웠다. 그리고 다시 걸으니 한결 편했다.

"3마일 정도 더 가서 왼쪽으로 돌자. 이 부근의 땅이 너무 좋아서 놓치기 아까워. 멀리 걸을수록 땅이 점점 더 좋아 보이네."

한참을 똑바로 더 걷다가 뒤를 돌아보니 까마득히 멀어진 언덕 위에 사람들이 개미처럼 작은 점으로 보이고 그 옆으로 햇빛에 반짝이는 건 수레바퀴인 듯했다.

"아, 이제 이 방향으로는 충분히 온 것 같으니 돌아야겠다. 땀도 많이 나고 목도 마르네."

파홈은 멈춰 서서 큰 구덩이를 파고 잔디를 잔뜩 포개 덮었다. 그런 다음 물통을 열어 물을 마시고 왼쪽으로 돌아서서 걷기 시작했다. 파홈은 걷고 또 걸었다. 풀들은 길게 자라 있었고 날씨는 몹시 더웠다.

파홈은 피곤을 느끼기 시작했다. 해를 올려다보니 정오쯤 된 것 같았다.

"그래, 이제 좀 쉬어야겠다."

자리를 잡고 앉아서 빵도 먹고 물도 마셨다. 그렇지만 눕지는 않았다. 누우면 잠이 들 수도 있을 것 같아서였다. 그렇게 잠시 앉아 있다가 일어나 다시 걸었다. 빵을 먹은 덕분인지 처음엔 새 기운이 돋는 것 같았다. 하지만 날씨가 지독하게 더웠고, 잠도 쏟아졌다. 그래도 파홈은 쉬지 않고 걸었다.

"잠깐만 고생하면 평생을 편안하게 살 수 있어."

같은 방향으로 오래 걷다가 이제는 방향을 틀어야겠다고 생각하는데 축축하고 움푹 꺼진 땅이 눈에 들어왔다.

'저 땅을 놓치면 아까울 것 같아. 아마를 심으면 잘 자랄 것 같단 말이야.'

결국 파홈은 그 땅을 지나가서 구덩이를 판 뒤에야 방향을 바꾸었다. 언덕을 바라보았다. 열기가 피어올라 대기가 뿌옇게 아른거렸다. 그 사이로 언덕 위의 사람들이 까마득히 멀어 보였다.

"이런! 땅의 옆면을 너무 길게 잡았나 보구나. 이쪽은 좀 짧게 잡아야겠다."

파홈은 길이를 단축하는 쪽으로 방향을 잡고 좀 더 서둘러 걸었다. 해를 올려다보았다. 지평선 쪽으로 반쯤 기울어 있었다. 하지만 파홈은 세 번째 면에서 아직 2마일도 채 걷지 못한 상태였고, 도착 지점까지는 10마일 정도나 남아 있었다.

'안 되겠다. 한 면이 좀 짧아지더라도 직선거리로 서둘러 돌아가야 할 것 같아. 더 멀리 갈 수도 있겠지만 이미 꽤 넓은 땅을 갖게 됐으니까.'

파홈은 서둘러 구덩이를 파고 돌아서서 언덕을 향해 걷기 시작했다.

9

언덕을 향해 걷고 있기는 했으나 점점 힘들어졌다. 더위에도 지쳤고 맨발은 여기저기 긁히고 멍이 들었으며 다리도 후들거리기 시작했다. 쉬고 싶은 마음이 간절했지만, 해 지기 전에 돌아가려면 쉴 수가 없었다. 사람을 기다려 줄 리 없는 해는 점점 낮게 기울고 있었다.

'맙소사. 너무 많은 땅을 차지하려고 욕심 부리지 말았어야 했는데! 제시간에 돌아가지 못하면 어떡하지?'

파홈은 언덕을 바라보고 해를 한 번 쳐다봤다. 도착 지점까지는 아직 한참 남았는데 해는 벌써 지평선 가까이 내려와 있었다.

파홈은 걷고 또 걸었다. 걷는 것만으로도 힘들었지만, 점점 속도를 내야 했다. 안간힘을 쓰며 걸어도 도착 지점까지는 여전히 멀었다. 파홈은 달리기 시작했다. 조끼를 벗어던지고 장화도 벗어던지고 물통도 모자도 벗어던지고 삽 하나만 지팡이 삼아 쥐고 달렸다.

'어쩌면 좋단 말이냐. 내가 너무 욕심을 부려서 모든 걸 잃게 생겼네. 해 지기 전까지 도착 지점에 도달하지 못할 것 같아.'

두려움이 몰려오니 숨이 더 가빠졌다. 파홈은 쉬지 않고 달렸다. 땀에 흠뻑 젖은 셔츠와 바지가 몸에 척척 들러붙고 입은 바짝 말랐다. 가슴은 대장장이가 풀무질하듯 헐떡였으며 심장은 망치질하듯 뛰었다. 다리는 마치 몸에서 떨어져 나간 듯 제멋대로 휘청거렸다. 파홈은 극도로 불안해지면서 죽을 것 같은 공포에 휩싸였다. 그러나 죽을까 봐 무서우면서도 멈출 수는 없었다.

'지금까지 그 먼 길을 달려왔는데 여기서 멈추면 사람들이 바보라고 할 거야.'

달리고 또 달리다 보니 도착 지점에 가까워지면서 바시키르인들이 소리치며 환호하는 소리가 들렸다. 그 소리를 들으니 새삼스레 힘이 나는 것 같았다. 파홈은 마지막 남은 힘을 모아서 계속 달렸다.

지평선 가까이 내려온 해는 엷은 안개에 가려서 더 커 보이고 피처럼 붉었다.

'이제 해가 지는구나!'

해가 낮아진 만큼 파홈도 도착 지점에 가까워졌다. 언덕 위에서 사람들이 손을 흔들며 빨리 오라고 응원하는 모습이 보였다. 땅바닥에 내려놓은 촌장의 모자와 그 위에 올려져 있는 돈이 눈에 들어왔다. 촌장이 허리를 잡고 앉아 있는 모습도 보였다. 그러자 간밤에 꾼 꿈이 떠올랐다.

'땅은 많이 가지게 됐어. 그런데 하나님께서 내가 그 땅에 사는 걸 허락하실까? 나는 생명이 다한 것 같은데. 다 끝났어. 도착 지

점까지 갈 수 없을 거야!'

파홈은 지평선에 닿아 있는 해를 바라보았다. 한쪽 끝은 이미 지평선 아래로 내려가 있었다. 파홈은 남은 힘을 다해서 몸을 앞으로 굽히며 나갔다. 하지만 다리가 따라오지 못해 곧 넘어질 것 같은 모습이었다. 파홈이 언덕 아래 도착하는 순간 갑자기 사방이 어두워졌다. 하늘을 올려다보니 해는 이미 진 뒤였다! 파홈은 울부짖었다.

"모든 노력이 허사가 되었구나."

파홈이 멈추려는데 바시키르인들의 외침이 들려왔다. 그 순간, 언덕 아래 있는 자기가 보기에는 해가 진 것처럼 보이지만, 언덕 위에 있는 사람들은 아직 해를 보고 있을 거라는 사실을 깨달았다. 파홈은 심호흡을 한 번 하고 언덕을 달려 올라갔다. 언덕 위는 아직 밝았다. 언덕 위에 오른 파홈은 모자를 보았다. 모자 앞에 앉은 촌장이 허리를 잡고 웃고 있었다. 파홈은 다시 한번 꿈을 떠올리며 비명을 질렀다. 다리에 힘이 빠지면서 파홈은 앞으로 고꾸라졌다. 그의 두 손에 모자가 닿았다.

"오, 대단한 친구야! 넓은 땅을 차지하게 되었군!"

촌장이 감탄하며 말했다.

파홈의 하인이 달려와 파홈을 일으켰다. 그제야 파홈의 입에서 피가 쏟아지는 걸 보았다. 파홈은 죽은 것이다!

바시키르인들이 혀를 차며 안타까워했다.

하인이 삽을 들고 파홈을 뉠 만큼의 구덩이를 파고 그를 묻었다. 그러는 데 필요한 땅은 머리부터 발끝까지 6피트면 되었다.

노동과 죽음과 질병

남아메리카 인디언의 전설에 따르면 신이 처음 사람을 만들었을 때는 일하지 않아도 되었다. 집도 필요하지 않았고, 옷이나 음식도 필요하지 않았다. 모두 백 살까지 살았으며 질병이 무엇인지도 몰랐다. 그러다 얼마쯤 지나 신이 사람들 사는 모습을 내려다보았는데, 행복해하기보다는 서로 싸우고 각자 자기 살 궁리만 하느라 삶을 즐기지 못하고 저주하면서 살고 있었다.

신은 생각했다.

'이건 사람이 제각각 자기만을 위하며 살아서 생긴 문제다.'

신은 상황을 바꾸기 위해 사람이 일을 하지 않으면 살 수 없도록 만들었다. 추위와 배고픔으로 고통받지 않으려면 주거 공간을 지어야 하고, 땅을 파서 과일과 곡식을 기르고 수확해야 했다.

'노동이 이들을 화합하게 하겠지.'

신은 생각했다.

'도구를 만들고 목재를 자르고 옮기고, 집 짓고, 씨 뿌리고 추수

하고, 실을 잣고 직물을 짜서 옷을 만들려면 혼자 힘으로는 불가능할 테니까. 그러다 보면 힘을 모아 함께 일할수록 더 많은 것을 얻고 더 풍족하게 살 수 있다는 걸 깨닫고 화합하게 되겠지.'

얼마쯤 시간이 지난 후, 신은 사람들이 어떻게 사는지, 이제는 행복해졌는지 살펴보기 위해 세상에 내려왔다.

사람들은 전보다 더 불행하게 살고 있었다. 함께 일하기는 했지만(그럴 수밖에 없었으므로), 전체가 다 같이 하는 게 아니라 몇 명씩 작은 그룹으로 나뉘어서 했으며, 서로 다른 그룹의 일을 빼앗으려 들었다. 심지어는 다른 그룹이 하는 일을 방해하느라 시간과 힘을 낭비하는 일도 있었다. 그러다 보니 상황은 전보다 더 나빠졌다.

이 방법도 좋지 않다고 생각한 신은 인간이 자기가 죽는 시간을 알 수 없으며, 어느 때고 죽을 수 있게 만들었다. 그리고 그 사실을 인간에게 알렸다.

'자기가 언제고 죽을 수 있다는 사실을 알면 인생이 짧다는 사실을 기억하고 자기에게 주어진 시간을 낭비하지 않을 것이다.'

신은 이렇게 생각했다.

하지만 상황은 반대로 흘렀다. 신이 사람들 사는 모습을 살펴보기 위해 다시 와보니, 어느 때보다도 불행하게 살고 있었다.

그중에 강한 자들은 사람이 언제 죽을지 모른다는 사실을 이용해서 약한 사람들을 억압하고 죽이기도 하며, 죽이겠다고 협박하기도 했다. 또한 강한 자들과 그들의 후손은 아무 일도 하지 않으면서 권태롭고 무료해서 괴로워했으며, 약한 자들은 힘에 부칠 정도로 일하면서 충분히 쉬지 못해 괴로워했다. 그 때문에 서로 경계하고 증오하느라 인간의 삶은 더욱 불행해졌다.

신은 상황을 개선하기 위해 마지막 수단을 쓰기로 했다. 인간 세상에 온갖 질병을 심어주기로 한 것이다. 병을 앓다 보면 건강한 사람은 아픈 사람을 가엾게 여기고 돌봐줘야 한다는 걸 알게 되리라 생각했기 때문이다. 그래야 자기들이 병들었을 때 건강한 사람들이 와서 들여다보고 돌봐줄 테니까.

그렇게 해놓고 신은 돌아갔다. 그리고 얼마쯤 시간이 지난 후, 신은 질병의 위협을 안고 살게 된 사람들이 어떻게 살아가는지 보기 위해 다시 인간 세상으로 내려왔다. 사람들의 삶은 그 전보다도 더 나빠져 있었다. 서로 도우며 살아가게 하려고 심어 놓은 질병이 극심한 분열을 일으키는 원인이 되고 있었다. 약한 자들에게 일을 시킬 만큼 강한 자들은 자기들이 병들어 아프면 약한 자들을 데려다 시중들게 하면서, 자기들은 약한 자들이 병들어 아플 때 도와주지 않았다. 반면에 다른 사람을 위해 일해야 하고 그들이 아플 때 시중까지 들어야 하는 약한 사람들은 일하느라 지쳐서 몸이 아파도 스스로 돌볼 시간이 없었으므로 그대로 견딜 수밖에 없었다. 또 아픈 사람들이 눈에 띄면 부유한 사람들이 쾌락을 즐기는 데 방해가 되기 때문에 아픈 사람들은 멀리 떨어져 살게 되어 있었다. 그 때문에 가난하고 병든 사람들은 그들을 가엾게 여기는 사람들 곁에서 위로받고 힘을 얻는 대신, 그래 주어야 마땅한 사람들로부터 멀리 떨어진 채, 동정심이나 연민이라고는 없이 때로는 이들을 혐오하면서 단지 돈을 받고 간호하는 사람들의 손에 맡겨졌다. 게다가 사람들은 대부분 질병이 전염된다고 생각하고 두려워했기 때문에 아픈 사람들만 피하는 게 아니라 이들을 간호하는 사람들조차 멀리하려 했다.

신은 생각했다.

'이래도 행복이 어디서 오는지 이해하지 못한다면 시련을 통해 배우게 하는 수밖에 없지.'

그리하여 신은 인간의 문제는 인간이 알아서 하도록 내버려 두고 돌아갔다.

그렇게 내버려진 인간은 오랜 시간이 지나서야 자기들이 모두 행복하게 살 수 있으며, 그래야 한다는 사실을 깨달았다. 그리고 최근 들어서 소수의 사람이, 노동이 누군가에겐 떠맡겨야 하는 골칫거리가 되고 누군가에겐 노예살이가 되어서는 안 되며, 누구에게나 보편적이고 즐거운 일거리여야 하고 노동을 통해 모든 사람이 단결할 수 있다는 사실을 이해하기 시작했다. 또한 죽음이 항상 자신들을 위협하기 때문에 각자에게 주어진 매년, 매월, 매시간, 매분을 화합과 사랑으로 가득 채워야 한다는 사실을 이해하기 시작했다. 질병은 사람을 분열시키는 원인이 아니라 오히려 서로 사랑하고 보살필 기회라는 사실도 비로소 이해하기 시작했다.

세 가지 질문

어느 날 한 왕이 이런 생각을 하게 되었다.

'모든 일을 시작할 때를 알 수 있다면, 누구의 말을 들어야 하는지, 누구를 피해야 하는지 알 수 있다면, 그리고 무엇보다도 내가 해야 하는 일 중에 가장 중요한 일이 무엇인지 알 수 있다면 무엇을 하든 실패하지 않을 텐데.'

이런 생각이 들자, 왕은 온 나라에 다음과 같이 선포했다.

"누구든 나에게 모든 일을 하기에 가장 좋은 때는 언제인지, 내게 가장 필요한 사람은 누구인지, 내가 해야 하는 일 중에 가장 중요한 일은 무엇인지 알려주는 사람에게는 큰 상을 내릴 것이다."

학식 있는 사람들이 왕을 찾아왔다. 그들의 대답은 모두 달랐다.

첫 번째 질문인 '모든 일을 하기에 가장 좋은 때'에 대해서도 어떤 사람은 미리 일, 월, 연 단위로 시간표를 짜놓고 그대로 실행하면 된다고 했다. 그렇게 해야만 모든 일을 제때 할 수 있다는 것이다. 또 어떤 사람은 매사를 시작하기에 적절한 때를 미리 아는 건 불가능하다고 했다. 그러므로 항상 안일하게 시간을 보내지 말고 매사에 주의를 기울이고 있다가 그때그때 가장 필요한 일을 하면 된다고 했다. 그런가 하면 또 어떤 사람은 왕이 아무리 세심한 주의를 기울인다고 해도 혼자서 모든 일의 시작할 때를 판단한다는 건 불가능하다고 했다. 그러므로 현명한 사람들로 자문위원회를 구성하여 그러한 판단을 돕도록 해야 한다고 했다.

그에 대해 다른 의견이 있는 사람들도 있었는데, 그들은 어떤 사안은 자문위원회에 조언을 구할 때까지 기다릴 수 없으며 당장 시행 여부를 결정해야 하는 것도 있다고 했다. 그럴 때 판단을 내리기 위해서는 그로 인해 초래될 결과를 미리 알아야 하는데, 그걸 아는 사람은 마법사밖에 없으므로 마법사에게 조언을 구해야 한다고 했다.

두 번째 질문에 대해서도 마찬가지로 여러 가지 대답이 돌아왔다. 어떤 사람은 왕에게 가장 필요한 사람은 고문위원회의 의원들이라고 했고, 어떤 사람은 성직자나 의사라고 했고, 또 어떤 사람은 전쟁에서 싸울 무사들이 가장 필요하다고도 했다.

가장 중요한 일을 묻는 세 번째 질문에 대해서도 어떤 사람은 세상에서 가장 중요한 건 과학이라고 대답했고, 어떤 사람은 전투 기술이라고 했다. 그런가 하면 종교적인 숭배라고 대답하는 사람도 있었다.

다양한 대답이 나왔지만, 왕은 어느 것에도 동의하지 않았으므로 아무에게도 상을 주지 않았다. 하지만 여전히 답을 찾고 싶었던 왕은 지혜롭기로 소문난 은자를 찾아가 물어보기로 했다.

은자는 숲속에 살고 있었는데 한 번도 그 숲을 떠나지 않았으며 평민이 아니면 만나지 않았다. 그래서 왕은 허름한 옷으로 갈아입고 갔으며, 은자의 오두막에 다다르기 전에 말에서 내려 호위병들은 그곳에 기다리게 하고 혼자 은자를 만나러 갔다.

왕이 갔을 때 은자는 삽으로 오두막 앞에 고랑을 파고 있었는데 왕이 다가오는 걸 보고도 인사만 건네고 계속해서 땅만 팠다. 몹시 마르고 허약해 보이는 은자는 삽으로 땅을 찍어 흙을 엎을 때마다 가쁜 숨을 몰아쉬었다.

왕이 은자에게 다가가 말했다.

"현명한 은자여, 당신에게 세 가지 질문에 대한 답을 듣고자 찾아왔습니다. 어떻게 하면 옳은 일을 하기에 적절한 시간을 알 수 있습니까? 제게 가장 필요한 사람, 제가 가장 귀 기울여야 하는 사람은 누구입니까? 그리고 제가 해야 하는 일 중에 가장 중요한 일은 무엇입니까?"

은자는 왕의 말을 듣기만 하고 아무 대답도 하지 않았다. 대신 손바닥에 침을 뱉더니 다시 땅을 파기 시작했다.

"지치신 것 같군요. 제가 대신 땅을 파드리겠습니다."

"고맙습니다!"

은자는 삽을 왕에게 주고 땅바닥에 앉았다.

왕은 두 이랑을 파고 나서 잠시 멈추고 또다시 물었다. 은자는 아무 대답도 하지 않고 일어서더니 기지개를 켜고 나서 삽을 달라는 듯 손을 내밀며 말했다.

"잠시 쉬세요. 내가 할 테니."

하지만 왕은 삽을 내놓지 않고 계속해서 땅을 팠다. 한 시간이 지나고 또 한 시간이 지났다. 해가 나무 뒤로 기운 뒤에야 왕은 삽을 땅에 박고 말했다.

"현명하신 은자여, 저는 질문에 대한 대답을 듣고자 당신을 찾아왔습니다. 대답해 주실 수 없다면 그렇다고 말씀하십시오. 그러면 돌아가겠습니다."

"저기 누군가 뛰어오고 있습니다. 누군지 봅시다."

왕이 뒤로 돌아서니 수염이 덥수룩한 남자가 수풀에서 뛰어나오고 있었다. 두 손으로 가슴을 누르고 있었는데 그 사이로 피가 흘렀다. 남자는 왕 앞에까지 오더니 정신을 잃고 쓰러졌다. 그의 입에서 희미한 신음 소리가 새어 나왔다. 왕과 은자는 남자의 옷을 느슨하게 풀어주었다. 그러자 배에 큰 상처가 보였다. 왕은 상처를 깨끗이 씻은 다음, 지니고 있던 손수건과 은자가 내놓은 수건을 붕대 삼아 상처를 싸맸다. 하지만 피는 멈추지 않고 계속 흘렀다. 왕은 피에 젖은 수건을 풀어서 깨끗이 빤 다음 다시 싸매 주었다. 그러기를 수없이 반복하고 한참 후에 피가 멈추자, 남자는 정신을 차리고 마실 것을 청했다. 왕은 신선한 물을 떠다가 남자에게 주었다. 그러는 동안 해가 지고 서늘해졌다. 왕은 은자의 도움을 받아 부상자를 오두막 안으로 데려가 침대에 눕혔다. 남자는 눈을 감고 조용히 누워 있었다. 긴 시간 걸어온 데다 땅까지 파느라 피곤해진 왕은 문간에 웅크리고 앉아 잠이 들었다. 얼마나 깊이 잠들었는지 짧은 여름밤이 지나는 동안 한 번도 깨지 않았다. 다음 날 아침 눈을 뜬 왕은 한참이 지나서야 자기가 어디에 있는 건지, 침대에 누워서 눈을 반짝이며 자기를 바라보는 수염 기른 남자가 누구인지 기억해 낼 수 있었다.

"용서하십시오!"

남자가 왕에게 힘없는 소리로 말했다.

"나는 당신이 누구인지도 모르는데 용서해야 할 일이 뭐가 있겠소."

왕이 대답했다.

"전하께서는 저를 모르시지만, 저는 전하를 압니다. 저는 전하에게 복수할 것을 맹세했던 사람입니다. 전하께서 제 형을 처형하고 그의 재산을 몰수했기 때문이지요. 전하께서 은자를 만나러 혼자 떠나셨다는 걸 알고, 돌아오시는 길에 전하를 살해하려 마음먹었습니다. 그런데 하루가 가도록 전하께서 돌아오시지 않기에 숨어 있던 자리에서 나와 전하를 찾으러 다니다가 전하의 호위병들을 만났습니다. 그들이 저를 알아보고 공격한 것이지요. 가까스로 도망쳐 나왔지만, 전하께서 제 상처를 싸매 주시지 않았더라면 저는 피를 많이 흘려 결국 죽었을 겁니다. 저는 전하를 죽이려 했는데 전하께서는 저를 살려 주셨습니다. 그러니 허락만 하신다면 저는 전하의 가장 충실한 종으로 살 것이며, 제 아들들에게도 그렇게 하라고 이르겠습니다. 용서해 주십시오!"

원수와 화해하고 친구로 삼게 된 왕은 몹시 기뻐하며 그를 용서해 주었다. 그리고 자기 신하와 의사를 보내 그를 치료하고 보살피게 하겠다고 약속했으며, 그의 재산도 돌려주겠다고 했다.

부상자와 작별 인사를 나눈 왕은 밖으로 나와 은자를 찾았다. 떠나기 전에 다시 한번 질문에 대한 대답을 청하고 싶어서였다. 은자는 밖에서 무릎을 꿇고 전날 파놓은 고랑에 씨를 뿌리고 있었다.

왕이 은자에게 다가가 말했다.

"마지막으로 다시 한번 부탁합니다. 제 질문에 답을 해주십시오."

"답은 이미 얻으셨습니다!"

은자가 무릎을 꿇고 앉은 채 왕을 올려다보며 말했다.

"답을 얻다니요? 그게 무슨 말씀입니까?"

왕이 물었다.

"모르시겠습니까? 전하께서 어제 제가 지쳤다는 걸 알아보지 못하여 고랑을 파주지 않고 그대로 떠나셨다면 저 사람이 전하를 공격했을 것입니다. 그랬으면 전하는 이곳에 좀 더 머물지 않은 걸 후회하셨겠지요. 그러니 가장 중요했던 순간은 전하께서 저 대신 고랑을 파던 때입니다. 그리고 제가 전하에게 가장 중요한 사람이었던 거지요. 제게 선행을 베풀어 수신 게 가장 중요한 일이었고요. 상처를 입은 남자가 이리로 달려온 후로 가장 중요한 시간은 전하께서 그를 보살펴 준 시간입니다. 전하께서 그의 상처를 싸매주지 않았더라면 전하와 화해하기 전에 죽었을 테니까요. 그러므로 그가 전하에게 가장 중요한 사람이었고, 전하께서 그를 위해 하신 일이 가장 중요한 일이었지요. 그러니 기억하십시오. 가장 중요한 시간은 단 하나, 바로 '지금'입니다! 그 이유는 우리가 통제할 수 있는 시간은 지금뿐이기 때문이지요. 그리고 가장 필요한 사람은 전하와 지금 함께 있는 사람입니다. 그 외에 누구와 어떤 인연을 맺게 될지는 아무도 모르기 때문입니다. 그리고 가장 중요한 일은 함께 있는 사람에게 선을 베푸는 일입니다. 그것이 사람이 이 세상에 태어난 유일한 이유이기 때문이지요."

작가 연보

1828년 9월 9일, 러시아 야스나야 폴랴나에서 니콜라이 일리치 백작과 마리야 니콜라예브나 사이의 4남 1녀 중 넷째 아들로 태어나다.

1830년 어머니가 여동생을 낳다가 사망하다.

1837년 1월 모스크바로 이주하다.
아버지가 사망하고 숙모가 다섯 남매의 후견인이 되다.

1844년 형제들과 카잔으로 이사하다.
카잔대학교 동양어학과에 입학하고 이듬해 법학과로 전과하다.

1847년 대학교를 중퇴하고 고향으로 귀향하다.
농민들의 가난한 삶의 목격하고 그들을 돕기 위해 노력했으나 좌절하다.

1848년 상트페테르부르크 대학에 합격하여 법학공부를 계속하지만 졸업시험에서 탈락하고 사교계 생활과 도박에 빠져 방황하다.

1851년 맏형 니콜라이가 복무하는 카프카스 포병대에 사관후보생으로 입대하다.

1852년 첫 장편 소설《유년시절》을 탈고하여 문단의 주목을 받다.

1854년 크림 전쟁에 참가한 경험을 바탕으로《세바스토폴 이야기》를 집필하다. 장교로 승진한 뒤《소년시절》을 발표하다.

1855년 제대하여 상트페테르부르크로 귀환하다.
농민들의 삶과 교육에 관심을 갖기 시작하다.

1857년 《청년시절》을 집필하다. 프랑스와 이탈리아, 독일, 스위스 등 유럽을 여행하다.

1859년 고향 야스나야 폴라나로 돌아와 농민 자녀들을 위한 학교를 설립하다. 단편 〈세 죽음〉, 〈가정의 행복〉 등을 발표하다.

1869년 《전쟁과 평화》를 발표하다.

1875년 〈러시아 신문〉에 《안나 카레니나》를 연재하다.

1881~1886년 〈사람은 무엇으로 사는가〉, 〈사랑이 있는 곳에 하나님이 있다〉, 〈바보 이반 이야기〉, 〈두 노인〉, 〈이반 일리치의 죽음〉, 〈달걀만 한 씨앗〉, 〈사람에게는 얼마만큼의 땅이 필요한가〉, 〈에밀리안과 빈 북〉 등 러시아 농민을 위한 수많은 단편과 《요약 복음서》, 《참회록》 등 종교 작품을 발표하다.

1891년 청빈의 실천을 위해 모든 저서의 판권을 포기하려고 했으나 가족의 반대에 부딪혀 1881년 이후에 발표한 작품의 판권만 포기하고, 이전 작품의 판권은 아내에게 넘기기로 타협하다.

1899년 《부활》을 발표하다.

1910년 딸 알렉산드라에게 모든 저서의 판권을 상속한다는 유언장을 작성하다. 이 일을 계기로 아내와 심각한 불화를 겪고 10월 28일에 가출하여 11월 7일, 빈촌의 한 간이역에서 생을 마감하고 고향 야스나야 폴랴나에 안장되다.

톨스토이 단편선

초판 1쇄 인쇄 2024년 2월 13일
초판 1쇄 발행 2024년 2월 16일

지은이 레프 니콜라예비치 톨스토이
옮긴이 민지현
펴낸이 이효원
편집인 음정미
마케팅 추미경
디자인 문인순(표지), 이수정(본문)
펴낸곳 올리버
출판등록 제395-2022-000125호
주소 경기도 고양시 덕양구 삼송로 222, 101동 305호(삼송동, 현대헤리엇)
전화 070-8279-7311 **팩스** 02-6008-0834
전자우편 tcbook@naver.com

ISBN 979-11-93130-41-4 03890

* 값은 뒤표지에 있습니다.
* 잘못된 책은 구입하신 서점에서 바꾸어 드립니다.

* 도서출판 올리버는 탐나는책의 교양서 브랜드입니다.